DESEO

AF274924

ROBYN GRADY

CONFESIONES DE UNA AMANTE

Editado por Harlequin Ibérica.
Una división de HarperCollins Ibérica, S.A.
Avenida de Burgos, 8B - Planta 18
28036 Madrid
www.harlequiniberica.com

© 2025 Harlequin Ibérica, una división de HarperCollins Ibérica, S.A.
N.º 571 - 31.10.25

© 2008 Robyn Grady
Confesiones de una amante
Título original: Confessions of a Millionaire's Mistress

© 2009 Robyn Grady
Un nuevo compromiso
Título original: Naughty Nights in the Millionaire's Mansion
Publicadas originalmente por Harlequin Enterprises, Ltd.
Estos títulos fueron publicados originalmente en español en 2010 y 2011

I.S.B.N.: 979-13-7000-800-0
Depósito legal: M-16221-2025
Impreso en España por Liber Digital
Fecha impresión Argentina: 29.4.26
Distribuidor exclusivo para España: LOGISTA
Distribuidores para Argentina: Interior, DGP, S.A. Pienovi 211 - Avellaneda
Cap. Fed./Buenos Aires y Gran Buenos Aires, VACCARO HNOS.

MIXTO
Papel | Apoyando la
silvicultura responsable
FSC™ C134275

Capítulo Uno

–No te pongas nerviosa, pero el guapísimo del esmoquin te está desnudando con los ojos.

Celeste Prince tiró del brazo de su amiga para obligarla a apartar la mirada.

–Por favor, Brooke, no lo animes.

El guapísimo extraño que acababa de llegar llamaba mucho la atención: pelo oscuro bien cortado, mentón cuadrado con sombra de barba, unos hombros anchos que hacían que se le doblasen un poco las rodillas…

Especímenes superiores como aquél no aparecían todos los días, pero aquella noche Celeste no necesitaba distracciones.

Más de cien invitados habían acudido a la fiesta del genio de las franquicias australiano Rodney Prince para celebrar el vigésimo aniversario de la empresa. Pero aquella fiesta significaba para Celeste mucho más que eso. Aquella noche, su padre pensaba renunciar a su cargo como presidente de Mantenimiento y Paisajismo Prince para pasarle las riendas de la empresa a su única hija.

Tras la muerte de su esposa quince años atrás,

Rodney Prince se había dedicado en exclusiva a los negocios, y eso había provocado que Celeste y él se alejaran. Cuánto había esperado aquel momento, la oportunidad de ser visible en su mundo otra vez y hacer que se sintiera orgulloso. Nada le importaba más que eso.

Ni siquiera conocer a un hombre alto, moreno y guapo.

Sin embargo, se atrevió a mirarlo una vez más.

El extraño estaba apoyado en el quicio de la puerta que daba al jardín, con la mano izquierda en el bolsillo del pantalón, en una pose masculina muy atractiva. Era guapo, de facciones duras y distinguidas a la vez; una torre de hombre con un esmoquin de Armani. Pero eran sus ojos lo que más la atraía... unas seductoras piscinas de vibrante azul. Cautivadores.

Mirándola directamente a ella.

Celeste se dio la vuelta de inmediato, pero seguía sintiendo esos ojos clavados en su espalda, en sus brazos, casi como si estuviera bajando su vestido...

—¿Quién será? —le preguntó Brooke.

—No lo sé, y me da igual.

Tenía que concentrarse en el discurso que debería dar cuando su padre anunciase su retirada, y no quería ponerse nerviosa. Afortunadamente, ya no solía tartamudear. Después de años de tormento en el colegio, había aprendido a hablar más despacio, a pensar antes de hacerlo y a permanecer tranquila en todas las situaciones, incluso cuando eran tan abrumadoras como aquella noche.

Brooke arqueó una ceja.

–¿No te importa? Hemos ido juntas al colegio, hemos recorrido Europa con una mochila y nunca te había visto tan tímida con un hombre.

Celeste no pudo disimular una sonrisa.

–Sí, bueno, es que no es sólo un hombre –murmuró, mirando hacia atrás.

Como un asesino a sueldo, el extraño estaba mirando alrededor, comprobando el territorio y buscando su objetivo, aparentemente. Parecía indiferente, pero ella tenía la impresión de que lo controlaba todo.

–Celeste, hija, tengo que hablar contigo un momento.

Ella se dio la vuelta, agitada.

Cuando llegó a casa aquella tarde su padre le había hablado del futuro de la empresa, dándole a entender que tenía intención de retirarse y, sutilmente, dándole a entender también que ella debía ocupar su lugar. Le había preguntado si estaba contenta con la tienda de bolsos y accesorios que había abierto en Sidney, y también si estaría interesada en hacer otra cosa, de modo que estaba claro.

Celeste le había contestado que los beneficios de la tienda eran estupendos, pero que estaba lista para hacer algo nuevo. Evidentemente, su padre había querido confirmar su decisión antes de hacer el anuncio, y pronto todo el mundo estaría brindando por la nueva presidenta de la empresa Prince.

Celeste Ann Prince.

Después de pedirle excusas a Brooke, Celeste acompañó a su padre por un amplio pasillo.

Había pensado ponerse un elegante traje de chaqueta oscuro, pero al final se decidió por algo más femenino, tal vez porque su madre decía siempre que era lo que mejor le quedaba. El tono melocotón del vestido destacaba su melena rubia y hacía juego con las pecas que se negaban a desaparecer de su nariz y sus hombros. Anita Prince, su madre, solía decir que las pecas la hacían parecer un ángel. Nunca había entendido que Celeste no quería brillar tanto.

Cuando llegaron al estudio, su padre cerró la puerta y le hizo un gesto para que se sentara frente al escritorio.

—En diez minutos voy a anunciar algo ahí fuera —le dijo—. Lo he pensado mucho, hija.

Ella intentó contener la emoción.

—Sí, ya me imagino.

—Mantenimiento y Paisajismo Prince se ha convertido en una empresa enorme con cientos de empleados y docenas de franquicias que controlar… la persona que la dirija debe estar involucrada en todos los sentidos. Ni siquiera puede estar por encima de empujar un cortacésped o talar un árbol.

Aunque Celeste asintió con la cabeza, empezaba a ponerse nerviosa. Ella no pensaba estar *tan* involucrada y, además, en su opinión no tenía ningún sentido estarlo. La cuestión era rodearse de un buen equipo. Celeste pensaba dedicarse a tareas ejecutivas e incorporar más sectores… por ejemplo una cadena de floristerías para grandes eventos, algo muy exclusivo, contratado sólo por grandes empresas. Ésa sería su contribución personal a la expansión de la compañía.

Su padre se cruzó de brazos.

–Aún no hemos firmado nada, pero he invitado al señor Scott a alojarse aquí durante unos días para ir explicándole cómo funciona el negocio.

–¿Quién es el señor Scott?

¿El nuevo director administrativo? Últimamente, cada vez que iba a ver a su padre lo encontraba con la cabeza enterrada en los libros de cuentas, su rostro más arrugado de lo que recordaba… y no sólo por el tiempo que había pasado al aire libre. A los sesenta y cinco años debería relajarse y dejarle el trabajo a ella.

–El señor Scott ha tenido una carrera meteórica en los últimos cinco años –siguió su padre–. Se ha ofrecido a comprar la empresa, y he pensado que deberías conocerlo antes de que yo hable con los invitados.

Las paredes forradas de caoba del estudio parecieron cerrarse sobre ella.

–¿Quieres venderle la empresa Prince a un extraño?

Celeste sintió el impulso de tomar a su padre por las solapas del esmoquin y gritarle que no podía hacer eso. Pero había aprendido mucho tiempo atrás que esas pataletas no servían de nada. De hecho, la última vez que tuvo una su padre la envió a un internado. Menos mal que allí se había encontrado con Brooke.

Rodney Prince empezó a hablar de «una generosa oferta», de que «todo iba a ir bien», pero Celeste sólo podía pensar que siempre había hecho lo que se esperaba de ella; había sacado las mejores notas en el colegio, había hecho la carrera que su padre esperaba y nunca se había metido en líos.

¿Cómo podía hacerle aquello? Y sobre todo, ¿cómo podía hacérselo a su madre?

–Tú sabías que yo quería ocupar tu puesto –le dijo–. Hemos hablado de ello hoy mismo.

–Cariño, hemos hablado de tu tienda de bolsos. Te pregunté si habías pensado ampliar el negocio…

–Creí que era una pista, que querías darme a entender… –Celeste sacudió la cabeza, angustiada.

Ella siempre se había interesado por la empresa, había preguntado mil veces si podía ayudar en algo. ¡Maldita fuera, era algo esperado por todo el mundo!

–Dices que aún no has firmado nada –empezó a decir, con voz entrecortada–. Pues bien, dile al señor Scott que has cambiado de opinión, que tu hija va a dirigir la empresa.

–No, lo siento, pero creo que así es mejor. Éste es un negocio de hombres, hija, y te aseguro que he encontrado al hombre perfecto para llevar la empresa.

Celeste apretó los labios. *Ella* era el hombre prefecto para llevar la empresa. Y, además de robarle la oportunidad de hacer aquello para lo que se había preparado en la universidad, su padre estaba traicionando la memoria de su madre. Anita Prince siempre había creído que Celeste, su única hija, heredaría el negocio. Además, sin el dinero de su abuelo y los sabios consejos de Anita, la empresa no existiría.

Un golpecito en la puerta interrumpió la conversación.

–Entra, Benton.

¿Benton? Benton Scott, sí, el nombre le resultaba familiar. Un hombre muy rico, enigmático, filántropo, pero que solía alejarse de la prensa.

Aunque a ella le daba igual que fuera un monje, la empresa Prince era suya y no pensaba dejar que nadie se pusiera en su camino.

Pero cuando entró el enemigo, se quedó sin aire.

Esos ojos…

–Siento ser grosera, pero mi padre y yo estamos hablando, señor Scott.

–Ah, ya veo. Éste no parece ser el mejor momento para presentaciones –sonrió Benton–. Y posiblemente esta noche tampoco sea el mejor momento para hacer anuncios.

Tenía una voz ronca, masculina, como un río de chocolate undulando sobre una roca.

–No, no –Rodney Prince se acercó, su metro ochenta empequeñecido al lado del otro hombre–. Pasa, por favor. Nosotros hemos terminado, ¿verdad, cariño?

¿Habían terminado? Celeste lo miró, perpleja. ¿Sus sentimientos significaban tan poco para él?

–En realidad –dijo Benton Scott– venía a decirte que una de tus invitadas… Suzanne Simmons creo que se llama, estaba diciendo que quería despedirse de ti.

Su padre se aclaró la garganta, nervioso.

–Debo irme entonces. La señora Simmons es una de mis mejores clientes.

–Sí, claro.

Rodney le dio una palmadita en la espalda y salió del estudio sin mirarla a ella siquiera, pero Celeste intentó esconder su frustración. No tenía tiempo para autocompadecerse. Los empresarios no se lamentaban, sencillamente seguían adelante con las cartas que les hubieran tocado. Y, por mucho que le doliese, Benton Scott podría ser su as en la manga.

–Por favor, siéntese.

–Como he dicho antes, tal vez sea mejor dejar las presentaciones para otro momento –repitió él, tomando el picaporte–. Buenas noches, señorita Prince.

No, de eso nada. Ella tenía un plan y aquel hombre era fundamental. Tenía que retenerlo allí y hablar con él.

–¿No le gusta estar a solas con una mujer?

–Eso nunca ha sido un problema para mí.

–Bueno, hay una primera vez para todo.

Benton Scott se apoyó en la puerta.

–Parece usted una jovencita encantadora. No creo que tenga nada que temer.

–He notado que antes estaba mirándome.

¿De dónde había sacado valor para decir eso?, se preguntó. De la desesperación seguramente.

–No sabía que fuera usted la hija de Rodney.

–¿Y eso cambia algo?

–Tal vez.

–Aparte de ser la hija de Rodney, tengo un título en dirección de empresas y una empresa propia.

Scott dio un paso adelante. Caminaba despacio, como un predador.

–Me parece muy interesante.

–¿Porque soy una mujer?

–No, por su edad. Es usted muy joven para tener una empresa propia.

Celeste estaba harta de que le dijeran eso. Una mujer de veinticinco años no era una niña.

–Soy una persona muy decidida –le dijo, apoyándose en el escritorio–. Cuando quiero algo, no me rindo fácilmente.

Él levantó una ceja, sorprendido, y eso la tranquilizó un poco. El asunto parecía estar funcionando.

–¿Y qué es lo que quiere, señorita Prince?

Celeste respiró profundamente. Allá iba:

–Quiero conservar el negocio de mi familia.

–¿Estamos siendo absolutamente francos?

–Sí, claro.

–Aunque su padre quisiera conservar la empresa, no le dejaría a usted el control.

Celeste tuvo que contenerse. ¿Cómo se atrevía a presumir de conocer a su padre tan bien?

–¿Y por qué está tan seguro?

–Porque la empresa tiene serios problemas económicos.

Eso era imposible. Mantenimiento y Paisajismo Prince era una de las empresas de jardinería y suministros con más franquicias en todo el país. Su padre no había tenido problemas económicos desde antes de que muriera su madre.

–Rodney no quería preocuparla, por eso no se lo ha contado.

Celeste se acercó a la ventana, pensativa. ¿Podría estar diciendo la verdad? Pero aunque la empresa tuviera problemas, ella no iba a asustarse porque eso significaba que sus innovadoras ideas eran más necesarias que nunca.

¿Pero qué significaría para su asesino a sueldo particular?

–Tengo entendido que es usted un inversor. ¿Por qué le interesa un negocio con problemas? A menos que sea para venderlo….

–No soy un simple inversor, soy un empresario. Y veo esta empresa como la oportunidad perfecta para mezclar los negocios con el placer. Jugar en la bolsa ha sido muy lucrativo, pero yo quiero un negocio en el que pueda involucrarme de verdad.

Ella lo estudió detenidamente, desde el pelo oscuro hasta la punta de los zapatos italianos.

–¿Quiere dedicarse a cortar el césped de todo Sidney?

–Esta empresa necesita una persona que se involucre del todo si quiere sobrevivir –sonrió él.

–Y usted es un experto en primeros auxilios, claro.

–En las circunstancias adecuadas… –Benton Scott miró sus labios– desde luego.

Celeste empezó a sentir un cosquilleo, como si la hubiera tocado, aunque estaba a dos metros de ella. ¿Qué pasaría si la besara?, se preguntó.

«Rebobina, Celeste, ése no era el plan».

Intentando calmarse, salió al balcón para mirar las luces de la ciudad y el majestuoso puente de Sidney en la distancia, pensando cuál debía ser su siguiente paso. Pero cuando Benton Scott se acercó, el aroma a tierra mojada y eucaliptos se esfumó para dar paso a un aroma masculino, sensual.

–Mire, no tengo intención de discutir. Yo sólo quiero lo que es mío.

–Intuyo que es usted una mujer muy obstinada –sonrió él.

–Prefiero que me llamen persistente.

Celeste miró su mano izquierda. Por supuesto, no llevaba alianza. ¿Tendría novia? Seguramente varias, aunque a ella le daba igual.

–Ojalá nos hubiéramos conocido en circunstancias diferentes. Podría haber sido...

–¿Beneficioso para los dos? –dijo Celeste, irónica.

–Es una manera de decirlo.

–¿Qué tal memorable, significativo?

Benton la miró con un esbozo de sonrisa.

–¿Está coqueteando conmigo, señorita Prince?

Al ver el brillo de sus ojos sintió un cosquilleo entre las piernas y, de pronto, en su mente apareció una imagen alarmantemente vívida de Benton Scott y ella en la cama...

Intentando controlar aquella absurda excitación, Celeste se aclaró la garganta antes de explicar:

–En realidad, sólo estaba sugiriendo que fuera usted caballeroso y renunciase a la oferta de comprar la empresa Prince.

–Crea usted lo que crea, su padre sólo quiere lo mejor para usted.

–Sí, claro –dijo ella, irónica.

–Si la empresa Prince no está bien dirigida, podría perderlo todo.

–Gracias por la confianza. Cuando tenga tanto éxito como usted, espero ser igual de modesta.

Él sonrió de nuevo.

–No se ponga sarcástica. Me gusta más cuando flirtea conmigo.

–¿No me diga?

–Es usted muy guapa, señorita Prince. Y, evidentemente, le gusta vestir bien y llevar las uñas arregladas…

–¿A usted le gusta vestir mal? ¿Lleva las uñas sucias?

Él hizo un gesto con la cabeza, como reconociendo que tenía razón.

–¿Por qué no acepta el dinero que le corresponda de la venta y compra un par de boutiques?

Celeste apretó los labios, furiosa.

–No sé qué me molesta más, ese comentario tan sexista o que de verdad crea que es un buen consejo.

Tal vez Benton Scott era más rico que ella y tenía más experiencia, pero Celeste pensaba luchar por lo que era suyo. Y su madre la animaría hasta el final.

–¿Qué me propone entonces?

–Puede usted comprar el negocio que quiera, pero la empresa Prince es algo muy personal para mí. Mis padres trabajaron como no se puede imaginar para levantarla… de hecho, salió adelante gracias a un préstamo de mi abuelo, el padre de mi madre.

–¿Y bien?

–Dice usted que lo único que le interesa es sacar adelante la empresa… pues demuéstrelo. Deme tres meses para probarle a mi padre que yo puedo levantarla.

Benton Scott se quedó mirándola, en silencio.

–Un mes –asintió por fin.

–Dos –dijo Celeste, intentando contener una sonrisa.

–Seis semanas y con una condición: que yo estaré a su lado.

–No necesito que me eche una mano.

–Se puede hacer mucho daño en seis meses, y yo no tengo intención de solucionar más problemas de los que sean necesarios.

–Si no le tuviera tanto cariño a la empresa de mi familia, me sentiría insultada.

Tener a Benton Scott a su lado sería una distracción innecesaria y, además, le molestaría que estuviera vigilándola. Tal vez debería utilizar otra táctica… halagarlo, por ejemplo.

–Cuando lo vi esta noche, pensé que era usted un hombre a quien le gustaban los riesgos, pero veo que estaba equivocada.

Celeste iba a darse la vuelta cuando él la tomó por la muñeca. Y, de inmediato, algo parecido a una corriente eléctrica subió por su brazo. ¿Cuál era el secreto de aquel hombre?

–Ése es el trato, o lo toma o lo deja. Pero hay algo más que debemos dejar claro –dijo Scott entonces–. No sé si podríamos trabajar juntos durante seis semanas sin que… hubiera consecuencias.

El calor que emanaba de su cuerpo encendía sitios en el cuerpo de Celeste que no deberían encenderse.

–Veo que han cambiado mucho las cosas desde «éste no es el mejor momento para presentaciones».

–No me malinterprete, las consecuencias me parecen bien mientras usted sepa que no estoy buscando una señora Scott, sea la hija de quien sea.

Celeste lo miró, perpleja. ¡Estaba sugiriendo que podría manipularlo para que se casara con ella con objeto de conservar el negocio! ¿Cuántas bofetadas le darían a aquel hombre a la semana?

–Siento decepcionarlo, pero no estoy interesada.

–¿No?

–¡No!

—Yo no estoy tan convencido –dijo él–. Soy un hombre más bien cínico y antes de nada necesitaría pruebas.

No le dio tiempo para pensar. Tomándola por la cintura con un brazo, su boca cayó sobre la de Celeste.

Durante los primeros segundos le pareció que había habido un apagón… y todas sus funciones cerebrales quedaron paralizadas. Luego, como si estuviera despertando de un coma, una por una todas las zonas erógenas de su cuerpo despertaron a la vida.

Aquello no era un beso.

Era un asesinato.

Celeste se apartó, pero sólo hasta que la punta de su nariz rozaba la de Benton Scott porque él no la soltaba. Cuando inclinó a un lado la cabeza, pensó que iba a volver a besarla y contuvo el aliento. Afortunadamente, él la soltó.

—Voy a quedarme aquí esta semana. Si sigue interesada, mañana podemos seguir hablando… o tal vez tomar una copa.

Celeste consiguió respirar por fin.

—Una copa suena bien. Pero le advierto que yo tomo las mías con hielo –le dijo, dando un paso atrás–. Y usted, señor Scott, también debería enfriarse un poco.

Capítulo Dos

A la mañana siguiente, Benton Scott despertó boca abajo, abrazado a la almohada y dolorosamente consciente de una erección matinal.

Cuando abrió un ojo descubrió que estaba en una habitación extraña, solo. Y tenía que darse la vuelta.

Llevando la almohada con él, dejó escapar un gemido cuando la luz del sol que se colaba por las cortinas golpeó sus ojos.

Y luego recordó la noche anterior, sobre todo su conversación con la señorita Prince. Intentando relajarse, recordó aquella bomba de beso y su irónico comentario de despedida.

¿Hielo?, pensó, con una sonrisa en los labios. Más bien gasolina sobre una hoguera. Pero, aunque le gustaría hacer algo más que darle un beso, el sentido común le decía que, si se acercaba demasiado a esas llamas, alguien acabaría quemándose. Él estaba allí para hacerse cargo de la empresa Prince; una empresa que necesitaba una rápida inyección de fondos y su total atención para rescatarla de la ruina. Si Rodney Prince veía la compra como una salvación, también lo era para Ben. Y estaba deseando empezar.

Entonces oyó risas y, apartando la almohada, salió al balcón. Celeste Prince estaba en el jardín, jugando con dos caniches que corrían cuando ella les tiraba una pelota.

Sentada a la sombra de una higuera, la melena rubia enmarcando su rostro, podría ser una ninfa del bosque. Pero luego se levantó y, al ver esas largas y bien torneadas piernas, sus castos pensamientos se esfumaron.

Aunque había hecho mal besándola la noche anterior, no se arrepentía en absoluto, pensó, pasándose una mano por el pelo. De hecho, no le importaría nada volver a hacerlo.

–¡Hola! –gritó, poniendo las manos sobre su boca a modo de altavoz.

Ben tuvo que sonreír al ver que Celeste se quedaba mirando fijamente su torso desnudo. Era transparente, desde luego, no podía disimular. Y se alegraba mucho.

–Se ha levantado temprano.

–Suelo hacerlo –dijo él–. ¿Le importa si bajo un momento?

–Esperaba que lo hiciera.

–Ah, veo que está dispuesta a ponerse a trabajar.

–No he estado más dispuesta en toda mi vida. Baje cuando quiera.

Treinta segundos después, Ben estaba bajo una ducha fría, intentando controlarse.

Había tenido muchas relaciones con mujeres a las que respetaba y con las que lo pasaba bien. Pero desde que sus ojos se encontraron la noche anterior, Celeste Prince le había parecido diferente. Debería haber imaginado que era la hija de Rodney. Y más tarde, en el estudio de su padre, debería haber imaginado que iba a tenderle una trampa, obligándolo a aceptar un plan con el que esperaba recuperar la compañía.

Ben salió de la ducha y tomó una toalla. Sí, su sentido común, siempre despierto, parecía haberse dormido con aquella chica. Pero ahora sabía cuál era su juego. Celeste tenía una misión, y él era un estorbo que quería apartar de su camino.

Ben se pasó una mano por el torso, sonriendo.

Sería divertido dejar que lo intentase.

Cuando salía de la habitación, el ama de llaves le dio una nota.

Un asunto personal de la mayor urgencia me obliga a salir de viaje. Espero que me disculpes, Benton. Celeste será tu anfitriona hasta que yo vuelva.

Rodney Prince

Celeste acababa de conseguir algo de tiempo, pensó, guardando la nota en el bolsillo. Estaba claro que quería dirigir la empresa para que su padre se sintiera orgulloso de ella, y Ben la entendía, incluso la envidiaba. Él daría cualquier cosa por haber conocido a su padre. O a su madre.

Pero había aprendido algo de sus días en casas de acogida… una técnica de supervivencia que se había convertido en un instinto infalible para los negocios: la habilidad de analizar a la gente y las situaciones con toda rapidez.

En aquel caso, no tenía la menor duda de que Rodney Prince no estaba dispuesto a darle las riendas de la empresa a una chica tan joven, aunque fuera su única hija.

Y en cuanto a Celeste… ella tenía su propia empresa, de modo que era una chica emprendedora, pero para dirigir una gran empresa como Prince, una empresa al borde la ruina, era necesario contar con más experiencia.

Aún no quería aceptarlo, pero tendría que hacerlo tarde o temprano. Él no solía equivocarse y estaba seguro de que no se equivocaba sobre eso.

Cuando se encontró con Celeste en el jardín, y a pesar de la ducha fría, al ver esas simpáticas pecas en su nariz tuvo que tragar saliva.

Ben se inclinó para acariciar a los perros mientras se protegía la cabeza con un típico sombrero Akubra.

—Vaya, vaya, veo que se lo ha tomado en serio

–sonrió Celeste, señalando el pantalón caqui y la camiseta.

–Y aunque a mí me gusta mucho su vestido, no parece que usted esté muy preparada para trabajar.

–Había pensado que podríamos repasar los libros de cuentas. Pero puedo ponerme un traje de chaqueta si lo prefiere.

Imaginándola sobre su escritorio con una corbata y nada más, Ben tuvo que aclararse la garganta.

«Concéntrate, Scottie».

–He pensado que deberíamos empezar por el lado más práctico del asunto –dijo luego, frotándose las manos–. ¿Dónde hay un cortacésped?

Los labios de Celeste Prince se curvaron en una sonrisa. Esos labios tan jugosos que le habían sabido a cerezas la noche anterior; las cerezas más jugosas y maduras que había probado nunca.

–¿Va a hacerme un examen? ¿Quiere que nombre todas las partes de un cortacésped?

–No, no –rió Ben–. Dijo usted que podría rescatar el negocio porque lo conocía bien…

–Y es verdad.

–¿Por qué no empezamos por algo básico, como cortar el césped del jardín? Imagino que tendrán un cortacésped por aquí, de ésos que funcionan con gasoil.

Celeste se inclinó para ponerse unas alpargatas.

–Si está intentando asustarme, olvídelo. He crecido con el olor a fertilizante para plantas, que es mucho peor que el del gasoil.

–Entonces podrá enseñarme un par de cosas.

–No quería decirlo, pero la verdad es que sí –replicó ella.

Luego se dio la vuelta, su redondo trasero moviéndose de un lado a otro… tal vez demasiado para ser un gesto inconsciente. Hielo, sí, seguro, pensó Ben.

–¿De verdad quiere cortar el césped?

–¿Por qué no?

–Podría decirle a mi padre que necesita más tiempo para decidirse. Yo me encargaría de todo hasta entonces, y dentro de dos meses…

–Seis semanas –la interrumpió él.

–Seis semanas –asintió Celeste–. Entonces verá que todo va estupendamente y no tendrá por qué comprar la empresa.

–Quiere decir que me porte como un caballero.

–Precisamente –sonrió Celeste.

Aquella chica no se rendía fácilmente, estaba claro. Por desgracia para ella, él no se rendía nunca.

–Que yo estuviera a su lado era parte del trato, ¿recuerda? Claro que, si quiere que le recuerde la conversación de anoche…

Sabiendo perfectamente que se refería al beso, Celeste apartó la mirada y apresuró el paso.

Ben metió las manos en los bolsillos del pantalón. Una respuesta interesante. ¿Sería Celeste Prince una niñata enmascarada bajo esa ropa tan sexy? Aunque así sería más fácil manejarla, claro. Pero casi prefería que fuese de la otra forma porque le gustaban los retos... particularmente los que besaban como ella.

Celeste se detuvo frente a un cobertizo y abrió una puerta corredera tras la que había una fila de cortacéspedes.

—Elija el que quiera.

Ben lanzó un silbido.

—Menuda colección.

—Antes de abrir las franquicias, mi padre arreglaba cortacéspedes para ganarse la vida, ahora los colecciona.

—Como coleccionar sellos, pero más grandes.

—Algo así —rió Celeste.

Entraron en el cobertizo, que olía a gasoil, y Ben eligió uno de los aparatos.

—Éste me gusta.

Rojo y evidentemente bien cuidado, le recordaba a uno que solía usar cuando era niño. Le daban un dólar por limpiar el jardín, pero la sonrisa de su padre de acogida era la mayor recompensa. Un hombre que siempre lo elogiaba, que jamás le había levantado la voz como otros «padres» habían hecho. Seis meses después de llegar a esa casa, aquel hombre había muerto de un infarto y, en los ojos empañados de su madre de acogida, Ben había visto su destino: otra casa, otra familia.

En fin, para entonces ya debería estar acostumbrado.

Celeste pasó la mano por el manillar de metal.

–Éste debe de tener al menos veinte años. ¿No quiere un modelo más nuevo?

–No, me gusta éste.

Ben lo empujó hasta el jardín y tiró del cordón de arranque hasta que el motor se encendió, pero el aparato no se movía. Haciendo fuerza, volvió a tirar, pero nada. Apoyando una mano en el suelo, Ben tiró del cordón casi hasta arrancarlo…

–Debe de estar estropeado.

Celeste dio un paso adelante y, con un dedo de uña perfecta, bajó una palanquita que decía «gasoil».

¿Cómo se le podía haber olvidado eso?

–Inténtelo ahora.

Suspirando, Ben tiró del cordón y el motor arrancó perfectamente.

–Muy bien.

–¿Significa eso que he pasado la primera prueba? –le preguntó ella, irónica.

–Creo que ésa ha sido la segunda prueba.

Los ojos verdes de Celeste se oscurecieron,

pero esta vez no apartó la mirada y, contento de haber recuperado a la joven decidida, Ben puso las manos en el manillar, sintiendo una vibración que hacía castañetear sus dientes.

–En su opinión profesional, ¿cuánto tiempo cree que tardaremos?

–Este modelo es antiguo, así que gran parte de la mañana –contestó ella.

–Pues muy bien, empecemos.

–¿Quiere que lo haga yo?

–¿Qué ocurre? ¿No ha crecido con el olor a fertilizante? Imagino que habrá cortado el césped alguna vez.

Si la presionaba, volvería corriendo a su tienda en un par de días, quizá antes, pensó. Y un día incluso podría darle las gracias.

–Es un jardín muy grande. Si insiste en hacer esto, prefiero usar un modelo con asiento –Celeste entró de nuevo en el cobertizo y, unos minutos después, salió subida a una especie de pequeño tractor.

Sonriendo, Ben se quitó el Akubra para ponérselo a ella.

–Le hará falta... para el sol.

–Gracias.

El asiento del cortacésped era lo bastante grande como para que cupieran dos personas sentadas una detrás de otra, de modo que Ben se sentó a horcajadas y la tomó por la cintura.

–¿Qué hace?

–Ya le dije anoche que, si íbamos a hacer esto, querría ser su sombra.

–A lo mejor necesitas una copa. O un té.

–Prefiero algo caliente por la mañana.

Celeste se volvió para lanzar sobre él una mirada de advertencia.

–No va a asustarme.

–Entonces sugiero que siga conduciendo.

Celeste arrancó de golpe, y Ben tuvo que agarrarse a ella con todas sus fuerzas. Y cuando giró bruscamente a la izquierda, estuvo a punto de salir lanzado del cortacésped. Ah, la señorita Prince era traicionera además de preciosa.

Irguiéndose como pudo, tiró de ella hacia atrás. Ella misma le había dado razones para hacerlo, pero Celeste pisó el freno y saltó del vehículo.

–No pienso hacer esto.

–Es culpa suya, no está jugando limpio.

–¿Y usted sí?

–Estoy haciendo lo que tengo que hacer para comprobar que mi inversión sea rentable.

Apretando los labios, Celeste volvió a subir y durante casi una hora estuvieron cortando el césped del jardín. La vibración del vehículo parecía hacer eco por todo su cuerpo. No debería ser algo sexual, pero teniendo su trasero delante… moviéndose, frotándose, Ben tuvo que rezar para que terminase la tortura cuanto antes. Cuando volvieron al cobertizo y ella bajó del cortacésped, sus pantalones estaban ardiendo.

Celeste tomó el ala de su sombrero, lo lanzó como si fuera un *frisbee* y se puso en jarras.

–¿Satisfecho?

Ben contuvo un gemido. En absoluto.

–Bien hecho –consiguió decir, aunque su voz no sonó tan firme como era habitual.

–¿Qué más tiene preparado?

–¿Qué tal si tomamos algo fresco?

–¿Algo con hielo? –sonrió ella.

–Un hombre no es un camello, señorita Prince.

Y tampoco era un bloque de madera… bueno, no enteramente. En aquel momento era un animal excitado que estaba a punto de demostrarle lo excitado que estaba.

Pero, obligando a su testosterona a controlarse, Ben se dirigió hacia la casa.

–Por cierto, puedes llamarme Celeste –dijo ella entonces–. Ya está bien de señorita Prince.

–Ah, estupendo. Y tú puedes llamarme Benton… aunque mis amigos me llaman Ben.

–Muy bien, *Benton.*

Él tuvo que sonreír.

–¿Desde cuándo tienes estos perros?

–Matilda y Clancy eran de la misma camada. Los adoptamos… –Celeste carraspeó, apartando la mirada–. Mi padre los adoptó hace quince años.

–Entonces tú tendrías…

–Diez años –contestó ella–. Fue el mismo año que murió mi madre.

Aunque Ben lo sentía, ese tipo de frase hecha le parecía vacía, sin sentido, de modo que no dijo nada. Y no se conocían lo suficiente como para preguntar por las circunstancias.

–Siguen pareciendo cachorros.

Celeste se apartó el pelo de la cara, haciéndose una coleta con las manos.

–Ahora se irán a dormir bajo un árbol. Están todo el día dormidos.

–Entonces imagino que ya habrán desayunado.

–Seguro que Denise nos ha preparado algo, no te preocupes. Y tú pareces un hombre de los de huevos revueltos con beicon.

–Y lo dices porque…

–Tengo una bola de cristal.

–Una bola de cristal nos vendría bien ahora mismo. ¿Le has preguntado por ese período de prueba?

–¿Qué crees que diría?

Ben no necesitaba una bola de cristal para predecir lo que iba a pasar. Pero, de pronto, no le apetecía jugar a un juego que sólo podía terminar de una manera. Aunque él se apartase, Rodney encontraría otro comprador… si encontraba comprador para una empresa al borde de la ruina.

¿Debería convencerlo para que dejase que Celeste llevase las riendas de la empresa hasta que ella misma se diera cuenta de que no era lo suyo? ¿O sería mejor cortar el asunto de raíz en aquel mismo instante? Sabía por experiencia que agarrarse a una fantasía era peor que enfrentarse con la verdad. Cuanto antes aceptase Celeste la verdad, antes podría seguir adelante con su vida.

Pero cuando entraron en la casa todos esos pensamientos se evaporaron. El aroma a café recién hecho y a tortitas era demasiado poderoso, y él estaba hambriento. Iba a disculparse para ir al lavabo cuando oyó una voz familiar en el pasillo.

–Mi padre ha vuelto –dijo Celeste. Entonces oyeron una voz de mujer–. Y parece que no ha venido solo.

Encontraron a Rodney Prince y a su invitada en el salón. Ben reconoció a la mujer de la noche anterior y no le sorprendió en absoluto que Rodney estuviera besándola porque le había parecido…

Celeste se tapó la boca con la mano, pero un gemido escapó de su garganta.

Sorprendido, Rodney se apartó de la hermosa viuda, Suzanne Simmons, y carraspeó antes de saludarlos.

–Ah, hola… ya conocéis a la señora Simmons.

Ben se adelantó para estrechar su mano, sabiendo que así le daba unos segundos a Celeste para reaccionar…

–¿Qué está pasando aquí? –exclamó ella.

No, no había necesitado tiempo para reaccionar.

Suzanne puso una mano en el brazo de Rodney, y él le dio una palmadita.

–Suzanne y yo vamos a casarnos, Celeste. Somos muy felices y estamos deseando formar una familia.

–Papá, tienes sesenta y cinco años…

–Suzanne está embarazada –la interrumpió su padre–. Anoche nos dimos un susto, pero hemos estado en el médico y todo va bien.

–Enhorabuena, Rodney –lo felicitó Ben–. Estoy seguro de que seréis muy felices.

Otra frase vacía, aunque esta vez sin duda apreciada. Ben creía en el amor, pero era el final feliz con lo que un hombre no podía contar.

La expresión de Suzanne era de preocupación mientras daba un paso adelante para tomar la mano de Celeste.

–Lo siento, sé que esto debe de ser una sorpresa para ti. Queríamos contártelo esta noche, durante la cena… espero que podamos ser amigas.

Ben vio que Celeste tragaba saliva, pero luego pareció encontrar fuerzas para sonreír.

–Me alegro mucho… por los dos.

–La compra de la empresa ha llegado en el

momento adecuado –dijo Suzanne entonces, dirigiéndose a Ben–. Queremos disfrutar del niño sin que Rodney tenga que trabajar doce horas al día…

–Sí, lo entiendo.

–Tu padre me ha contado que quieres abrir otra tienda, imagino que estarás muy contenta.

Celeste miró a su padre, pero él apartó la mirada.

Y Ben sintió su dolor como si fuera suyo. A él le había ocurrido algo parecido a los diez años, cuando de repente se quedó sin hogar. El dolor de ser apartado era el mismo tuviese uno la edad que tuviera. Pero al menos aquel día podía hacer algo para ayudar.

–No esperaba verte tan pronto, Rodney. Acababa de invitar a tu hija a desayunar en el centro.

–Denise está sacando el desayuno a la terraza.

–Y con el apetito que tengo… –sonrió Suzanne, poniendo una mano sobre el brazo de su prometido– seguro que puedo comerme la mitad. Vosotros marchaos, nos veremos aquí después.

Cinco minutos más tarde, una Celeste aún atónita subía al Mercedes de Ben para ir a la ciudad. Sin protestar. Las últimas doce horas habían sido un golpe detrás de otro para ella y, sin embargo, se había mostrado fuerte.

Él no era un experto en cuestiones familiares,

y aquel día era un extraño, como siempre. Sabía que no debería sentirse responsable, y sin embargo, ¿qué le costaba hacer sonreír a Celeste de nuevo?

Y sabía por dónde empezar.

Capítulo Tres

Celeste miraba los eucaliptos que flanqueaban la carretera mientras Benton y ella se alejaban de la casa de su padre. Una casa a la que no estaba segura de querer volver.

Benton no intentó entablar conversación, y ella se lo agradeció. Llevaban casi una hora en el coche y, después de darle muchas vueltas, había llegado a una conclusión: las cosas ocurrían siempre por una razón. La sorpresa que había recibido aquel día le había hecho ver que el sueño de tantos años no era más que eso, un sueño. Podía lamentarse y sentirse traicionada u olvidarse del asunto. Y como ya no le quedaban esperanzas, la segunda opción era la única aceptable.

Benton frenó cuando llegaban a un semáforo y, suspirando pesadamente, Celeste se quitó las gafas de sol para estudiar a su chófer, que en aquel momento parecía más un regalo del cielo que un asesino a sueldo. En cualquier caso, era el hombre más guapo que había conocido nunca y, aparentemente, también era una persona sensible.

–Gracias por sacarme de allí.

–De nada –contestó él.

Era guapo como los chicos malos de las películas, tal vez con un toque de sangre mediterránea. Su piel era suave, cetrina, el pelo oscuro y lo bastante largo como para rozar el cuello de la camisa. No podía ver sus ojos, de modo que se concentró en su perfil, en sus labios… hermosos labios masculinos. Recordaba lo suaves que eran…

–Ya casi hemos llegado –dijo él entonces–. Me gustaría ver tu tienda.

Celeste negó con la cabeza. Estaba llevando la compasión demasiado lejos.

–No estás interesado en mis cinturones y mis bolsos.

–Puede que no, pero me interesa saber lo que haces todos los días.

Brooke estaría en la tienda porque solía trabajar los fines de semana. Eran amigas desde siempre, pero aquel día no podía enfrentarse con ella. Conociendo la historia familiar, Brooke intentaría consolarla, y Celeste prefería olvidar lo que había visto con un buen baño caliente y un buen libro.

–Lo siento, pero prefiero que me dejes en casa.

–No, no pienso hacerlo.

–¿Perdona?

–Hace un día demasiado bonito para encerrarse en casa.

–No voy a ponerme a llorar, no te preocupes. Ya he llorado más que suficiente.

Benton se quitó las gafas de sol para mirarla.

–Vamos a hacer un trato.

–Mira, no estoy de humor…

–No es que lleve la cuenta, pero me debes un favor. De hecho, me debes dos.

Sí, era cierto. Le debía uno por aceptar el plan de llevar la empresa de su padre durante seis semanas y otro por sacarla de la casa.

–Muy bien. ¿Qué quieres?

–Te llevaré a casa, pero sólo para que subas a buscar el bañador.

–¿Para qué?

–Es un secreto –contestó Benton.

Celeste se imaginó en un *jacuzzi* en algún dúplex en el centro de la ciudad… pero no pensaba dejar que se aprovechase de la situación, al contrario.

Aunque no sabía por qué se preocupaba tanto. Había comprado un biquini nuevo la semana anterior y, aunque pesaba un par de kilos más de lo que le gustaría…, qué demonios. No pasaría nada por ser impulsiva una vez.

Decidida, le indicó cómo llegar a su apartamento, y diez minutos después bajaba de nuevo con una bolsa de playa.

–¿Te sientes mejor?

–En realidad, no siento nada –Celeste se encogió de hombros–. Debe de ser un mecanismo de defensa, ha sido uno de los peores días de mi vida.

–Pues vamos a arreglar eso –sonrió Benton, ajustando el retrovisor.

Poco después llegaron al puerto, donde una mujer de pelo rubio y pantalón corto salió para saludar a Benton y darle una cesta de merienda.

–¿Lo tenías preparado?

–La he llamado al móvil mientras te esperaba.

Ben tomó a Celeste del brazo y la llevó por el muelle hasta un yate impresionante de nombre *Fortuna.*

–¿Es tuyo?

Cuando se quitó las gafas de sol, Celeste vio un brillo de orgullo en sus ojos.

–Es precioso, ¿verdad?

–Muy bonito, pero imaginé que tendrías algo más grande –bromeó ella.

–Te aseguro que es lo bastante grande –sonrió Benton, tomándola del brazo otra vez.

Una vez a bordo, Celeste se puso el biquini naranja y una camisa blanca, y Benton un pantalón cargo de color caqui y un chaleco de neopreno que destacaba la anchura de sus hombros.

Celeste respiró profundamente, dejando que la brisa marina acariciase su cara. Qué diferencia de la noche anterior, cuando aquel hombre era su enemigo.

¿Y aquel día?

Bueno, aquel día ella era una mujer nueva

con un montón de posibilidades, incluyendo a Benton Scott.

Mientras él sacaba el yate del puerto, Celeste observó la brisa moviendo su pelo y admiró las arruguitas que se formaban alrededor de su boca cuando sonreía. ¿Estaría saliendo con alguien?, se preguntó. De ser así, no podía ser una relación muy seria. Además, le había dicho que no estaba interesado en el matrimonio.

¿Estaría evitando el matrimonio porque le gustaba salir con unas y con otras? ¿Le habría roto el corazón alguna mujer? No, seguro que no.

Benton echó el ancla cuando llegaron a una cala desierta. La playa, resguardada por una pequeña arboleda, parecía un pequeño paraíso.

Después de sacar la cesta de la merienda y una manta, Benton le mostró una botella de champán con una etiqueta muy conocida.

–¿A alguien le apetece champán?

–No, gracias, prefiero un refresco.

–Imagino que no es un día para celebraciones –murmuró él, mientras bajaban por la escalerilla.

–En realidad, sí lo es –dijo Celeste entonces–. Ahora puedo empezar a vivir de verdad.

–¿A qué te refieres?

–Es una larga y aburrida historia…

–Bueno, tenemos todo el día –Benton puso la manta sobre la arena y se dejó caer sobre ella.

Celeste solía guardarse los detalles más sórdidos de su vida para sí misma. Su única confidente era Brooke, pero tal vez aquél era el mejor momento para hacer una purga y contarlo todo. ¿Sería buena idea mostrarse sincera con el hombre que estaba a punto de comprar la empresa de su padre?

Arrugando la nariz, se llevó la lata de refresco a la cara.

–¿Seguro que quieres que te lo cuente?

–Pues claro. Tenemos sándwiches… –Benton examinó el contenido de la cesta– queso, fruta, refrescos y bombones de chocolate. Hay provisiones suficientes para aguantar aquí hasta el miércoles.

Celeste sonrió, pero dejó de hacerlo cuando empezó a relatarle su historia:

–Mi padre era hijo de un mecánico y se convirtió en mecánico también, mientras mi madre venía de una familia adinerada. La casa en la que vive ahora fue un regalo de mi abuelo, que nunca lo vio como el mejor partido para su hija, como te puedes imaginar.

–Ya, claro.

–Imagino que mi padre se sentiría presionado para triunfar habiéndose casado con una mujer rica… en fin, cuando consiguió una buena cantidad de clientes en su negocio de reparación de cortacéspedes, mi madre sugirió que pidiese un préstamo para ampliar el negocio –Celeste apoyó una mano en la arena, recordando aquellos días como recordaría su película favorita–. Ésos fueron los momentos más felices de mi vida. Mi padre estaba muy ocupado, pero siempre tenía tiempo para nosotras. Desgraciadamente, su falta de formación empresarial impidió que viera que uno de sus socios le estaba robando… él estaba destrozado, pero mi madre lo sacó del apuro pidiéndole un préstamo a mi abuelo, a quien no le hizo mucha gracia… –Celeste se abrazó las rodillas–. Y a partir de entonces mi padre cambió por completo.

–Imagino que fue un golpe para su orgullo –murmuró Ben–. ¿Cuándo supiste tú todo eso?

–Una niña lo escucha todo… las discusiones, las peleas. Mi padre quería hacer las cosas de una forma y mi madre de otra… aunque normalmente ganaba ella porque era más astuta para los negocios. Por fin la empresa se recuperó del todo, pero mi padre nunca reconoció el esfuerzo que había hecho mi madre. De hecho, creo que en el fondo estaba resentido con ella. Con el tiempo, las diferencias se fueron ampliando y, cuando cumplí diez años, yo ya sabía que el amor entre ellos había muerto –Celeste miró a Benton entonces–. Puede que creas que un niño no puede saber eso, pero yo lo veía en sus ojos.

–Te creo –dijo él entonces, con aparente sinceridad.

–El día de mi cumpleaños, mi madre organizó una fiesta estupenda con todas mis amigas. Mi abuelo había muerto la semana anterior y la pobre aguantó como pudo, pero cuando fue a darme un beso de buenas noches empezó a llorar, y yo le pregunté qué le pasaba... por lo visto, mi abuelo se lo había dejado todo a su hermano mayor. Tal vez porque nunca le habían devuelto el dinero del préstamo... mi padre siempre lo iba posponiendo y, al final, ella se quedó sin herencia que dejarme. La pobre sólo encontraba un consuelo: que algún día mi padre me dejase a mí las riendas del negocio. Aunque entonces eso no me importaba, lo único que deseaba era que mis padres se quisieran otra vez.

–Pero tu madre murió, de modo que ya no podía influir en los asuntos de la empresa –dijo Ben.

–Eso es.

Además, su padre iba a casarse y a tener otro hijo. Celeste siempre había querido tener un hermano, pero en aquel momento no podía verlo de manera tan sencilla.

–Tras la muerte de mi madre, yo me sentí muy sola... y cuanto más tiempo estaba sin ella, más importante era para mí que mi padre me dejase el negocio, como ella había querido. Pero después de esta mañana, esa parte de mi vida ha terminado para siempre –Celeste levantó la barbilla–.

No me gusta admitirlo, pero la verdad es que me siento aliviada.

–Me alegro. Y debes olvidarte del asunto y pensar en lo que quieres hacer con tu vida.

Celeste se tumbó sobre la arena, con las manos en la nuca, mirando el cielo.

–La verdad es que no estoy muy segura de lo que quiero. Ni siquiera de quién soy.

Ben se tumbó a su lado, apoyando la cara en una mano para mirarla.

–Eres una mujer joven y preciosa… que está igual de guapa con un vestido que con un biquini.

–Debo admitir que tú tampoco estás mal –rió Celeste.

–Pero eso no ha evitado que intentases tirarme del cortacésped. Menos mal que me he agarrado con todas mis fuerzas.

Ella miró la fuerte columna de su cuello. Su torso debía de ser duro como el granito, pero cálido y humano. Ardiente y maravillosamente masculino.

Una ola de deseo la envolvió entonces con tal fuerza que, nerviosa, se levantó de un salto.

–Hace mucho calor –murmuró, quitándose la camisa–. Voy a bañarme.

¿Pero por qué corría?, se preguntó. Benton ya no era su enemigo, y la verdad era que ella deseaba que la tocase. Lo deseaba con todas sus fuerzas y sabía por el brillo de sus ojos que él lo deseaba también.

Cuando el agua le llegaba por la cintura, vio a Benton quitándose los pantalones y el chaleco. Poco después se reunió con ella, su cuerpo atlético apenas cubierto por un bañador negro. Lanzándose al agua de cabeza, estuvo buceando unos segundos y después apareció a su lado, echándose el pelo hacia atrás.

–Hola.

Al ver esos poderosos bíceps, Celeste sintió un estremecimiento. Tenía una presencia tan formidable que casi le daba miedo.

¿Debería ir a lo seguro y olvidarse de la atracción que sentía por él o arriesgarse y dar un paso adelante? Pero había recibido una impresión esa mañana, ¿estaba preparada para aceptar las consecuencias?

Indecisa, contuvo el aliento mientras nadaba hacia el otro lado… pero Ben la agarró del tobillo.

–¿Dónde vas?

Riendo, Celeste empujó su cabeza para hacerle una ahogadilla, y él le devolvió la broma. Cuando salieron para buscar aire estaban riendo los dos, pero entonces Ben la tomó por la cintura y la sonrisa murió en sus labios. En sus ojos había un brillo lleno de promesas, de sensualidad.

Y esta vez, Celeste no se movió.

–¿De verdad creías que intentaría seducirte para conservar la empresa de mi padre?

Benton puso las manos en su cintura.

–No sabía qué pensar, lo cual es extraño. Normalmente no tengo problemas para analizar a la gente.

–¿Es un talento especial?

Los ojos de Benton se oscurecieron mientras deslizaba las manos por su trasero.

–Uno de ellos.

–Lo admito ahora: me gustó que me besaras.

–Ya lo sabía –sonrió él, tomando su mano para besarla–. Y a lo mejor te interesa saber que mis habilidades no se limitan al boca a boca.

–¿Ah, no?

–No –murmuró Ben, besando sus dedos uno por uno y metiendo el último en su boca durante un segundo.

Celeste se quedó sin aire. Aunque intentaba mostrarse indiferente, le costaba trabajo respirar.

–No está mal.

–Éste es uno de mis favoritos… besar tu cuello.

La curva de su garganta parecía conectada con sus pezones a través de una cuerda invisible que los despertaba a la vida.

–Muy bien, señor Scott –empezó a decir, con voz ronca–. Pero no es muy original.

–¿Quieres algo nuevo y emocionante?

–¿Eso sería esperar demasiado?

–No lo sé, dímelo tú.

Celeste sabía lo que estaba preguntando. Benton Scott no estaba interesado en compromisos y, después de lo que había pasado aquel día, tampoco lo estaba ella.

–Creo que durante los últimos quince años de mi vida me he estado limitando a mí misma… viviendo sin perder de vista el objetivo de dirigir la empresa de mi familia. Lo de hoy me ha dolido, pero tienes razón, debo dejar todo eso atrás y hacer lo que sea mejor para mí –dijo Celeste, enredando los dedos en su pelo–. ¿Eres tú lo que necesito, Benton Scott?

–No lo sé, pero desde luego tú sí eres lo que yo necesito.

Bajo el agua, Celeste notó cuánto la necesitaba y, dejándose llevar por un deseo que ni quería ni podía controlar, apoyó los labios en los suyos.

–Creo que estoy preparada para probar el boca a boca otra vez.

Benton sonrió.

–Veré qué puedo hacer para que resulte nuevo y excitante.

Capítulo Cuatro

Celeste se olvidó de las inhibiciones y le devolvió el beso, experimentando de nuevo un caleidoscopio de emociones, como le había ocurrido la noche anterior. Pero esta vez el deseo era más profundo, más excitante. Temblaba pensando en lo que iba a pasar.

Las grandes manos masculinas la apretaron contra su entrepierna antes de tirar de ella para besarla bajo el agua… sin oír nada, viendo el reflejo del sol sobre la superficie.

Y cuando volvió a salir para buscar aire, la parte superior de su biquini estaba en las manos de Benton.

Atónita, Celeste miró hacia abajo. Sí, estaba desnuda de cintura para arriba.

–No sé cómo ha pasado –sonrió él–. Espero que no seas tímida.

Normalmente lo era, la clase de chica que apagaba la luz para hacer el amor. Y no había estado con nadie en algún tiempo. Pero ningún hombre la había atraído como aquél. Podría besarlo para siempre, pero como no era posible se alegraba de haber aprovechado el momento.

—Hoy me siento atrevida —sonrió por fin.

—Eso es mejor que no sentir nada, ¿no? —los ojos azules de Ben brillaban, traviesos.

Estaba a punto de besarla otra vez cuando Celeste se apartó, mirando por encima de su hombro.

—No hay nadie por aquí, ¿verdad?

Él deslizó un dedo por su brazo, para hacer luego un círculo sobre una de sus aureolas.

—Eres atrevida, ¿recuerdas?

Derritiéndose con sus caricias, Celeste no encontraba palabras... particularmente cuando Benton desapareció bajo el agua. Sintiéndose expuesta, pero resistiendo el deseo de cubrirse los pechos con las manos, rió al sentir que le bajaba la braguita del biquini. Y un segundo después se estremeció al sentir su boca rozándola entre las piernas.

Benton salió del agua y se quedó frente a ella, como una montaña de hombre, con el biquini en la mano.

—¿Sigues sintiéndote atrevida?

Sí... no.

—Nunca había hecho algo así.

—¿Eres virgen?

—No, no... pero nunca me he acostado con alguien a quien apenas conozco.

Ben puso una mano en su cabeza, empujándola suavemente hacia atrás mientras la besaba profundamente… haciendo que sus pezones ardieran mientras se rozaba con el vello de su torso.

–Entonces me considero un hombre muy afortunado –murmuró, tomando su mano para llevarla hacia su erección.

–¿Se supone que también yo estoy teniendo suerte? –bromeó Celeste.

–Ahora mismo no deberías hablar tanto –protestó Benton, empujándola hacia él con una mano mientras con la otra la acariciaba entre las piernas, buscando el capullo escondido entre los rizos.

Celeste dejó escapar un gemido.

–¿Puedo decir que me encanta?

–Con una condición –le advirtió él, apretándose más contra su vientre–. Que yo pueda decir lo mismo.

–¿Qué quieres decir?

–¿Tomas la píldora?

¿La píldora?

–No, me temo que no –contestó Celeste.

Benton se apartó un poco, sin dejar de besarla.

–Yo tengo preservativos en el yate.

De modo que solía llevar allí a otras mujeres. ¿Cuántas, dos, veinte?

En fin, los dos tenían experiencia; él más que ella, sin duda. ¿Pero qué había esperado? ¿Y qué importaba cuando era capaz de encenderla con sus caricias?

Después de recuperar el biquini, Benton la tomó en brazos y se dirigió a la escalerilla del yate.

–Me parece que no voy a poder subir contigo en brazos.

Muy bien, pero ella no pensaba subir la primera a menos que se pusiera el biquini.

–Suéltame, yo te seguiré.

–No, espera, tengo una idea mejor.

Con un rápido movimiento, Benton se la colocó al hombro estilo saco de patatas, su trasero desnudo pegado a su cara. Y Celeste sintió que le ardían las mejillas.

–No me siento muy cómoda en esta postura, la verdad.

–Debo confesar que siento el deseo inconfesable de darte un azote –rió él.

–¡No te atreverás!

Riendo, Benton la llevó al camarote y, después de dejarla en el suelo, se quitó el bañador.

«Madre mía».

Pero antes de que pudiera seguir pensando, la llevó a la ducha y, tomando un bote de jabón líquido, empezó a enjabonarla por todas partes.

–¿Yo puedo jugar también?

–Cuando quieras.

Mientras Ben le frotaba el estómago, ella frotaba unos hombros que parecían interminables. Su torso, sus abdominales de piedra y más abajo…

–No te pares ahí.

De modo que Celeste no se detuvo. Y cuando Ben echó la cabeza hacia atrás, con los ojos cerrados, vio las venas de su cuello más marcadas que nunca…

–Creo que será mejor que pares –dijo luego con voz ronca, apoyando las manos en la pared.

Después de secarse con una toalla la llevó a la cama, que no era de matrimonio, pero en aquel caso no importaba en absoluto.

Celeste se tumbó de espaldas, y él se colocó encima, besando sus pechos, pasando la lengua por sus pezones y tirando de ellos suavemente con los dientes.

–Si haces eso otra vez, voy a explotar.

–¿Esto, quieres decir? –sonrió Ben, haciéndolo de nuevo.

–¿Dónde están… los preservativos?

Unos segundos después estaba protegido y sobre ella otra vez. Y cuando la penetró, su sangre se convirtió en fuego y sus huesos parecieron derretirse. Era tan excitante…

–Creo que me voy a desmayar.

–Espera un momento…

Un momento en el que Celeste descubrió que ése era su sitio, entre los brazos de aquel hombre, en su cama.

–Sé que aún no hemos terminado –murmuró, enredando las piernas en su cintura–, ¿pero podemos hacerlo otra vez?

Sabía que él se habría reído si tuviera energía para hacerlo. Pero, por el brillo de sus ojos, necesitaba conservar fuerzas para controlar la oleada. Y la de Celeste estaba convirtiéndose en un tsunami.

Ben empujó con fuerza, llegando al sitio adecuado con la presión necesaria, y la ola la envolvió por fin. Sus músculos se contrajeron y, un segundo después, explotó con la fuerza de una bomba, el placer irradiando por todo su cuerpo, las sensaciones tan poderosas que no quería que terminasen nunca.

Él empujó una vez más, todos los músculos de su cuerpo temblando. El sonido que escapó de su garganta era casi de dolor mientras empujaba de nuevo, y Celeste deslizó los dedos por su brazo, con los ojos cerrados. ¿Dónde había estado toda su vida?, se preguntó.

¿Y dónde estaría durante el resto de ella?

Estuvieron abrazados durante largo rato; Benton apretándola contra su cuerpo, ella haciendo dibujos con el dedo sobre su torso.

Parecían estar hechos el uno para el otro; como si una vez hubieran estado juntos y ahora las dos partes se hubieran reunido. Pero eso eran cosas de su romántica imaginación, se dijo. Como era una tontería pensar que había conocido su olor antes... limpio y masculino. Real y embriagador.

Más tarde, cuando Benton sugirió que nadasen un rato, aún sintiéndose valiente, Celeste lo siguió y nadaron desnudos en las frescas aguas del océano. Después comieron sándwiches y bombones de chocolate en la playa… e hicieron el amor de nuevo, esta vez tomándose su tiempo, haciendo que el placer durase, reteniendo la recompensa todo lo que les era posible… y la recompensa fue dos veces más satisfactoria.

Benton parecía conocer bien el cuerpo de una mujer y le complacía sinceramente dar y recibir placer, de modo que aquel día *ella* era la afortunada.

Cuando el sol empezaba a enterrarse en el mar salieron del camarote, Ben con el pantalón, ella sólo con la camisa. Nunca se había portado de esa manera con un hombre, pero le parecía lo más natural.

Riendo, se dejaron caer sobre las tumbonas de cubierta, con las manos entrelazadas, mirando el cielo.

—Mira, están saliendo las estrellas.

¿Siempre habían sido tan bonitas?

«Todo va a salir bien», parecían estar diciéndole. Aunque era una tontería, claro.

—¿Cómo te sientes? —le preguntó él.

—¡Viva!

—Me alegro —sonrió Benton, apretando su mano.

–Y también un poco… inquieta.

–¿Por qué?

–Porque tú sabes muchas cosas sobre mí, pero yo no sé nada sobre ti.

Quería saberlo todo, desde su infancia a cuáles eran sus planes para el futuro. ¿Había tenido alguna relación duradera? ¿Quería enamorarse? En fin, todo el mundo quería enamorarse. Eso era lo que hacía que la raza humana siguiera adelante. La atracción, el deseo, la sensación de poder contar con otro ser humano para todo. Lo había visto en las películas, lo había leído en las novelas románticas… pero nunca había sentido la posibilidad de enamorarse más claramente que en aquel momento.

Desde luego, Benton Scott era un asesino a sueldo y su disparo le había dado directamente en el corazón.

–No hay mucho que saber sobre mí.

–Seguro que sí.

–No, en serio. No hay mucho de interés en mi vida –rió él.

–Estás siendo modesto.

–¿Por qué no usas tu bola de cristal?

Al mirarlo vio algo en su expresión que la acongojó. No estaba siendo modesto ni misterioso, sencillamente había algo que no quería contarle. ¿Qué habría en su pasado que no quería compartir con ella?

–Lo siento, no quería meterme donde no me llaman.

Benton la miró entonces, pasándose una mano por el pelo como para despertar los recuerdos.

–Vamos a ver…, crecí en una casa de acogida. A los dieciséis años conseguí un trabajo y con él me pagué la carrera. A los veinticuatro descubrí la Bolsa y un año después había ganado un millón de dólares. El resto, como suele decirse, es historia.

Su infancia no era lo que ella había esperado. Había imaginado una casa similar a la suya, vacaciones en un yate o esquiando, unos padres que cuidasen de él.

–¿Qué fue de tus padres?

–Mi madre murió unos días después de que yo naciera. No hace falta que digas que lo sientes, ni siquiera la conocí.

Y a Celeste se le encogió el corazón precisamente por eso.

–¿Y tu padre?

–Buena pregunta.

–¿Tu madre no estaba casada?

–Sí, lo estaba, pero se divorciaron casi enseguida.

–¿No has intentado buscarlo?

Ella lo hubiera hecho. Querría saber de dónde venía, si tenía hermanos o hermanas, si tenía abuelos. ¿Ben no quería respuestas?

–La verdad es que contraté a un investigador privado hace poco, pero por el momento no ha encontrado nada. Había pensado probar con una agencia importante, gente más profesional… pero si a mi padre biológico no le importé entonces, no creo que le importe ahora –Benton miró el cielo–. Algunas personas no quieren ser encontradas.

Lo había dicho con una sonrisa, pero Celeste se dio cuenta de que le dolía. ¿Se habría entrenado a sí mismo para que no le importase porque así no se llevaría una desilusión? Tal vez por eso se había mostrado tan comprensivo con ella. Al fin y al cabo, también ella se había agarrado tontamente a una esperanza. Dolía tener que dejarla ir, pero Celeste había descubierto que dolería más seguir agarrada a ella.

–Seguro que tu padre estaría orgulloso de ti.

Benton, que seguía mirando el cielo, hizo un gesto con la mano.

–¡Mira!

–Una estrella fugaz –sonrió Celeste–. Hacía siglos que no veía una.

–Yo solía mirarlas desde mi ventana, esperando… –Benton se quedó en silencio, como si pensara que había hablado demasiado–. Se supone que hay que pedir un deseo.

Imaginando a un niño solitario buscando estrellas fugaces desde su ventana, Celeste cerró los ojos y pidió un deseo para los dos.

–Sé lo que has pedido –dijo él, levantándose de la tumbona.

Sí, tal vez lo imaginaba. Pero ella no lo admitiría nunca porque no quería que supiera que ya era casi una adicta a su sonrisa, a sus caricias.

–¿Ah, sí?

Ben levantó un dedo, como pidiendo que esperase un momento, antes de bajar al camarote. Unos segundos después llegaron hasta la cubierta las notas de una canción, y cuando Ben reapareció, una silueta masculina formidable, tiró de su mano para levantarla.

–Has pedido un baile.

Celeste apoyó la mejilla en su torso, mordiéndose los labios. Nunca se había sentido tan especial.

¿Pero lo era? ¿Sería aquello un simple revolcón o se atrevía a esperar algo más?

–Me alegro de que nos hayamos conocido.

–Yo también.

–Prometo cuidar bien de la empresa Prince, Celeste.

Ella tuvo que morderse los labios, pero se dijo a sí misma que eso era algo que debía dejar atrás.

–Seguro que sí.

Estuvieron bailando, casi sin moverse, durante largo rato, en silencio.

–Me gustaría que siguiéramos en contacto.

El corazón de Celeste empezó a dar saltos.

–Eso estaría bien, Benton –consiguió decir, con una voz más o menos firme.

–Llámame Ben.

–Ben –asintió ella.

–Podría llamarte cada trimestre para contarte cómo van las cosas.

¿Cada tres meses? ¿Era de eso de lo que estaba hablando?

Sí, claro, sólo hablaba de la empresa de su padre, que pronto sería *su* empresa. No estaba hablando de mantenerse en contacto a nivel personal.

«Sigue adelante con tu vida, Celeste». Benton Scott no era un hombre que buscase una relación sentimental. Y después de haber tenido que renunciar a la empresa Prince, tampoco ella debería estar pensando en eso.

–¿Te gustaría que nos quedásemos aquí esta noche?

Si era sincera, debía decir que lo deseaba más de lo que había deseado nada en su vida.

Pero si pasaba más tiempo en sus brazos, en su cama, sería muy difícil marcharse. Aquél podía haber sido un encuentro casual, pero había despertado en ella unos sentimientos inesperados. Sí, sería más seguro marcharse ahora para salvaguardar su corazón.

–Prefiero irme a casa.

¿Era su imaginación o Ben la había abrazado con más fuerza?

—Vamos a terminar este baile.

Cuando la canción terminó, la letra estaba grabada en su cabeza y en su corazón para siempre.

Pero había llegado el momento de marcharse.

Capítulo Cinco

¿Nochevieja?

Bah, un rollo, pensó Celeste, dejándose caer sobre un asiento de plástico en el aeropuerto de Sidney. Unos minutos antes se había despedido de Brooke, que se había ido a la romántica isla de Hamilton, en el gran arrecife de coral, para pasar la Nochevieja. Brooke y Pip, una amiga suya que trabajaba en una agencia de viajes, le habían suplicado que fuera con ellas: alojamiento de lujo, fiestas todas las noches…

Celeste dejó escapar un suspiro. No tenía fuerzas para eso.

Le encantaría irse de vacaciones, pero ya no lo veía todo de color de rosa. Aunque le gustaría ser más fuerte, aún intentaba acostumbrarse a la idea de que había perdido la empresa familiar. Y luego había otro problema…

Irse de viaje con Brooke y Pip sólo serviría para deprimirlas, y las pobres merecían unas vacaciones. Y si tenían la suerte de encontrar a alguien que les gustase…

Ella no quería estar en esa situación; con una

copa en la mano y apartando con la otra a una docena de cavernícolas borrachos.

Habían pasado seis semanas desde que se despidiera de Benton Scott, y cada vez que miraba a un hombre lo único que sentía era total indiferencia. Ninguno podía compararse con él.

De pronto sintió un cosquilleo en la nuca, como la caricia de la brisa. Y un segundo después, oyó un murmullo en su oído:

–Hola.

Celeste se dio la vuelta, con el corazón en la garganta. Y allí estaba, a su lado.

–¡Benton!

Mientras él daba la vuelta para sentarse a su lado, Celeste tuvo que contener el impulso de echarle los brazos al cuello. Estaba tan guapo…

Los vaqueros gastados abrazaban sus piernas como le gustaría hacerlo a ella. Llevaba la camisa remangada, dejando al descubierto sus poderosos antebrazos morenos…

–¿No te dije que me llamases Ben?

–Ah, sí, claro, ya me acuerdo.

–¿Qué estás haciendo aquí? –preguntaron los dos a la vez.

Y luego:

–Tú primero –también los dos a la vez.

–He venido a despedir a mi amiga Brooke.

–Brooke… la chica que te ayuda en la tienda, ¿no?

–Eso es. Brooke y otra amiga se han ido a pasar unos días de vacaciones a la isla de Hamilton.

–Ah, sé que en esa isla organizan unas fiestas tremendas. ¿Por qué no has ido tú?

–Porque estoy muy ocupada en la tienda… en fin, tengo cosas que hacer.

–Es una pena. Imagino que te vendría bien un descanso.

Pero si hubiera subido a ese avión, no se habría encontrado con él, pensó Celeste. Había soñado muchas veces con ese encuentro, pero nunca pensó que pudiera hacerse realidad.

–¿Qué haces tú aquí?

–Acabo de llegar de Perth.

«Estupendo», pensó Celeste.

–Entonces debes de estar cansado.

–He estado en Perth desde antes de Navidad.

–¿Por trabajo?

–Una mezcla de todo. Un amigo mío quería que le diese mi opinión sobre… –Benton no terminó la frase–. Pero imagino que tendrás que irte, ¿no? Es Nochevieja. Imagino que irás a alguna fiesta.

La habían invitado a varias, pero había rechazado todas las invitaciones. Por la misma razón por la que no había ido a la isla de Hamilton, porque sería un estorbo para los demás. ¿Pero cómo podía explicarle eso a Benton Scott?

–En realidad, como estoy tan ocupada en el trabajo, había pensado irme pronto a casa.

–¿Estás muy cansada?

–Pues…

–Es que acaban de invitarme a una fiesta y… –Ben hizo un gesto con la mano–. No, déjalo, no quiero molestarte más.

–No me estás molestando –rió ella.

–La fiesta es en mi edificio. ¿Te apetece ir?

–Pues… sí, la verdad es que sí.

–¿Tienes que cambiarte de ropa?

Celeste miró su vestido de punto negro y las chanclas plateadas.

–¿Tú qué crees?

–A mí me parece que estás preciosa –sonrió Ben, tomándola del brazo.

Sólo tenía que decirlo en voz alta para que Celeste lo creyera. Mientras salían de la terminal, se sentía la mujer más guapa del mundo. Una mujer para quien, de repente, había salido el sol.

–¿Te llamas Cindy?

Celeste negó con la cabeza.

–Celeste.

Reece, el hombre que Ben acababa de presentarle, se puso una mano detrás de la oreja para intentar oírla bajo el estruendo de la música.

–¿Sheryl?

–¡Celeste!

—Ah, bienvenida, Celeste. Cualquier amiga de Ben es amiga mía. Toma lo que quieras.

—Gracias.

La fiesta parecía divertida, pero ella hubiese preferido estar en el yate, los dos solos, derritiéndose uno en brazos del otro. Su encuentro aquella noche debía de haber sido cosa del destino...

¿Pero qué tendría el destino preparado para el día siguiente?

Alejándose de Reece, Celeste se abrió paso entre la gente para llegar hasta Ben, que estaba abriendo una botella de champán.

—¿Toda esta gente es amiga tuya?

—No, todos no —sonrió él, llenando dos copas—. Por nosotros.

No sabía qué había querido decir, pero Celeste brindó con él. Al menos estaban juntos, y cuando la fiesta terminase...

Un hombre alto y delgado se abrió paso hasta la barra y le dio a Ben una palmadita en la espalda.

—Benton, ¿cómo estás?

—No sabía que ibas a venir —sonrió él—. Malcolm, te presento a Celeste Prince.

—Encantado. Y estaré más encantado si dejas que recupere el dinero que me ha ganado tu novio. ¿Qué te parece, Ben? Dejo que tú tires primero.

–No, nada de billar esta noche.

–Sólo una partida, venga.

–A mí no me importa –dijo Celeste–. Me gusta el billar.

Malcolm le pasó un brazo por los hombros.

–Ben, cada día tienes mejor gusto con las mujeres.

Lo había dicho como un cumplido, pero Celeste recordó los preservativos en el yate. Ella había aceptado la invitación y no se arrepentía, ¿pero era una tonta al creer que la decisión de hacer el amor había sido suya? ¿No sería más realista admitir que había sido seducida por Ben como, sin duda, lo habían sido tantas otras mujeres?

Claro que ella era una adulta y, por lo tanto, no podía culpar a nadie de sus propias decisiones.

–¡Te apuesto cien dólares!

–No, en serio...

–A mí no me importa, de verdad –insistió Celeste.

–¿Estás segura? Presenciar una partida de billar no es lo que una mujer quiere hacer en Nochevieja.

Ben era un encanto, pero evidentemente tenía demasiados estereotipos en lo que se refería a las mujeres.

–A mí me gusta el billar.

Unos minutos después entraban en una habitación, dejando atrás el ruido de la fiesta.

–Tiras tú primero –sonrió Malcolm.

–Malcolm y yo tenemos un acuerdo –dijo Ben, guiñándole un ojo.

–Sí, el acuerdo es que jugamos los dos y él siempre gana –rió su amigo–. Pero eso se va a terminar.

Celeste se puso cómoda sobre un taburete para verlos jugar. Pero fue una partida rápida y ganó Ben.

Malcolm apoyó el taco sobre el tapete, pasándose la otra mano por el pelo.

–Una partida más, seguro que ahora te gano.

–No, esta noche no.

–Doble o nada. Venga, hombre… Celeste es una chica estupenda, seguro que no le importa.

Celeste decidió que era el momento de actuar. De modo que saltó del taburete, le quitó el taco de la mano, se apoyó en la mesa… y envió tres bolas a sus correspondientes esquinas.

–No, no me importa. Ya os he dicho que me gusta el billar.

Ben y Malcolm se miraron, atónitos.

–Ha sido un golpe de suerte.

Celeste volvió a tirar y envió otra bola a la esquina.

–¿Sabes jugar de verdad? –rió Ben.

–Pues claro.

–Ah, esto se pone interesante –dijo Malcolm entonces, volviendo a colocar las bolas–. Te dejo tirar a ti primero.

–No me hagas ningún favor –rió ella.

–Venga, empieza.

Celeste metió seis bolas en sus esquinas, dejando a Ben perplejo. Y cuando por fin falló, él prácticamente la apartó de un empellón.

–Me toca a mí.

Celeste apoyó la mejilla sobre el taco. Lo estaba pasando en grande.

Cuando Ben consiguió meter las siete bolas, tenía la frente cubierta de sudor. Luego, concentrado, se apoyó en la mesa para hacer chocar la bola blanca contra la negra, y Celeste contuvo el aliento… pero la bola se quedó a un centímetro de la esquina.

Y él apretó los labios, enfadado.

Demasiado educada para ponerse a dar saltos, Celeste se preparó para golpear la bola negra mientras Ben se tomaba la copa de un trago.

Pero entonces se abrió la puerta corredera que daba al balcón y el joven borracho que entró dando trompicones chocó contra la mesa enviando la bola al agujero.

Celeste soltó una palabrota, Ben sonrió y Malcolm saltó del taburete.

–Este patoso le ha estropeado el golpe, pero yo apuesto por tu amiga.

–No, ya hemos terminado por hoy –dijo Ben, tomando a Celeste del brazo para salir de la habitación.

–¿Dónde vamos?

–¿Quieres que nos quedemos?

No, pero tampoco quería irse a casa.

–¿Hay alguna alternativa interesante?

Ben dijo algo, pero era imposible entenderse con el ruido de la música, de modo que tiró de ella para salir del apartamento.

–Podemos ver los fuegos artificiales desde mi balcón –sonrió, llevándola hacia el ascensor–. A menos que prefieras ir a otro sitio...

¿Su balcón? ¿Se refería a su apartamento?

El corazón de Celeste se aceleró al pensar que iban a estar solos otra vez... sobre todo después de aquella competitiva partida de billar.

¿Habría pensado en ella durante esas seis semanas? ¿Habría vuelto a acordarse o sencillamente estaba aprovechando la oportunidad porque se había presentado?

La posibilidad de volver a hacer el amor con él era tan emocionante como peligrosa, como tirarse de un precipicio con los ojos vendados. Pero ¿y si para él no era más que un buen revolcón?

¿De verdad quería eso?

Por otro lado, Ben le había pedido que se quedase aquella noche en el yate; fue ella quien declinó la oferta. Tal vez, si no lo hubiera hecho, él la habría llamado…

En cualquier caso, ¿no podía dejar de darle mil vueltas a todo y disfrutar de aquel hombre fantástico durase lo que durase?

—Lo de tu balcón suena bien.

Dos minutos después llegaban a su ático, y Ben la llevó a un salón con suelos de madera clara, sofás de piel y mesas de cromo. Un sitio muy masculino.

—Estoy impresionada.

Una de las paredes era enteramente de cristal, y en una hora el cielo se iluminaría con los fuegos artificiales. Los organizadores del espectáculo en el puerto de Sidney siempre intentaban superarse a sí mismos y aquel año, supuestamente, iba a ser impresionante.

—Tienes una vista increíble desde aquí.

—¿Dónde has aprendido a jugar al billar?

Celeste sonrió. No había tardado mucho en sacar el tema. Cuando se volvió, Ben estaba muy cerca, tan cerca que podía notar el calor de su cuerpo.

—Mi padre me enseñó cuando era muy joven, y practiqué todas las tardes durante un año. Teníamos una sala de juegos en el internado…

—¿Jugabas al billar en un internado de chicas?

Celeste soltó una carcajada.

—Oye, que el talento de una mujer no se limita a tener niños y aplicarse el maquillaje. ¿De qué siglo eres?

–¿Quieres decir que no esperabas dejarme sorprendido?

–Bueno, en realidad sí lo esperaba.

–¿Y qué otras sorpresas me tienes reservadas?

A Celeste no se le ocurría ninguna, pero decidió hacerse la misteriosa.

–No serían sorpresas si te lo dijera.

–Dímelo de todas formas.

–No sé si estás preparado.

–Seguro que sí. Siempre estoy preparado para ti.

Irresistible… y arrogante. Un chico malo, desde luego.

–¿Ah, sí?

Su sonrisa era tan ardiente que no podía haber ninguna duda: quería repetir lo que habían hecho en el yate. Y la verdad era que ella quería que la tomase en brazos, que la llevase al dormitorio y la besara hasta que no supiera qué día era. Había pensado a menudo en acostarse con él otra vez, ¿pero quería ponérselo tan fácil?, se preguntó. Porque eso era lo que Ben parecía esperar.

«Siempre estoy preparado para ti».

Lo había dicho de broma, pero lo había dicho de todas formas. Y cuando se acercó un poco más, Celeste salió al balcón para tranquilizarse un poco.

Si se acostaba con Ben esa noche, le dolería que no volviese a llamarla. Claro que podía ser sincera y preguntarle si tenía intención de volver a verla, pero eso representaba un problema... para empezar, que podría quedar como una tonta. No, sería mejor hablar de otra cosa.

–He estado haciendo planes para abrir un servicio de floristería exclusivo. Era algo que quería combinar con la empresa de mi padre, pero... he tenido tiempo para pensar y ahora estoy segura de que eso es lo que quiero hacer.

–¿Se lo has contado a tu padre?

–No, ¿para qué? Él me ofreció dinero para que abriese otra tienda de bolsos, pero no lo acepté.

Ben apoyó los codos en la barandilla del balcón.

–¿Por qué no?

No era fácil explicarlo sin parecer una desagradecida...

–Para empezar, si mi padre me diese el dinero para la tienda, sentiría que era suya, no mía. Y yo quiero seguir adelante por mi cuenta, sin depender de nadie –contestó Celeste.

Pasara lo que pasara, el futuro sería suyo, las decisiones, los errores, las recompensas.

–Tu madre estaría orgullosa de ti.

Ella le había dicho lo mismo aquella noche, en el yate. ¿Cómo sería no haber conocido nunca a tus padres, saber que estabas solo en el mundo? Debía de ser como si te faltara una pieza de ti mismo, y ella no podía imaginar sentirse tan desplazada. Y, sin embargo, Ben había triunfado en la vida.

Y tal vez era el momento de hablar del asunto.

–¿Cómo va la empresa Prince?

–Bien –contestó él–. Hemos cancelado la deuda, he hablado con todas las franquicias para decirles cómo quiero que se hagan las cosas… sí, estoy contento. ¿Qué tal lo llevas tú?

Celeste se apartó el pelo de la cara.

–Ya me he acostumbrado a la idea –contestó. No era cierto, pero quizá algún día lo sería–. Y me alegro de que mi padre consiguiera un buen trato.

–¿Y con respecto al hijo que va a tener?

Ella dejó escapar un suspiro.

–Bueno, eso sigue siendo un poco raro, pero imagino que me hará ilusión cuando nazca. Estará bien no ser hija única por fin. Mejor tarde que nunca.

Benton se apartó de la barandilla.

–¿Quieres una copa?

–¿Te has preguntado alguna vez si tendrás hermanos por ahí? –le preguntó Celeste entonces, cambiando de tema.

–Prefiero no hablar de eso ahora –sonrió Ben–. ¿Quieres ayudarme a preparar una ensalada? La chica que limpia el apartamento me ha llenado la nevera esta mañana, pero tengo que descongelar un par de filetes.

–Muy bien.

Ben no tenía parientes, pero eso no había impedido que saliera adelante en la vida, que estuviera seguro de sí mismo. Ella, por otro lado, siempre se había agarrado a su padre, y ahora que ese pilar había desaparecido se sentía como a la deriva. Y aquella noche, sus conflictivos sentimientos por Ben no la estaban ayudando nada. ¿Podría aquella relación ir a algún sitio? Y si era así, ¿qué significaba eso para su futuro? Un futuro que parecía tan claro hasta seis semanas antes, pero que ahora estaba en el aire.

Celeste entró de nuevo en el apartamento y se colocó a su lado tras la encimera de granito negro para cortar lechuga, tomates y cebollas mientras Ben se encargaba de descongelar los filetes.

–¿Sueles cocinar?

–Casi todas las noches… dame la pimienta, por favor –contestó él.

Celeste levantó la cabeza para mirarlo y, al hacerlo, se le resbaló el cuchillo de las manos.

–¡Ay!

–A ver… –Ben se acercó enseguida para poner su mano bajo el grifo de agua fría–. No es un corte profundo, no te preocupes. ¿Ves? No es nada.

Salió un momento de la cocina para volver con

un botiquín y, después de ponerle una tirita, inclinó la cabeza y puso los labios sobre la herida. Era un gesto tan pequeño y, sin embargo, tan emocionante. ¿Sabría Ben el efecto que ejercía en ella? La repuesta inteligente era: por supuesto.

—Tengo que apartar los filetes del grill… se están haciendo demasiado.

—Estarán riquísimos, no importa —sonrió Celeste, moviendo su dedo con la tirita—. Gracias.

—De nada. ¿Quieres que te corte el filete?

—¿También quieres darme de comer?

Era una broma, pero en su mente apareció la imagen de ellos dos dándose de comer el uno al otro… y sin poder terminar porque el deseo hacía que se devorasen.

Sonriendo, Ben tomó los platos para sacarlos al balcón.

La cena sabía mejor que nada de lo que ella hubiera cocinado últimamente. Sin dejar nada en el plato, Celeste se dejó caer hacia atrás en la silla.

—Puedes cocinar para mí cuando quieras.

—Me alegro de que te haya gustado —dijo él, mirando el reloj—. Es casi medianoche.

Iba a besarla, pensó, todo el mundo se besaba en Nochevieja. ¿Pero qué pasaría después? ¿Debía hacerle saber que también ella quería más? ¿Y si Ben no entendía la pista?

¿Y si la entendía?

El ruido en la calle aumentaba por segundos:

gritos, petardos, canciones. A la gente de Sidney le encantaba la Nochevieja, y aquel año su alegre ciudad se había convertido en un espectáculo.

Ben volvió a mirar el reloj y luego estudió el famoso puente de Sidney, que estaba a punto de iluminarse con todos los colores del arco iris.

–En caso de que estés preguntándotelo, voy a besarte.

Celeste tragó saliva, pero se encogió de hombros, como si no tuviera importancia. Si él podía bromear al respecto, también podía hacerlo ella.

–No estaba pensando en eso.

Desde abajo les llegó la cuenta atrás…

Diez, nueve, ocho…

Ben, recortado dramáticamente entre la luz y la sombra, tomó su mano.

–Llevo toda la noche deseando hacer esto.

Cinco, cuatro, tres…

Celeste quería besarlo, ¿pero qué quería Ben de ella?

Mientras lo miraba a los ojos resonó un grito de «Feliz Año Nuevo» y el cielo se iluminó con los fuegos artificiales. Mientras todo explotaba a su alrededor, Ben llevó hacia atrás sus manos unidas y la apretó contra su pecho.

–Hay estrellas fugaces esta noche, Celeste. Pide un deseo.

Su presencia era tan fuerte, tan masculina, tan hipnótica, que apenas podía respirar.

—Pídelo tú.

—Me gustaría que te quedases esta noche.

Su piel ardía, las piernas se le doblaban. ¿Qué quería? ¿Dónde llevaría aquello?

—No estoy segura…

—Entonces tendré que convencerte —murmuró él, bajando la cabeza para buscar sus labios—. Feliz… —un beso— Año —otro beso— Nuevo…

Tomando su cara entre las manos, la besó despacio, profundamente, con el deseo y la pasión con los que Celeste había soñado durante esas semanas.

—Sí —murmuró, sin abrir los ojos.

Capítulo Seis

A Celeste le daba igual que fuese o no la decisión más acertada porque sabía que era la más acertada en aquel momento. Con los fuegos artificiales, la alegría de la gente, la música sonando en la calle, Ben la llevó a su dormitorio y ella lo siguió.

El olor de la pólvora quemada, mezclado con el olor masculino de su cuerpo y las sombras de la pared hacían que aquél pareciese un momento surrealista.

Sin dejar de mirarla a los ojos, Ben le quitó el vestido… y luego sonrió.

Y ella sabía por qué: el conjunto de encaje negro de sujetador y tanga era de lo más sexy.

Desde luego, había sido una suerte que el destino guiara su mano esa tarde cuando se vistió para ir al aeropuerto.

Había soñado con estar frente a Ben llevando ese conjunto, pero su fantasía no había llegado tan lejos… no, no se le había ocurrido que Ben pudiera estar acorralándola frente a la cama con ese brillo travieso en los ojos dos minutos después de la medianoche el día de Año Nuevo.

Cuando se dejó caer sobre la cama él la siguió y, tomando su cara entre las manos, la abrasó con un beso perfecto. Lo que ocurría allí dentro no tenía nada que envidiar a los fuegos artificiales de fuera. El único espectáculo que merecía la pena aquella noche tenía lugar allí, en la habitación de Benton Scott.

–He pensado mucho en ti, Celeste.

¿De verdad habría pensado en ella? ¿Debería ser sincera con él?

–Yo también –dijo por fin.

Ben la besó en el cuello, despertando una oleada de deseo que la impidió seguir pensando. No quería pensar en nada más que en las sensaciones que provocaban sus caricias. Ya tendría tiempo para diseccionar lo demás. Ahora no...

Celeste tiró de su camisa para ayudarlo a quitársela, acariciando el granito humano que tanto le gustaba, más caliente y más vital de lo que recordaba. Y Ben empezó a quitarle el sujetador, tirando de ella para tenerla más cerca.

–Voy a hacer que cumplas tu promesa.

–¿Qué promesa?

–Quedarte toda la noche.

Ben la dejó sobre el edredón y, cuando inclinó la cabeza para acariciar sus pechos con la lengua, Celeste estuvo a punto de desmayarse.

–Me gustas más desnuda –murmuró.

Nadie le había hablado nunca de esa forma, y

debía confesar que le gustaba. Casi sin respiración, Celeste levantó las caderas y dejó que le quitase las braguitas. Y se mordió los labios para contener un gemido cuando el canto de su mano rozó el interior de sus muslos.

Se agarró al edredón cuando los expertos dedos de Ben empezaron a atizar el fuego hasta que, justo antes del momento crucial, se apartó. Celeste abrió los ojos y encontró su colosal silueta frente a ella, de rodillas sobre la cama.

Tomándola por las caderas, Ben tiró de ella hasta dejarla sentada sobre sus muslos, rozándola con su erección pero sin entrar en ella todavía. Celeste le echó los brazos al cuello, y ésa pareció ser la señal porque de repente lo sintió dentro.

Había estado loca al pensar que Ben podría no querer hacer el amor esa noche. Al día siguiente pensaría lo que debía hacer. Por el momento, la idea de hacer el amor con Ben Scott una vez más era lo único que importaba.

Celeste se quedó dormida al amanecer, pero la despertó el aroma a café recién hecho. Antes de abrir los ojos recordó las horas sublimes que había pasado en la cama con Ben...

Estirándose, tuvo que sonreír.

La vida era maravillosa.

—Ya era hora.

Ben, en vaqueros y camiseta blanca, entró con una bandeja en la mano y Celeste se incorporó, sintiéndose un poco ridícula por taparse con la sábana. Ya lo había visto todo, lo habían hecho todo. No había nada que esconder. Y sin embargo, cuando la miró mientras dejaba la bandeja sobre la cama se puso colorada. Se sentía más libre con él que con cualquier otro hombre que hubiese conocido y, sin embargo, nunca se había sentido más vulnerable.

La noche anterior había terminado y empezaba un nuevo día.

¿Adónde iban a partir de ese momento?

—¿Leche?

—Sí, gracias.

—¿Azúcar?

—Una cucharadita.

—Acabo de hacerlo, no soporto el café instantáneo.

Cuando Ben se sentó al borde de la cama, Celeste tuvo que hacer lo imposible para sujetar la taza con una mano y la sábana con la otra.

—¿Qué haces? —sonrió él, tirando de la sábana.

En lugar de taparse de nuevo, Celeste contuvo el aliento como había hecho en la playa.

—Me siento un poco… incómoda.

—¿Por qué? Quiero que te sientas cómoda sabiendo que eres preciosa. Y esta mañana estás resplandeciente.

Luego inclinó la cabeza para darle un beso en ambos pechos y se incorporó para besarla en los labios.

Cuando se apartó, Celeste quería tirar de él y seguir besándolo. La afectaba de una forma que desafiaba al sentido común. Era como si lo conociera desde siempre, como si estar con él fuese volver a casa de alguna forma. ¿Sería lo mismo para Ben?

–¿Qué hay en la bandeja?

–Magdalenas, cruasanes, mantequilla, miel y mermelada.

–¡Qué maravilla!

Ben hizo girar un imaginario mostacho.

–Todo con un propósito malvado, por supuesto. Vamos a comer en la cama.

–¿No temes que se llene de migas?

–Lo soportaré –sonrió él, tumbándose a su lado y cruzando los pies descalzos.

Celeste comió con gusto… de hecho, nunca había disfrutado tanto de un desayuno. Entre bocado y bocado, charlaron sobre cosas sin importancia.

–Podría comer más, pero había pensado que podríamos ir a dar un paseo… y buscar un sitio agradable para comer, ya que son casi las doce.

–¡Las doce! –exclamó Celeste. Había estado tan ocupada comiendo y fijándose en los bíceps de Ben, evidentes bajo la camiseta, que ni siquiera se había molestado en pensar en la hora.

–Yo ya he nadado un rato, he hecho abdominales… tenías una expresión tan feliz que no me he atrevido a despertarte.

–Normalmente ya he hecho un millón de cosas a esta hora.

–Hoy es Año Nuevo, no tienes que trabajar. Además, anoche nos dormimos muy tarde.

–Sí, eso desde luego.

–Feliz Año Nuevo, Celeste. Me quitaría la ropa y me metería en la cama contigo, pero seguramente querrás que te deje en paz un rato.

No, no. Pero ésa no era la respuesta correcta. No debería mostrarse demasiado entusiasmada después de haberse acostado con él la noche anterior sólo porque se habían encontrado en el aeropuerto.

–Me vendría bien darme una ducha.

Le gustaría añadir: «Después de eso soy toda tuya».

¿Pero lo era? Aquella mañana su atracción por él era aún mayor y quería volver a verlo. Aunque estuviera insegura de muchas cosas en su vida, estaba absolutamente segura de eso. Pero si aquello no iba a ningún sitio, si lo de la noche anterior no había sido más que una diversión por parte de Ben y nada más, prefería saberlo.

Como si hubiera leído sus pensamientos, él se terminó el resto del café y se levantó de un salto.

–Hay toallas limpias en el cuarto de baño,

pero me temo que no puedo ofrecerte un cambio de ropa.

–No importa.

Media hora después, se sentía vivificada y estupenda. Diez minutos después de eso, se sentía feliz paseando por la ciudad del brazo de Ben. Todo el mundo parecía sonreírle al pasar.

Encontraron un café turco y charlaron un poco de todo mientras comían en la terraza. Ben la hacía reír contándole anécdotas de su vida, por ejemplo que el año anterior se había vestido de Santa Claus para los hijos de un amigo suyo y que, cuando empezó a cantar villancicos en el jardín, todos los perros del vecindario se pusieron a ladrar.

Después de comer volvieron a pasear un rato por la zona de las tiendas. Empezaba a atardecer cuando Ben se detuvo para mirar un escaparate.

–¿Es parecida a la tuya?

Celeste vio que estaba señalando una esfera de cristal transparente.

–¿Mi bola de cristal? –rió.

Era transparente, pero en el fondo tenía una especie de neblina que le recordaba su futuro; lo que una vez había parecido claro ahora estaba cambiando, transformándose, incluyendo lo que estaba pasando con Ben.

–Parece auténtica, pero no me convence.

–¿Crees que podrías distinguir una falsa de una real? –rió Celeste.

–Si existe alguna que sea real.

–¿Tú crees que existe... eso, algo real? –la pregunta tenía un doble sentido, y Ben se dio cuenta, pero prefirió hacerse el tonto.

–No lo sé, pero imagino que todos los magos no pueden equivocarse.

No parecía dispuesto a hacer planes, eso estaba claro. No le había preguntado si quería ir al cine con él la semana siguiente, si podía llamarla por teléfono... ¿no era eso lo que solía ocurrir cuando una cita iba bien?

Pero las cosas habían cambiado. Ahora las mujeres llamaban a los hombres, y Celeste quería saber. Si la respuesta era «no» o «ya veremos», lidiaría con ello.

–Pensé que ya no estábamos hablando de la bola de cristal.

–¿Ah, no? ¿Y de qué estábamos hablando entonces?

–Me gustaría saber... ¿lo nuestro es real, Ben?

–Lo que compartimos anoche fue cien por cien real –dijo él.

–¿Y hoy?

–Si estás preguntando si quiero volver a verte, desde luego que sí. Si estás preguntando si quiero una relación seria... –Ben sacudió la cabeza–. No, me temo que eso no va a cambiar.

Quería verla otra vez, y eso la alegraba. Le gustaba estar con ella, acostarse con ella, pero si estaba buscando algo más… sencillamente, Ben no estaba dispuesto a ofrecérselo.

Apartándose el pelo de la cara, Celeste intentó sonreír, pero le temblaban los labios.

—Ya veo —fue todo lo que pudo decir.

—Mira, sé que mereces una explicación…

—Lo he entendido, déjalo. Podemos volver a vernos, cenar juntos, reírnos, jugar al billar, acostarnos juntos o no…

Se preguntó entonces si no sería la única. Tal vez Ben salía con otras mujeres, se acostaba con otras…

—La verdad es que no estoy preparado para tomar un arco, apuntar y ver si doy en la diana del «felices para siempre».

—¿Y yo soy el arco o la diana? —intentó reír ella.

Desde luego, no parecía ser el final feliz.

—No intento engañar a nadie ni hacer creer que soy más de lo que soy —siguió él—. Tener una relación seria suele llevar al matrimonio, y el matrimonio a tener hijos.

¿Hijos? Sí, como el resto de la humanidad, un día ella quería tener una familia. Pero la maternidad le parecía estar a años luz; antes tenía muchas cosas que hacer.

—Yo no tengo la menor intención de quedarme embarazada.

—No, claro que no. Nadie debería traer hijos al mundo a menos que estuvieran completamente seguros de lo que hacen. Pero lo que hoy es seguro no tiene por qué serlo mañana.

–Supongo que es difícil olvidar que uno ha crecido en una casa de acogida, te entiendo.

–Hay que estar ahí para vivirlo –murmuró él.

Celeste asintió con la cabeza. No podía imaginar que sus primeros recuerdos fuesen la soledad y el abandono. El padre que Ben no había conocido lo había abandonado, ¿pero debía dejar que esa decepción lo acompañase toda la vida?

Respetaba a Ben y se había metido en aquella relación con los ojos abiertos, pero era evidente que, si no olvidaba esa triste infancia, un día acabaría muy solo.

–¿Has tenido suerte con ese investigador privado que estaba intentando localizar a tu padre?

–No, por ahora nada.

–A lo mejor deberías probar en esa otra agencia que dijiste.

Ben arrugó el ceño.

–Lo he estado pensando. El detective es en realidad el primo de un amigo y a lo mejor debería contratar a un profesional de verdad.

Celeste esperaba que encontrase a su padre para hacer las paces si no con él, sí consigo mismo. También ella podría despreciar a su padre, pero entonces corría el riesgo de vivir con odio, y eso no era bueno para nadie. Tanto Ben como ella tenían que seguir adelante y evitar que el pasado tomase decisiones por ellos.

Suspirando, se detuvo en una parada de taxis. Cuando se puso de puntillas para darle un beso en la cara, tenía los ojos empañados, pero intentó disimular.

–Buena suerte.

Iba a abrir la puerta del primer taxi, pero Ben sujetó su mano.

–No te vayas aún.

El corazón de Celeste se partió por la mitad.

–Tengo que hacerlo.

–Te llamaré –dijo él.

–No, es mejor que no lo hagas.

Estaba a punto de enamorarse de un hombre que no era capaz de comprometerse con nadie, y no era eso lo que necesitaba en aquel momento. La pobre Brooke había estado en una situación similar el año anterior… aunque al menos Ben había ido de frente.

De modo que entró en el taxi y le dio la dirección de su casa al taxista. No quería mirar hacia atrás. Ni una vez. Pero cuando el taxi dobló la esquina tuvo que hacerlo. Ben seguía en la acera, como había imaginado.

Increíblemente guapo y tan solo.

Capítulo Siete

Después de saludar brevemente a los congregados en la sala de juntas, Ben fue directamente hacia Celeste y, conteniendo el deseo de tomarla por la cintura, se inclinó para darle un beso en la mejilla.

Sobresaltada, ella se dio la vuelta y el corazón de Ben se aceleró al ver el brillo de sus ojos… al notar el aroma familiar de su piel. Llevaban un mes sin verse, pero seguían sintiendo la misma atracción el uno por el otro, incluso más fuerte que antes.

Sin embargo, Celeste dio un paso atrás, y él entendía sus motivos. Creía que todo había terminado.

Pero se equivocaba.

–Hola, Ben.

–Me alegro de que hayas podido venir.

No dijeron nada más, pero se miraban a los ojos… hasta que Rodney se acercó. Sonriendo, el antiguo presidente de la empresa Prince le ofreció su mano.

–Benton, agradezco mucho tu invitación, aunque no era necesaria.

Ben tuvo que hacer un esfuerzo para apartar los ojos de Celeste.

–He convocado esta reunión para poner al día a todos los socios de las franquicias, pero pensé que también a ti te gustaría conocer los planes de expansión que tengo para la empresa.

–En el oeste de Australia y Nueva Zelanda –Rodney le dio una palmadita en la espalda–. Bien hecho, hijo.

Ben intuyó más que ver que Celeste daba un respingo.

De modo que seguía doliéndole que su padre no le hubiera dejado las riendas de la empresa…

La última vez que hablaron, ella tenía planes de abrir una cadena de floristerías y esperaba que eso la ayudase a soportar la decepción. Aunque si era justo, no podía ser fácil.

–Bueno, ¿y qué más planes tienes para Prince?

–Aún es pronto, pero tengo en mente unas estrategias de desarrollo que espero incorporar mientras me divierto con la primera expansión.

Otro respingo de Celeste.

Ben metió las manos en los bolsillos del pantalón. Tenían que hablar. A solas. Tenía muchas cosas que decirle y ninguna de ellas era relativa al negocio.

Rodney saludó a alguien al otro lado de la mesa de juntas.

–¿Me perdonáis un momento? James Miller

está a punto de marcharse y fue mi primer cliente. Tenemos una larga historia detrás.

–Sí, claro.

Cuando Rodney se alejó, Ben no perdió el tiempo y tomó a Celeste del brazo.

–¿Dónde me llevas?

–Quiero hablar contigo a solas.

–Imagino que no habrás convocado esta reunión para hablar conmigo.

–Ya he hablado con todos los que tenía que hablar.

Y había retrasado aquella reunión más de lo debido, pensó, mientras la llevaba a su despacho y cerraba la puerta.

Celeste tiró del bajo de su clásica chaqueta negra. La falda a juego era un poquito larga, en su opinión, y la blusa muy poco escotada. En realidad, le gustaría arrancarle la ropa, lencería incluida, pero tenían que hablar antes de retomar, si era posible, su relación.

Ben se acercó a la mesa para pulsar el botón del intercomunicador:

–Lin, no me pases llamadas. Si llama alguien, dile que estoy atendiendo un asunto urgente.

Celeste levantó una ceja.

–¿Yo soy el asunto urgente?

–Sí.

–Pero mi padre estará preguntándose dónde me he metido.

–Tu padre está en su elemento ahora mismo, no te echará de menos –dijo él.

–En caso de que te hayas hecho alguna idea… –empezó a decir Celeste, sorprendida– yo no quería venir.

–¿No?

–Sólo estoy aquí porque Suzanne no se encuentra bien y me ha pedido que viniese con mi padre.

Ben se detuvo a unos centímetros de ella. Celeste era bajita, pero voluptuosa y totalmente femenina. Perfecta para él.

–No tenías el menor deseo de volver a verme.

–Eso es irrelevante.

No lo era para él.

–No paro de pensar en ti desde que me dejaste tirado en esa esquina.

–Ya, claro.

¿Lo había hecho para atormentarlo? ¿Para castigarlo? En cualquier caso, aquel día pensaba arreglar la situación.

–Te he echado de menos, Celeste.

Ella se mordió los labios, como había hecho en Año Nuevo cuando empezó a besar sus pechos, su abdomen y más abajo… y ella sujetó su cabeza suplicándole que no parase.

–Ben, no me gustan estos juegos…

–Pero sí te gustan *nuestros* juegos –sonrió él.

–Mira, tengo que irme.

–¿No quieres que te dé la noticia?

–Me parece que ya he oído suficiente.

–He encontrado a mi padre.

Celeste se quedó helada.

–¿Qué?

–Es un profesor retirado, casado y con siete hijos.

–¿En serio?

Ben asintió con la cabeza.

–Llamé a su puerta y me abrió con una vieja camiseta de fútbol y un niño de unos cinco años de la mano.

–¿Su nieto?

–Sí –contestó Ben–. No sabía nada de mí, Celeste. Casi se le cayó la dentadura cuando le dije quién era.

–¿Cómo es posible que no supiera nada de ti?

–Aparentemente, no sabía que mi madre estuviera embarazada cuando rompieron, y no estaba en el país cuando yo nací. Imagino que intentaron localizarlo, pero al final debieron de renunciar. Y supongo que no ayudó mucho que adoptase el apellido de su nueva esposa y se convirtiera en Bartley-Scott.

Aunque, sabiendo lo mal que funcionaban los Servicios Sociales, estaba seguro de que tampoco lo habían intentado demasiado.

–¿Y qué ha pasado, qué te ha dicho?

–La verdad es que me cayó bien inmediatamente –Ben se rascó la cabeza–. Aunque su mujer y su hijo mayor me dejaron bien claro que no estaban tan seguros. Que eso de que alguien apareciese de repente anunciando que era un hijo perdido...

–Sí, imagino que no fue nada fácil.

Años antes, cada vez que lo llevaban a una nueva «casa» o empezaba en un nuevo colegio llevando ropa dos tallas más grandes, Ben había imaginado una jubilosa reunión con su familia. Debería haber sabido que la realidad no sería así.

–El segundo hijo va a casarse este fin de semana –siguió–. Se llama Christopher. Y a pesar de que noté alguna mirada atravesada, Gerard, mi padre, y Chris me han invitado a la boda. Es una invitación para dos.

Celeste lo entendió entonces.

–¿Quieres que vaya contigo? ¿No prefieres llevar a otra persona?

–No me digas que no te gustan las bodas.

–Tú sabes que no es por eso.

–Será una excusa para comprarte un vestido nuevo –bromeó Ben.

Celeste negó con la cabeza, aunque no pudo evitar una sonrisa.

–No...

–Oye, quiero volver a bailar contigo. Dime que sí.

A pesar de haberlo dejado plantado cuatro semanas antes, lo que sentía estando con ella era innegable. Y no tenían por qué separarse. Los dos eran adultos. ¿Por qué no podían seguir viéndose… durase el tiempo que durase? No había nada malo en ello, sólo ventajas.

–Lo siento, no puedo…

Ben la miró a los ojos. Hora de sacar el as de la manga.

–Le he hablado a mi familia de ti y quieren conocerte.

Celeste se quedó sin respiración. ¿Había oído bien?

–¿Les has hablado de mí?

Ben la miró con esos ojos que podían despertar un incendio en su interior.

–Desde luego.

–¿Y quieres que conozca a tu familia?

–¿Eso es un sí?

Celeste apretó los labios.

No había pasado una sola noche sin soñar con aquel hombre. O sin despertar recordando lo viva que la hacía sentir. En su coche, en su yate, en su casa… pero había sido fuerte y no lo había llamado, esperando contra toda esperanza que la llamase él.

Y entonces, la semana anterior, como su padre y Suzanne, había recibido una invitación para acudir al consejo de administración de la empresa Prince. Celeste estaba decidida a no ir. Tenía que olvidarse de la empresa Prince, de Ben, y seguir adelante con su vida.

¿Pero cómo iba a hacerlo cuando llevaba un retraso de casi dos semanas y empezaba a preocuparse de verdad? Aquella misma mañana había comprado una prueba de embarazo, pero no se había atrevido a hacérsela.

Claro que, si estaba embarazada, no podía ignorarlo o mantenerlo en secreto. Tendría que decírselo, pero sabiendo cuál era la posición de Ben con respecto a tener hijos…

Ben le había pedido que lo acompañase a una boda. Y no a cualquier boda, a la boda de su hermanastro, de su recién encontrada familia. Eso tenía que significar algo.

Y, a pesar de todo, Celeste quería que aquella experiencia fuese memorable para él. Sentirse conectado con una familia era algo que Ben necesitaba aunque aún no se diera cuenta. Y que quisiera ser parte de una celebración familiar tenía que ser buena señal. ¿Habría alguna oportunidad de que pudiesen hablar al menos?

–¿A qué hora irás a buscarme?

Ben sonrió.

–Es el sábado, a las tres. Iré a buscarte a las dos.

Ya estaba decidido.

–Muy bien, de acuerdo, pero ahora tengo que marcharme.

–Espera, hay una cosa más...

Ben la tomó por la cintura y, desprevenida, Celeste aceptó el beso como la tierra seca acepta la lluvia. Pero cuando se apartó se sentía mareada. Y lo peor de todo era que sabía que él podría verlo en sus ojos.

Maldito hombre.

–No he dicho que pudieras besarme.

–Pero debes saber que yo no pido permiso –sonrió Ben, quitándole la chaqueta.

–¿Qué haces? ¡Hay una habitación llena de gente a unos metros de aquí!

Dejando escapar un suspiro, Ben volvió a ponerse la chaqueta.

–Muy bien, de acuerdo, ve a reunirte con tu padre. Yo iré enseguida.

–Nos vemos el sábado. Yo tengo que ir a mi nuevo local para inspeccionarlo.

–¿Está cerca de aquí?

–¿Por qué?

–Porque me gustaría ir contigo.

–Pero tú tienes trabajo, gente a la que atender...

Ben se arregló el nudo de la corbata.

–Yo soy el jefe, así que puedo entrar y salir cuando quiera –sonrió, abriendo la puerta del despacho.

Celeste estuvo a punto de decir que no quería que fuese con ella, ¿pero cómo iba a hacerlo? Ben acababa de invitarla a la boda de su hermanastro.

Además, le encantaba estar en su compañía...

mientras la compañía no se metiese en aguas peligrosas. Por un montón de razones, acostarse juntos tendría que esperar.

De vuelta en la sala de juntas, Ben llamó la atención de los congregados.

–Tengo que irme a otra reunión, pero por favor, quédense y disfruten del desayuno que ha preparado mi secretaria. Gracias a todos por venir para compartir las buenas noticias.

Después de una ronda de aplausos, Ben volvió al lado de Celeste.

–Si quieres despedirte de tu padre, nos vemos en el vestíbulo. Así nos ahorraremos preguntas.

–Muy bien.

Unos minutos después se reunían de nuevo para ir al local, que sólo estaba a un par de manzanas de allí.

–¿El nuevo local es para la floristería de la que me hablaste?

–Sí, pero no será una floristería como las demás. Lo que quiero es convertirla en la floristería más importante de la costa Este, especializada en cestas de regalo y todo tipo de arreglos florales para eventos, celebraciones, fiestas…

–Tienes grandes planes.

–Por supuesto.

Poco después Celeste abría la puerta de cristal que llevaba a un local pintado en tonos rosas y azules.

–Los primeros pedidos se tomarán desde aquí –le explicó–. Pero cuando la empresa se haya asentado me gustaría comprar o alquilar un local en una zona industrial.

–Para ahorrarte alquiler.

–Sí, claro. Pero mantendré este local porque está en una buena zona. Es pequeño, pero será suficiente por el momento –murmuró Celeste, comprobando que los enchufes estuvieran bien instalados y que las superficies no tuvieran arañazos–. Parece que todo está bien.

–Estupendo –dijo Ben, tomando su mano–. ¿Qué tal si vamos a tomar algo?

–¿A tu casa, por ejemplo? –preguntó ella, levantando una ceja.

–Está muy cerca.

–No, yo creo que es mejor que nos veamos el sábado.

Así tendría tiempo para hacerse la prueba de embarazo e ir al médico si era necesario. Y decidir cómo iba a decírselo a Ben.

–Vamos, Celeste. ¿No eras una chica atrevida?

–La chica atrevida ha hecho la maleta y se ha marchado de vacaciones.

«Ser atrevida» era lo que la había metido en aquel lío. Bueno, eso y que la última vez olvidaron usar un preservativo. Pero desde el principio había sabido que Ben era peligroso para su corazón.

–Una pena. Había pensado que el domingo podríamos ir a navegar otra vez.

–Primero tenemos que vernos el sábado.

–No sé por qué, pero tengo la impresión de que en realidad quieres que me marche –sonrió Ben.

–¿Cómo quieres que te lo diga?

–¿Y si te beso otra vez?

Celeste dio un paso atrás, pero él la siguió hasta que su espalda chocó contra la pared.

–¿No te das cuenta de que pasa gente por la calle… y pueden vernos por el escaparate?

–¿Y si no hubiera nadie?

–Te pediría que te fueras de todas formas.

–¿De verdad?

Celeste intentó no dejarse convencer, aunque tenía que hacer un esfuerzo sobrehumano.

–¿Qué pasa? ¿Es que ahora eres irresistible?

–Dímelo tú.

Estaba tan cerca que podía notar el calor de su cuerpo pero, haciendo uso de toda su fuerza de voluntad, se encogió de hombros.

–Ben Scott, me temo que eres absolutamente *resistible*.

Pero cuando él rozó sus labios sintió que se derretía.

–¿Te acuerdas de la última vez que estuvimos juntos? –le susurró, al oído–. ¿Recuerdas lo bien que lo pasamos?

Celeste se puso colorada. Recordaba todo lo

que había pasado aquella noche, todas las maneras que inventaba para hacerla perder la cabeza.

Ben deslizó un dedo por el centro de su falda.

–¿De verdad no te acuerdas?

–Ben… la gente puede vernos.

–Ven mi espalda, nada más.

–Me habían dicho que eras un caballero.

–Sólo si tú quieres que lo sea –sonrió él, sin dejar de acariciarla.

–Sí… –consiguió decir Celeste–. Por favor.

Los ojos de Ben se clavaron en los suyos durante un segundo y luego, despacio, dio un paso atrás.

–¿No te importa quedarte sola para cerrar?

Ella dejó escapar un suspiro mientras asentía con la cabeza.

–No me importa en absoluto.

–¿Seguro? –insistió Ben.

–Sí, seguro.

–Entonces nos vemos el sábado, a las dos.

La mirada que lanzó sobre ella antes de irse le dijo que lo de aquel día sólo había sido un ensayo. El sábado pasaría al ataque directamente.

Capítulo Ocho

Aplaudiendo como el resto de los invitados a la boda, Ben se inclinó hacia Celeste, que estaba elegantísima.

–Éste debería ser el último discurso –murmuró–. Y luego empieza el baile.

Celeste le ofreció una sonrisa tentativa, pero él no pensaba echarse atrás. Después de separarse el lunes, los días habían pasado muy despacio. Aunque había merecido la pena.

Estaba siendo un día maravilloso. Ser incluido en una celebración familiar y aparecer en las fotografías de la boda… aunque a Rhyll, su madrastra, y a Paul, el hijo mayor, no les había parecido bien.

Ben no pensaba dejar que sus miraditas le aguasen la fiesta, sobre todo estando con Celeste, que llevaba un fabuloso vestido de gasa color limón.

Aunque era evidente que ella tenía sus reservas, estaba seguro de que pasarían la noche juntos.

Toda la noche.

Chris, el novio, se levantó para hacer su discurso, y los invitados permanecieron en silencio mientras contaba algunas anécdotas y agradecía la presencia de los invitados, anunciando que nunca olvidaría lo preciosa que estaba su novia.

Después de los primeros aplausos, Chris siguió:

–Y quiero aprovechar esta oportunidad para darle oficialmente la bienvenida a un nuevo miembro de la familia. Nosotros no teníamos ni idea de que mi hermano Ben existiera, pero me alegro mucho de que nos hayas encontrado.

Chris levantó su copa, y Ben tuvo que hacer un esfuerzo para controlar la emoción. No había esperado aquello, pero era conmovedor.

Gerard, su padre, también había levantado su copa y tenía los ojos empañados. Ben le devolvió la sonrisa, pero Rhyll, levantándose de la mesa en ese momento, dejó bien claro lo que pensaba del asunto.

Celeste puso una mano en su brazo, como para apoyarlo, y Ben se lo agradeció.

Pero tendría que encontrar una solución para ese problema y no sabía cómo hacerlo. Él no tenía experiencias familiares, de modo que no iba a ser fácil. Tal vez Rhyll sentía celos de la primera mujer de Gerard y temía el impacto de su repentina aparición en la familia, su matrimonio incluido. Paul veía amenazado su puesto como hijo mayor y le había dejado bien claro que no era bienvenido.

Ben había decidido ignorar las hostilidades y

quedarse en su sitio habitual observando a la familia desde fuera, pero algo le decía que no iba a ser tan fácil.

–Creo que están tocando nuestra canción –dijo Celeste entonces.

Él parpadeó, sorprendido. Sí, estaban tocando la canción que había puesto en el yate esa noche. Y Celeste se acordaba.

–¿Te he dicho lo guapísima que estás esta noche? –sonrió, llevándola a la pista de baile.

–Un par de veces –sonrió ella.

–Pues no es suficiente –murmuró Ben, enredando uno de sus rizos en su dedo–. ¿Llevas brillantina en el pelo?

–No, es una espuma que da brillo.

–Y huele muy bien –Ben arqueó una ceja–. Creo que estás intentando hacer que pierda la cabeza.

–Y tú estás intentando seducirme.

–¿Y lo hago bien?

–Pues… no sé. ¿Y si dijera que no?

–Entonces me vería obligado a no mostrar piedad –sonrió Ben, doblándola por la cintura estilo Fred Astaire.

–Si vuelves a hacer eso, me vuelvo a la mesa –rió Celeste.

–Tengo un repertorio de movimientos que podrían gustarte mucho más –bromeó él, deslizando una mano por su espalda hasta la curva de su trasero.

—¿Es una amenaza?

—Es una invitación.

Celeste apartó la mirada.

—Ya conozco tus invitaciones…

—¿Te estás quejando?

—¿Qué quieres que diga, que nos entendemos bien en la cama? Pues muy bien, es verdad.

—Ah, pues ahora que hemos aclarado eso...

—No hemos aclarado nada. Aún no.

Ben levantó su barbilla con un dedo.

—Huir el uno del otro no serviría de nada. Tú misma has dicho que nos entendemos.

—En la cama —le recordó Celeste.

Sin dejar de bailar, Ben la llevó hacia el jardín, deteniéndose frente a una enorme fuente con un Cupido de mármol.

—No tenemos que quedarnos hasta el final de la fiesta. Ya hemos cumplido con las formalidades.

—¿No quieres quedarte?

—Ha sido estupendo que me incluyesen en el gran día y les estoy muy agradecido, pero creo que sería más sensato dejar que los Bartley-Scott disfrutasen del resto de la fiesta sin el impostor.

—Oh, Ben… seguro que todo se arreglará algún día —dijo Celeste.

—Ahora mismo, lo único que me preocupa eres tú.

«Tocarte, besarte, hacerte el amor durante toda la noche».

Incapaz de esperar un segundo más buscó sus labios y, cuando Celeste por fin se rindió, la apretó contra su torso, entregándose a los embriagadores latidos de su corazón. Cinco semanas era demasiado tiempo. Si no la tomaba pronto, iba a explotar…

Pero el abrazo fue interrumpido.

—Ah, veo que hay dos tortolitos más.

Al reconocer la voz de Gerard, Ben tuvo que soltar a Celeste, que pasó las manos por su falda, nerviosa.

—Ha sido una boda estupenda. Gracias por invitarnos.

—No me trates con tanta formalidad –dijo Gerard, dándole una palmadita en la espalda–. Soy tu padre.

—Sí, perdona.

—Y hacéis una pareja estupenda…

—Muchas gracias.

—Ben, sé que mi mujer y mi hijo mayor se están mostrando muy fríos contigo…

Él hizo un gesto con la mano. No quería que Gerard se disgustase. Sabía que su repentina aparición había sido una sorpresa para todo el mundo.

—Pero ya se acostumbrarán a la idea –siguió su padre–. No tienes que preocuparte, ahora eres parte de la familia pase lo que pase.

Ben asintió. Eso sonaba bien.

Tal vez demasiado bien.

–Muchas gracias.

–Marie será una esposa estupenda para Chris –dijo Gerard luego, mirando hacia el salón.

–Es una chica muy agradable –asintió Celeste.

–Y una cocinera estupenda. Es italiana. ¿Tú sabes cocinar, Celeste?

–Sólo cuando no me queda más remedio –rió ella.

–Ah, y tiene sentido del humor. Eso es muy necesario en una relación.

Celeste carraspeó, y Ben se quedó helado. Ellos no tenían «una relación». Sólo se habían visto unas cuantas veces. Ellos tenían… un acuerdo. O lo tendrían cuando volvieran a su casa para comprobar lo que había dicho antes: que se llevaban bien en la cama.

No, mejor que bien. Mucho mejor que bien.

En el salón empezaron a sonar las notas de una canción romántica, y Gerard sonrió.

–He pedido que pusieran esta canción por Rhyll, es la que bailamos la noche que nos conocimos. Mi mujer tiene sus cosas, pero no me imagino la vida sin ella.

Esas palabras se quedaron con Ben. «Mi mujer tiene sus cosas».

Aparentemente, había mucho «toma y daca» en un matrimonio. Tenía que ser así para criar a siete hijos, claro. Él podía ganar millones y controlar los salarios de cientos de personas, pero no podía imaginar la responsabilidad de formar una familia. No había nada que lo asustase más... aparte de las infinitas obligaciones asociadas a ser padre.

¿Recordaría él su canción y la canción de Celeste en treinta años?, se preguntó entonces. Aunque no sabía por qué.

–Tal vez deberíamos volver al salón –sugirió ella.

–Sólo para despedirnos.

–¿Y luego?

–Te llevo a mi casa.

Celeste negó con la cabeza.

–No... no sé si es buena idea.

–Yo creo que sí lo sabes –dijo Ben, poniendo las manos sobre sus hombros.

Celeste lo miró a los ojos durante un segundo.

–¿Sabes lo que pienso de verdad? Que tenemos que hablar.

Ben asintió, tomando su mano para llevarla dentro. Claro que podían hablar, todo lo que ella quisiera.

Durante el desayuno.

Capítulo Nueve

Mientras el ascensor iba subiendo hacia el ático, Celeste iba encogiéndose cada vez más. Temblando por dentro, cerró los ojos e intentó calmarse.

En el coche habían ido charlando sobre cosas mundanas, pero ella no dejaba de preguntarse si debía contárselo. ¿Qué diría Ben? ¿Querría hacer el amor de nuevo?

La campanita del ascensor anunció que habían llegado al ático y unos segundos después estaban en el salón… con los recuerdos de la noche de Año Nuevo más vívidos y peligrosos que nunca.

—¿Quieres una copa? —le preguntó él, quitándose la chaqueta.

—No, prefiero beber agua —contestó Celeste.

Pero tuvo que hacer un esfuerzo para no ponerse el vaso helado en la frente. ¿A quién quería engañar? No la había llevado allí para hablar. Quería seducirla, y ella había ido de buena gana.

Y sí, quería que la besara, como quería que acariciase su cuerpo desnudo.

Pero sería mejor salir corriendo. Podrían «hablar» otro día.

Decidida, dejó el vaso sobre la mesa.

–Lo siento, he cometido un error.

–¿Celeste? –murmuró él, tomando su mano–. Estás temblando. ¿Qué ocurre?

Celeste se apartó el pelo de la cara, nerviosa. Ben era un hombre muy atractivo. ¿Explicaría eso que no pudiera dejar de pensar en él? ¿Pero cómo iba acostarse con él si sabía que Ben la dejaría cuando se hubiera cansado porque no quería saber nada de relaciones duraderas?

Si él supiera la angustia que había vivido durante los últimos días… preguntándose si estaba embarazada, comprando la prueba de embarazo, descubriendo luego el resultado…

Cuando Ben le pasó un brazo por la cintura, Celeste levantó la mirada. Desearía pasar los dedos por su mentón, tocar sus labios…

–Sé lo que necesitas –sonrió él.

También ella lo sabía: un psiquiatra.

–¿Ah, sí?

–Un masaje relajante.

Muy tentador, pero…

–No, me parece que no es eso.

Ben deslizó un dedo por su cuello, entre la oreja y la garganta y, de repente, un ejército de endorfinas despertaron a la vida.

Cerrando los ojos, Celeste dejó escapar un suspiro. Era como estar en el cielo…

–¿Por qué no has hecho eso antes?

–Lo estaba guardando para cuando lo necesitara de verdad –bromeó él–. ¿Te gusta?

–Tú sabes que sí.

–Puedo hacerlo mucho mejor.

Ben siguió acariciando su cuello, haciendo que se le doblasen las piernas. Nunca le habían dado un masaje, pero dudaba que nada pudiera compararse con aquello.

Ben empezó a besar su frente, sus sienes... cuando su lengua rozó la comisura de sus labios, las brasas que crepitaban dentro de ella se convirtieron en un incendio.

Él la empujó suavemente hacia el respaldo del sofá e inclinó la cabeza para besar su escote. Con los ojos cerrados, Celeste le pedía a su cerebro que funcionase... pero cuando tiró del corpiño del vestido y empezó a chupar uno de sus pezones, sus funciones cerebrales se apagaron del todo.

No quería resistirse.

Como si hubiera intuido que estaba rindiéndose, Ben metió los dedos bajo sus braguitas y empezó a acariciarla. Y Celeste, sin pensar, levantó las caderas. Pero entonces oyó que desabrochaba la cremallera de su pantalón y sintió el miembro masculino rozando su muslo...

¡No!

Aun drogada de deseo, consiguió empujarlo y recuperar el sentido común. Haciendo uso de todas sus fuerzas, se incorporó, intentando respirar.

–No puedo hacerlo.

–Celeste, cariño, tranquila…

–Estoy tranquila, Ben. He dicho que teníamos que hablar.

–Estoy seguro de que…

–Creí que estaba embarazada –lo interrumpió ella.

Ben cerró la boca de golpe. Se había quedado tan pálido como un cadáver.

–¿Embarazada?

–Pensé que lo estaba, pero al final no lo estoy.

–Entonces…. ¿no vas a tener un hijo?

–No, parece que no.

–Gracias a Dios.

Celeste dio un respingo. Aunque entendía su alivio, su reacción era como una bofetada.

–Bueno, me alegra de que te muestres tan aliviado.

–¿Por qué no iba a sentirme aliviado?

¿De verdad esperaba que la entendiese? Para cualquiera que no hubiera pasado por aquello podría no parecer importante, pero…

–Imagino que tienes que pasar por ello para entenderlo.

–He pasado por ello. Yo soy el producto de un embarazo no premeditado, ¿recuerdas?

Sí, lo recordaba, y entendía que pensara así. Pero ésa era su experiencia, aquélla había sido la suya.

–Cuando me di cuenta de que tenía un retraso

111

me llevé un susto de muerte. Luego, a medida que pasaban los días y cuanto más lo pensaba… en fin, empecé a acostumbrarme a la idea, y la verdad es que me parecía emocionante. Sentía una enorme responsabilidad sobre mis hombros, pero ya no me asustaba. Compré una prueba de embarazo en la farmacia y una parte de mí esperaba que diera positivo, pero no fue así.

–¿Dio negativo?

–Sí.

–Entonces ya está.

–No, ya está no. Porque para entonces ya había imaginado al niño, el color de sus ojos, cómo sería… –Celeste sacudió la cabeza–. Incluso había empezado a pensar en un nombre, en los muebles para su habitación. Me estaba comprometiendo con algo más pequeño que un guisante, pero que algún día se convertiría en una persona.

Cuando una mujer tenía un hijo, esa personita se convertía en lo único importante, y ella lo sabía. Las mujeres se sacrificaban por los hijos… lo llamaban instinto maternal. Los hombres no lo tenían. Ellos tenían el instinto de cazar, de llevar comida a casa. Seguramente la raza humana estaba diseñada para que la especie sobreviviera.

Su propia madre se había sacrificado. Anita había hecho lo que tenía que hacer para mantener unida a la familia, y eso significaba rescatar el negocio de su marido, por ejemplo, pidiendo dinero prestado a su padre y luego dando un paso atrás cuando Rodney pudo hacerse cargo del negocio.

Pero nunca le habían dado las gracias. De hecho, como director de la empresa Prince, su padre tenía absoluto control sobre los fondos, no su madre.

En los últimos días le había quedado claro lo impotente que debió de sentirse su madre la noche que lloró al lado de su cama. Derrotada, comprometida con un hombre que la respetaba como mujer y como esposa pero que estaba resentido porque había demostrado ser más lista que él. Y cuando Anita murió le había pasado a su hija ese legado...

Celeste no quería que nadie la ayudase, no quería apoyarse en nadie y no lo necesitaba.

Qué ironía que Ben fuese ahora el director de la empresa Prince.

—Mira, puede que yo no esté preparado para ser padre, pero por supuesto reconocería a mi hijo.

—Lo sé.

Ben asintió con la cabeza, pensativo.

—Lo siento —murmuró, tomando su mano.

A Celeste se le encogió el corazón. Le hacía falta que dijera eso, que la entendiera.

—Tú no sabías nada.

—Pero sigo siendo responsable. Un niño es cosa de dos.

Tal vez no debería habérselo contado, pero en realidad se alegraba de haberlo hecho. La mayoría

de los hombres nunca tenía oportunidad de conocer las dudas, los miedos o tal vez la felicidad
que atravesaba una mujer en esos momentos.

–¿Te sientes mejor ahora?

–Sí, bueno… no lo sé. A lo mejor te parece
una tontería, pero Suzanne ha organizado una
fiesta para celebrar que está esperando un niño,
y tener que ir me saca de quicio.

–¿No te apetece?

–Suzanne es una buena persona y me alegro
por ella, pero va a ser un poco… incómodo para
mí –suspiró Celeste.

Por dos razones. La primera, porque sentía
cierta pena al saber que ella no estaba embarazada, y la segunda, porque estar con Suzanne
siempre le recordaba que su padre se había olvidado tanto de Anita como de ella.

–¿Quieres que vaya contigo?

–¿Lo harías? Es el próximo fin de semana.

–Mientras no tenga que ponerle pañales a una
muñeca…

Celeste sonrió.

–No te preocupes, no creo que tengas que hacerlo.

Ben se puso serio entonces.

–¿Quieres que te lleve a casa?

Celeste lo pensó un momento. Y luego, sintiéndose fuerte otra vez, se arrellanó en el sofá.

–Tal vez dentro de un rato.

Capítulo Diez

Mientras iban a casa de su padre el sábado siguiente, Celeste miraba el clásico perfil de Ben: nariz recta, mentón cuadrado, pelo negro… el cuello blanco de la camisa moviéndose con la brisa que entraba por la ventanilla. Luego miró sus manos, sujetando el volante y cambiando de marcha con precisión…

Esas manos hacían magia.

Pero después del masaje y la conversación no habían hecho el amor. En realidad, él se había portado muy bien. Después de charlar un rato más, Ben la llevó a casa.

Desde entonces no había podido dejar de pensar en él y en lo que había pasado. Y, aunque sabía que Ben no quería tener hijos, debía reconocer que se mostraba muy comprensivo con su dilema llamándola cada día… pero no con la intención de acostarse con ella.

No sabía si era porque se había asustado o porque sentía un nuevo respeto por su relación. O tal vez la posibilidad de ser padre había plantado una semilla positiva en su cerebro…

En fin, estaba con ella ahora, ayudándola a soportar aquel día tan poco agradable. ¿Se atrevía a esperar que hubiese cambiado de parecer?

¿Podría Ben Scott ser el hombre de su vida después de todo?

–Me apetece charlar un rato con Rodney para contarle cómo van las cosas.

–¿Y cómo van?

–Bien –sonrió Ben–. Ayer estuve plantando semillas en una finca… la verdad es que es divertido ensuciarse las manos de vez en cuando.

Celeste apretó los dientes, molesta. Le ocurría siempre que mencionaba la empresa de su familia…

O la que había sido la empresa de su familia.

–Seguro que él estará muy interesado.

Ver a su padre aquel día, con la empresa vendida y el niño en camino, era como borrar a su madre de un plumazo, como si nunca hubiera existido. Celeste no quería culpar a Suzanne o a su padre, pero a veces… en fin, a veces dolía mucho.

–Estás un poco tensa –murmuró Ben, poniendo una mano en su hombro para darle un masaje–. ¿Qué tal ahora?

–Ah, mejor… no me importaría que me dieras un masaje por todas partes.

–Cuidado, podría parar en el arcén –bromeó él.

Celeste se puso colorada. Estaba jugando con fuego, pero si tenía un poco de suerte, no acabaría quemándose. Y quizá esta vez en lugar de decir adiós encontraría en Ben cariño y amistad además de pasión.

Ben volvió a poner la mano en el volante para girar cuando llegaron a la casa.

—Si no quieres entrar, podemos dar la vuelta.

Celeste se irguió en el asiento. Suzanne los había invitado a cenar, pero no tenía intención de quedarse.

—Dije que vendría a la fiesta, pero sólo voy a quedarme unos minutos. Luego podemos poner alguna excusa... no sé, que tenemos entradas para el teatro, por ejemplo.

—Muy bien, hazme una seña cuando estés dispuesta a marcharte.

—De acuerdo.

Cuando Ben detuvo el coche, Clancy y Matilda salieron de la casa a la carrera con dos pelotas de tenis en la boca. Riendo, Celeste se inclinó para acariciarlos.

—¿Quieres jugar, Clancy?

El perrillo, emocionado, empezó a mover de tal modo la cola que estuvo a punto de caer hacia atrás.

Celeste tiró la pelota y Clancy corrió a buscarla mientras Matilda esperaba su turno dando saltos. Pero cuando Celeste tiró su pelota, falló el tiro y cayó sobre unos arbustos.

—Ay, qué rabia.

–No te preocupes –dijo Ben–. Voy a buscarla.

–Creo que ha caído por ahí...

Celeste esperó que su padre saliera a la puerta o que Ben reapareciese con la pelota. Como ninguno de los dos aparecía, decidió acercarse...

Ben estaba de rodillas, con Matilda a su lado, mirando bajo los arbustos.

–¿Necesitas ayuda?

–No la encuentro.

Celeste miró alrededor y, un segundo después, sacaba la pelota de entre las ramas.

–Me parece que tienes que ir al oculista.

–Bah, has tenido suerte.

–Si tú lo dices...

Riendo, Ben la agarró por las pantorrillas y tiró de ella, haciendo que cayera hacia delante. Pero, como un futbolista profesional, rodó por la hierba a toda prisa para que no se golpeara contra el suelo. Con Celeste encima, volvió a rodar hasta tenerla sobre el césped, sujetando sus manos a cada lado de la cabeza.

–¿Quieres decir algo ahora, listilla?

–Me han dicho que las gafas de pasta vuelven a estar de moda.

–Veo perfectamente –rió él–. Y me gusta lo que veo, por cierto.

–¿Y qué ves?

–A alguien muy especial. Alguien en quien no puedo dejar de pensar.

¿Alguien con quien querría casarse?

De pronto, como si hubiera leído sus pensamientos, Ben se apartó.

–Venga, vamos. Y será mejor que te quites las briznas de hierba de la falda o daremos que hablar.

Mientras iban hacia la casa, Celeste no podía dejar de preguntarse si era tonta por caer en todas sus trampas. ¿O estaría en lo cierto al pensar que desde el fin de semana anterior había una nueva conexión entre ellos? Era como si estuvieran más cerca que antes...

Rodney bajó los escalones del porche para darle un beso en la mejilla, mirando el sencillo vestido de color albaricoque.

–Estás muy guapa, hija.

–Gracias.

–Me alegro de volver a verte, Ben.

–Hola, Rodney.

–Espero que cuides de mi hija tan bien como cuidas del negocio.

Celeste hizo una mueca. Si su madre pudiera escuchar aquella conversación...

–Suzanne está dentro con unas amigas abriendo regalos y hablando del niño. Se alegrará mucho de que hayáis venido.

Ella asintió con la cabeza. Estar allí era en cierto modo como traicionar a su madre y, sin embargo, el niño que Suzanne esperaba no tenía la culpa de nada.

Una vez dentro intercambiaron saludos, sobre todo Ben, que parecía ser el centro de atención de las señoras. En cuanto pudo, Celeste se excusó para ir a la cocina a buscar la merienda y, afortunadamente, Ben se ofreció a echar una mano.

–A las amigas de Suzanne les encantaría que sirvieras la merienda sin camisa –rió Celeste.

–Lo siento, pero sólo estoy disponible para espectáculos privados. ¿Qué tal esta noche?

Ella no iba a mentirse a sí misma diciendo que no estaba interesada. Fuera un suicidio emocional o no, le gustaba estar con Ben.

–Así que tienes hambre –sonrió, tomando una galletita salada–. Toma esto, anda.

–Gracias, muy rica. Y ahora, tal vez yo pueda tentarte con algo más sabroso. ¿Te gustan las cosas picantes o dulces?

–Me gustan las cosas saludables –rió Celeste.

Ben la sujetó del brazo cuando iba a salir de la cocina.

–A mí me gustas tú.

Estaban tan cerca que podría besarlo si quisiera… y estuvo a punto de dejarse llevar por la tentación.

Pero no era ni el sitio ni el momento.

Y tampoco era sensato, seguramente.

–Tenemos que llevar estas bandejas al salón.

–Muy bien, de acuerdo –suspiró él.

Después de llevar la suya, Ben desapareció para

buscar a Rodney y suspirando, Celeste se sentó al lado de una señora muy charlatana para ver a Suzanne emocionarse con las ranitas, los trajecitos de bebé, los móviles, los sonajeros...

Cuando abrió el regalo de Celeste, los ojos de Suzanne se empañaron.

–Es un regalo maravilloso –le dijo–. Muchas gracias.

Encantada de que le hubiera gustado, Celeste le enseñó los múltiples bolsillos de la original bolsa para pañales.

–Parece un oso de peluche, pero es muy práctica. En la cabeza puedes meter los biberones, la barriguita es para los pañales, el bolsillo de delante es para el talco y todo lo demás...

–¿Dónde la has comprado? –le preguntó la señora que estaba a su lado.

–La diseñé yo, y las costureras de mi tienda han hecho el trabajo –contestó ella, señalando la barriguita del oso, donde estaba su nombre con una estrella plateada–. ¿Lo ve?

De repente, todas las mujeres querían una bolsa como aquélla, y a Celeste se le hizo un nudo en la garganta. Se le había ocurrido la idea durante la semana que creyó estar embarazada.

Era una tontería disgustarse por eso, pero debía de ser el embarazo de Suzanne, la fiesta, las amigas de su madrastra, algunas de ellas también embarazadas...

–Es un regalo precioso, de verdad –repitió Suzanne–. Siempre había querido ser madre, y me alegro mucho de que sea ahora y de que mi hijo vaya a tener una hermana tan estupenda como tú.

Estaba siendo muy amable, pero Celeste sentía como si estuviera ahogándose.

Ben apareció en ese momento, tan atractivo y capaz como siempre, y ella le suplicó con los ojos que la sacara de allí.

–Bueno, nosotros tenemos que irnos –anunció, mirando el reloj–. Tenemos entradas para el teatro.

Cuando estaban a medio kilómetro de la casa, Ben detuvo el coche y, tomando su cara entre las manos, la besó. Y aquel beso tenía la precisión de un misil. La dejó completamente deshecha, llena de deseo y con una promesa de lo que estaba por llegar… si era tan tonta o tan valiente como para aceptarlo.

–Llevo todo el día queriendo hacerlo –murmuró Ben.

Celeste no quería admitir que también ella estaba desesperada por besarlo. ¿Qué pasaría cuando llegaran a casa? Seguramente no hablarían mucho, pero ella seguiría haciéndose preguntas.

Ben era un solterón empedernido, y Celeste lo sabía. ¿Querría algo más que una relación superficial?

Ben soltó su mano y, después de mirar por el retrovisor, volvió a tomar la carretera.

–¿Lo has pasado bien?

–Bueno, no ha estado tan mal.

–Suzanne está muy embarazada.

–Sí, ya lo creo.

–Parecía contenta, y Rodney también.

–La mayoría de las parejas se llevan bien al principio –Celeste hizo una mueca–. No debería haber dicho eso, no es muy caritativo por mi parte.

–Es normal que te cueste ver a tu padre con otra mujer.

–Pero Suzanne es tan amable, tan sincera. No merece comentarios como ése.

–Es la clase de mujer que Rodney necesitará cuando pasen unos años.

–¿Ah, sí? ¿Y qué clase de mujer necesita mi padre?

Ben se encogió de hombros.

–Oye, que no quería decir nada malo de tu madre.

–Ya me imagino –murmuró Celeste–. ¿A qué clase de mujer te refieres? ¿Atractiva, sensata? ¿Una mujer que se contenta con quedarse en casa para cuidar de los niños mientras él juega al golf?

Ben se rascó la cabeza.

–Tampoco quería decir eso.

–No todo el mundo quiere quedarse en casa y

cuidar de los niños. Yo no tengo nada en contra de esas mujeres, pero no soy una de ellas.

–No estoy diciendo que las mujeres deban quedarse en casa, pero admitirás que es lo más lógico.

–¿Ah, sí?

–Es normal que las mujeres dejen de trabajar durante un tiempo después de tener hijos. Para eso están las bajas por maternidad, ¿no?

–También hay bajas por paternidad, ¿no lo sabías? –replicó Celeste–. Un hombre puede cuidar de un niño tan bien como una mujer. Bañarlo, darle el biberón, cambiar los pañales…

Recordaba lo contento que se había mostrado Gerard porque la mujer de su hijo era muy buena cocinera y las sutiles críticas de su padre porque su madre no sabía cocinar… aunque sus horribles intentos de hacer pasteles siempre habían sido divertidísimos para Celeste porque acababan con harina hasta en el pelo. Ése era uno de los mejores recuerdos de su madre. Anita no solía entrar en la cocina porque tenía otros intereses, y ella jamás había echado de menos verla con un delantal.

–No creo que sea tan difícil dar un biberón –estaba diciendo Ben–. Además, yo sé cocinar…

–Muy bien, pero no estábamos hablando de ti, sino de los hombres en general.

–¿Tienes ganas de discutir?

Celeste soltó una carcajada.

–¿Por qué estamos hablando de la igualdad entre los sexos?

–Más bien hablábamos de cómo funciona el mundo.

–¿El tuyo o el mío?

Ben apretó los labios, molesto.

–Mira, vamos a dejarlo.

–Hay muchos hombres que se quedan en casa cuidando de sus hijos mientras la madre trabaja, supongo que lo sabrás.

Seguramente cuando ella tuviera un hijo le gustaría quedarse con él para cuidarlo, pero no quería *tener* que hacerlo, quería libertad para tomar la decisión.

–Claro que lo sé.

–¿Estarías dispuesto tú a dejar tu trabajo y depender de otra persona?

–Tuve que depender de otras personas durante los dieciséis primeros años de mi vida –respondió él.

Al pensar en el niño solitario que debía de haber sido se le encogió el corazón.

–Mira, yo no soy responsable de tu pasado, lo que me preocupa es el futuro.

–Yo creo que he conseguido lo que quería.

–¿Ser el propietario de la empresa Prince, por ejemplo?

–Tú sabes que quería comprar la empresa desde el principio.

–Y tú sabes que yo quería dirigirla.

Su madre lo había sacrificado todo con ese objetivo, y alguien llamado Benton Scott, el hombre que se había convertido en su amante, había logrado llevarse el premio. A veces no podía creer que el destino le hubiera hecho esa jugarreta. No era culpa de Ben, pero aún seguía doliéndole.

–Te irá mucho mejor con ese negocio tuyo. Lo de la floristería especializada saldrá bien, y ya sabes que yo te ayudaré en todo lo que pueda.

¿Por qué creía Ben que podía decidir lo que era mejor para ella?, se preguntó Celeste, molesta.

–No quiero tu ayuda, muchas gracias.

No quería la ayuda de nadie, ni la de su padre ni la de Ben. Quería hacerlo a su manera.

Él dejó escapar un suspiro.

–Me haces pensar que mi oferta de ayuda no es suficiente para ti.

–No, no es eso.

–¿Seguro? Tú te criaste entre algodones, yo soy un huérfano sin un céntimo y sin familia… alguien que ha salido del arroyo.

–¿Por qué dices eso?

Ben sacudió la cabeza.

–Porque tampoco tu padre estaba a la altura de tu madre.

Celeste parpadeó varias veces, incrédula.

–¿Qué significa eso?

–De haber sido lo bastante bueno, ella no hubiera intentado convertirlo en alguien que no era.

–¿Qué?

–A lo mejor tu padre era feliz siendo mecánico. A lo mejor debería haber dejado que hiciera lo que quisiera con su vida…

–¿Por qué criticas a mi madre si no la conocías de nada? –lo interrumpió Celeste.

–No pretendía criticarla, perdona.

–Mi padre no tenía por qué haber aceptado el dinero de mi abuelo para salvar la empresa…

–¿Cómo que no? Aún se siente la presión y han pasado veinte años de eso. Tú misma me lo contaste, Celeste, tu madre quería que su marido triunfase, y creo que tu padre siempre sintió cierto rencor…

–¿Qué quieres decir con eso, que una mujer debe esconder su inteligencia para que su marido no se sienta en desventaja? ¿Que no debe aspirar a nada para no acomplejar al hombre?

Ben se pasó una mano por la cara.

–No, no quiero decir eso. Además, tú nunca tendrás que preocuparte como lo hizo tu madre… por muchas razones. Mientras estemos juntos, siempre tendrás lo mejor. Y no quiero que te preocupes por temas de dinero.

«¿Mientras estemos juntos?».

¿Cuánto tiempo sería eso? ¿Y quién le había pedido nada? Aquella conversación era completamente absurda.

—¿Qué te parecería si yo sugiriese algo así? —le espetó, enfadada.

—Vamos a dejarlo, Celeste. No sé cómo hemos terminado hablando de esto… —Ben sacudió la cabeza—. Perdona, no quería ofenderte.

—Ya lo sé —suspiró ella.

Lo sabía, sí. Y no podía seguir huyendo de la verdad: se había enamorado de Benton Scott, el hombre que había destrozado su sueño de dirigir la empresa Prince. Ben entendía sus sentimientos, ¿pero podría entender algún día que eso había sido una traición no sólo para ella, sino para la memoria de su madre?

Quería dejar atrás el pasado, pero tal vez no debería hacerlo porque podría repetir los errores de su madre… y la actitud de Ben despertaba todas las alarmas. Evidentemente, pensaba que el sitio de una mujer, o al menos el de una madre, estaba en su casa y que un hombre debía hacer «lo que debía hacer». Ella, por otro lado, exigía igualdad entre los sexos en todos los sentidos.

Y con una infancia como la de Ben, debía preguntarse si su opinión podría cambiar algún día…

—¿Sabes cuál es el problema de esta discusión? Que hablas como un experto de un tema del que quieres escapar como si fuera la peste.

—Pero tengo derecho a una opinión.

—¿Basada en qué? Te agarras a una noción idealizada de la familia o de cómo debería funcionar una familia… –Celeste suspiró, cansada–. Quieres dar lecciones sobre cómo debería ser una familia, pero luego no tienes valor para formar una propia.

–Celeste, nos conocimos hace tres meses…

–¿Estás diciendo que en el futuro podrías considerar la idea de formar una familia conmigo? ¿Que ya no ves nuestra relación como una simple aventura? ¿Que estás dispuesto a comprometerte más allá del dormitorio?

Ben apretó el volante con fuerza, y Celeste giró la cabeza para mirar por la ventanilla.

–Ya me lo imaginaba –murmuró unos segundos después.

Era muy listo, claro, pero no estaba dispuesto a arriesgar su corazón.

Y tal vez había llegado la hora de que también ella retirase el suyo.

Después de aparcar, los dos salieron al mismo tiempo del coche.

–Te acompaño.

–No, Ben, no vas a acompañarme –dijo Celeste, decidida–. Esto tiene que terminar ahora mismo. Una familia feliz no se hace moviendo una varita mágica y pidiendo un deseo cuando pasa una estrella fugaz… yo lo sé tan bien como tú. Pero un día espero encontrar a un hombre con el que pasar el resto de mi vida. Y, aunque me habría gustado que fueras tú, por muchas razones es evidente que no va a ser así.

–Celeste…

–Aparte de la atracción que hay entre nosotros, estamos a miles de kilómetros el uno del otro, y no veo ninguna manera de salvar ese precipicio.

Ben intentó tomar su mano, pero ella se apartó.

–No quiero que sigamos viéndonos. No me llames, por favor. Ya tienes la empresa, tienes mi corazón… pero se me pasará. Me olvidaré de ti si tienes la decencia de no buscarme nunca más.

Tenía que seguir adelante con su vida, encontrar su sitio, y aquello sólo estaba retrasándolo.

Celeste se dio la vuelta para dirigirse a su apartamento. Pero cuando cerró la puerta, el dolor la abrumó de tal manera que sus ojos se llenaron de lágrimas.

Capítulo Once

¿Podían empeorar las cosas aún más?

La llamada de Gerard sugería que había un asunto familiar urgente, pero después de la desastrosa despedida de Celeste lo único que Ben quería era ponerse las zapatillas de deporte y correr durante horas para aliviar su frustración. Y luego acudir a esa reunión familiar con los Bartley-Scott.

Aunque a él no se le daba bien colaborar con otros en asuntos familiares porque no tenía ninguna práctica. ¿No se lo había dejado claro Celeste antes de marcharse el día anterior?

Gerard lo había recibido con los brazos abiertos y no podía rechazar la invitación, pero cuando entró en casa de su padre su aprensión se vio confirmada cuando su madrastra y su hermanastro lo fulminaron con la mirada. ¡Parecía como si hubiera matado a alguien!

–Siéntate, Ben –sonrió Gerard–. Eres el último en llegar.

–Prefiero quedarme de pie, si no te importa.

–Como quieras.

Desde que era niño había soñado con una

reunión familiar, con ser aceptado. Pero la fría realidad era otra, y le daban ganas de salir corriendo.

Tal vez Celeste tenía razón. Durante toda su vida sólo había dependido de sí mismo. Tal vez nunca sería capaz de dar el gran salto, de comprometerse con alguien, de confiar en otra persona del todo.

Zack, el hijo de Paul, tiró de la pernera de su pantalón.

—¿Dónde está Celeste?

—Hoy no podía venir —contestó Ben.

Gerard se inclinó para hablar con su nieto.

—¿Te importa salir a jugar al jardín un rato? El abuelo tiene que hablar con los mayores.

—¿Ben estará aquí cuando vuelva? —preguntó el niño—. Mi papá dice que no debería estar aquí.

Paul se levantó de un salto.

—¡Zack!

Ben tuvo que contenerse para no salir dando un portazo. Nada podía ser peor que aquello. Se había sentido rechazado durante toda su infancia. ¿Qué estaba haciendo allí, sintiendo lo mismo otra vez cuando podía marcharse para volver a…?

¿A qué? A nada.

—Ve al jardín, cariño. Tu padre irá a buscarte cuando hayamos terminado —sonrió Gerard.

Cuando el niño desapareció, su padre se volvió hacia ellos. Sus siete hijos, ocho contando a

Ben, esperaban sus palabras. Rhyll estaba sentada frente a la ventana, tejiendo un jersey.

—Rhyll, deja esa aguja y ven a sentarte a mi lado.

A regañadientes, su madrastra se levantó y fue a sentarse con Gerard.

—A veces uno no sabe cómo lidiar con una situación, y todo esto es culpa mía —empezó a decir su padre—. En una familia siempre hay desacuerdos, disgustos, problemas de disciplina... aceptar a quién le toca tirar la basura.

Ben se cruzó de brazos. Esperaba que ésa no fuera una sutil referencia a su recién encontrado hijo.

—Sé que no todo el mundo en esta familia acepta a Ben, y es comprensible, pero él merece algo más que eso, así que...

—No creo que haya necesidad de hablar delante de Ben —lo interrumpió su mujer.

—Sí hay necesidad, cariño —dijo su marido—. Sí, estuve casado antes de conocerte, pero te aseguro que no volví a ver a la madre de Ben después de que nos separásemos. Yo no sabía que estuviera embarazada, de haberlo sabido mi hijo no habría tenido que criarse en orfanatos y casas de acogida. Pero nunca te he sido infiel, Rhyll, y nunca lo seré. Eres mi mujer hasta el día que me muera. Mi familia es lo más importante del mundo para mí... es lo único importante.

Ben contuvo el aliento, observando a Rhyll que,

por fin, sonrió cuando su marido le dio un beso en la mejilla.

–Paul, tú eres mi primer hijo, el niño que tuve en los brazos y del que me sentí tan orgulloso… y sigo estándolo. Pero he recibido un regalo que la mayoría de los hombres no podría esperar nunca, otro hijo. Y no pienso darle la espalda, como tú no le darías la espalda a Zack.

–Papá…

–Déjame terminar, hijo. Te he hablado de Ben constantemente desde que apareció, te he contado lo difícil que ha sido su vida y cómo ha triunfado sin la ayuda de nadie… de nadie porque él no tuvo una familia como la has tenido tú y como la tiene Zack –Gerard hablaba con tal emoción que los demás también se emocionaron–. Nadie podría reemplazarte en mi corazón, pero debes entender que Ben también es mi hijo y, por lo tanto, tu hermano. Y no ha pedido nada en absoluto, sólo formar parte de esta familia. No va a ocupar tu sitio ni pretende hacerlo… pero merece ser uno de los nuestros –Gerard tragó saliva–. Hijos, la vida no es lo bastante larga como para perderla en celos y rencillas y debemos compensar a Ben por el tiempo perdido, empezando ahora mismo.

Todos miraron a Paul, que estaba mirando hacia el jardín, donde jugaba su hijo. Su mujer puso una mano en su brazo, y él asintió con la cabeza antes de levantarse para estrechar la mano de Ben.

Y, conteniendo la emoción, él aceptó ese gesto como una rama de olivo.

–Supongo que estas últimas semanas compensan los años en los que no hemos podido pelearnos –sonrió Paul entonces–. Un poco tarde pero… siento haber sido un idiota. Bienvenido a la familia.

Con expresión contrita, Rhyll se acercó también.

–¿Quieres un café, Ben?

–Sí, gracias.

Todos los demás se acercaron para abrazarlo, y Ben tuvo que hacer un esfuerzo sobrehumano para contener la emoción. Todo aquello era tan nuevo para él…

–Ben, hijo, sal conmigo al porche un momento.

A él le daba vueltas la cabeza. Sólo conocía a las familias de acogida, gente que no era de su misma sangre y para quien era un extraño. Nunca se había sentido incluido en ningún grupo.

O querido.

Hasta aquel momento.

Gerard y él salieron al porche y se sentaron uno al lado del otro, mirando a Zack montado en su triciclo.

–Gracias –dijo Ben por fin. Una palabra sencilla, pero sentida.

–Espero que vengas por aquí más a menudo. Con siete… ocho hijos la diversión no termina nunca. Pero imagino que algún día tú también lo sabrás.

¿Lo sabría?, se preguntó Ben. Tres meses antes, convertirse en padre había sido lo último que esperaba de la vida. La alarma de embarazo de Celeste le había abierto los ojos, pero seguía sin verse en un papel que lo asustaba: marido, padre.

Todo aquello era extraño para él.

—¿Cómo era mi madre?

—Una buena mujer —contestó Gerard—, muy independiente y muy inteligente. Yo la admiraba mucho, pero no estábamos hechos el uno para el otro.

—No veíais las cosas de la misma forma.

Como Celeste y él.

—Tu madre y yo creímos estar enamorados, pero cometimos un error. Claro que en todos los matrimonios hay desacuerdos... es imposible pensar siempre como lo hace la otra persona. Pero la manera de lidiar con esos problemas es lo que hará que formes una familia unida.

Ben había presenciado cómo ponía en acción ese consejo aquel mismo día. Ser un buen padre no era tarea fácil. Era una responsabilidad que uno debía tratar con sumo cuidado y consideración. Significaba admitir tus sentimientos, tener en cuenta los de los demás, reconocer los errores. Y tener valor para decir «te quiero» a las personas que más te importaban.

Y hacerlo antes de que fuera demasiado tarde.

Capítulo Doce

Celeste levantó la mirada del mostrador y el corazón se le puso en la garganta.

—Ben, ¿qué haces aquí?

—Tengo que hablar contigo —contestó él.

—Te dije hace dos días… —se le encogió el estómago, pero tenía que decirlo— que no quería volver a verte.

—Tengo que verte, Celeste. Y creo que también tú quieres verme a mí.

La convicción que había en sus ojos, la tentación de esa sugerencia…

Pero encontró fuerzas para darse la vuelta.

—Lo que queramos no cuenta —le dijo—. Lo que importa es lo que tengo que hacer.

Y lo que tenía que hacer era olvidarse de su aventura con Ben de una vez por todas.

No lamentaba el tiempo que habían estado juntos, pero el sábado él lo había dejado bien claro: su relación no iba a ningún sitio. Si le decía que sí ahora, sería como decirle que estaba dispuesta a ser su amante y nada más. Aunque era un término muy anticuado, evidentemente ésa era la situación que él pretendía. Sin ataduras, sin compromisos, sólo pasar un buen rato. Pero ella había aprendido que esos buenos ratos a veces tenían consecuencias.

Ben puso las manos sobre sus hombros, mirándola a los ojos.

–Ayer estuve hablando con mi familia, y he tomado una decisión. Tú me necesitas, Celeste, y yo te necesito a ti.

–Voy a darte una noticia, Ben: el sexo no lo es todo.

–No estoy hablando de sexo –él se pasó una mano por el pelo–. Bueno, no sólo de eso.

Celeste suspiró. Nada había cambiado.

–Mira, márchate. Voy a abrir la tienda la semana que viene y estoy muy ocupada.

Tenía que concentrarse en eso, en su negocio, en labrarse un futuro ahora que no podía contar con la empresa Prince. No podía perder el tiempo con un donjuán vacilante que tenía todas las respuestas pero no estaba interesado en comprometerse con nadie.

–Celeste, he pensado mucho en nosotros. No he dormido nada en los últimos días pensando en nuestra relación.

–No tenemos una relación, Ben.

–Y siempre encuentro la misma respuesta –siguió él, como si no la hubiese oído–. Quiero una relación de verdad, quiero casarme contigo. Es así de sencillo.

Fue como si el tiempo se detuviera. Esperaba verlo sonreír, que le dijera que era una broma, pero no estaba sonriendo.

¿No era una broma?

Pero una proposición de un hombre que dos días antes había temblado ante la idea de sentar la cabeza… no, imposible.

A menos que…

—No, de eso nada —dijo Celeste.

—¿Qué?

—Estás hablando de un compromiso falso sólo para acostarte conmigo otra vez.

Ben arrugó el ceño. Era un buen actor, lo suficiente como para fingir que esa sugerencia lo había herido.

—No es eso.

¿No lo era? ¿Cuándo había dicho que la quería? ¿Cuándo había mencionado la palabra amor? Ésa era una palabra importante cuando un hombre le pedía a una mujer que se casara con él. ¿Y dónde estaba el anillo de compromiso?

Celeste se cruzó de brazos, arqueando una ceja.

—¿Entonces ha sido una especie de revelación?

—Si quieres llamarlo así…

No, ella lo llamaría otra cosa.

—Lo siento, pero no me has convencido.

Ben dio un paso adelante.

—Celeste….

—Te he pedido que te marches —insistió ella,

casi sin voz. Estaba rompiéndole el corazón otra vez y no iba a permitir que lo hiciera.

Ben la miró a los ojos durante unos segundos, y después dejó escapar un suspiro.

—Debo admitir que tenías razón. Yo tenía una visión de lo que debía ser una familia, pero he sido demasiado cobarde para comprobar esa teoría. En parte era porque pensé que nunca encontraría la familia ideal… o lo que yo creía que era una familia ideal. Pero ayer descubrí lo que es una familia de verdad, y ahora sé que uno debe esforzarse cada día por lo que más le importa.

¿Se refería a ella?

Celeste apretó los labios. No pensaba dejarse engañar por sus ojos azules ni por su encanto.

—Y sé que hay algo que te importa a ti mucho más que a mí —dijo entonces, ofreciéndole un sobre.

Ella lo miró, perpleja.

—¿Qué es esto?

—La escritura de propiedad de la empresa Prince, a tu nombre.

—¿Es una broma o…?

—No es ninguna broma —la interrumpió él—. No diré que ha sido agradable para mí, pero sé que la empresa Prince significa mucho para ti.

Celeste tenía el corazón en la garganta. No podía decirlo en serio.

—No puedo aceptarlo.

–Acéptalo, por favor. Haz lo que quieras con ella... puedes venderla si quieres, es tuya.

–Pero debe de valer... bueno, al menos la deuda que tú pagaste.

–El dinero no es lo importante.

Había dicho que quería casarse con ella y le regalaba la empresa que le había comprado a su padre, a su familia. Aunque también era importante para Ben. Cuando alguien no había recibido amor, buscaba otra fuente de poder. Más que nada, dirigir la empresa Prince representaba el poder sobre su propia infancia, y ahora se lo estaba entregando a ella...

–Acéptalo –insistió Ben, depositando un beso en su frente–. En realidad, nunca fue mía.

Cuando se daba la vuelta para salir de la tienda empezó a sonar el teléfono.

–Contesta, Celeste. Podría ser tu primer cliente.

A ella le daba igual quién fuera, pero fue el propio Ben quien descolgó el auricular y lo puso en su mano.

Y no sabía cómo consiguió contestar, pero cuando colgó unos segundos después, el mundo parecía haber girado sobre su eje. Tan angustiada estaba que dejó caer el sobre y tuvo que agarrarse al mostrador.

–¿Qué ocurre? ¿Qué te pasa?

Ella se llevó una mano a la frente.

–Suzanne ha dado a luz, pero ha sufrido una

hemorragia. Nunca había oído a mi padre tan angustiado…

Sí, una vez, pensó entonces, cuando su madre murió.

–¿En qué hospital está ingresada?

Unos segundos después estaban en el coche de Ben, de camino al hospital.

–La niña está bien, pero Suzanne… sus signos vitales no son estables, y si no mejora, tendrán que operarla.

Celeste no quería seguir pensando y, sin embargo, no podía dejar de preocuparse por esa niña recién nacida, su hermana, creciendo sin una madre como había hecho ella desde los diez años. Y Ben estaba a su lado, apoyándola.

–Se pondrá bien, ya lo verás –murmuró él, apretando su mano.

Celeste asintió. Nunca se había sentido tan cerca de él como en ese momento. Benton Scott era un hombre en el que cualquiera podría apoyarse en una emergencia. Había dicho que quería casarse con ella y estaba demostrando que le importaba de verdad, devolviéndole su pasado.

Pero ¿y el futuro?

¿Podrían entenderse, llegar a un acuerdo? ¿Podrían llegar a un compromiso como hacían tantas parejas?

Cuando llegaron al hospital, la enfermera que estaba en recepción les indicó cómo llegar a maternidad y, una vez allí, otra enfermera los acompañó a la habitación. Suzanne tenía los ojos cerrados, su brazo conectado a una vía intravenosa. Y su padre, sentado en una silla al lado de la cama, tenía un bulto en los brazos.

—Cariño, has venido…

Celeste no sabía qué decir. ¿Estaría mejor Suzanne? ¿Le habrían hecho una transfusión?

Su madrastra abrió los ojos en ese momento e intentó sonreír.

—¿Ya conoces a tu hermana pequeña?

Celeste se acercó a la cama.

—Pensé que… mi padre me dijo…

—No debería haberte llamado en ese momento —la interrumpió él, compungido—. Estaba asustado. Siento mucho haberte preocupado, hija.

—No, no…

—Trajeron a Suzanne hace diez minutos, y el médico nos ha dicho que se va a poner bien.

Pálida pero contenta, Suzanne miró a su familia, su marido y su hija.

—No estaba preocupada. Tenemos el mejor ginecólogo de Sidney y la niña está sana. Rompió a llorar en cuanto nació.

Celeste sonrió, sintiendo una punzada de culpabilidad al pensar en su madre. Pero así era la vida. Ella tenía preciosos recuerdos de su madre, y ahora tenía una madrastra que quería que fuesen una familia. Y un padre con muchos defectos, pero que la quería y que merecía una segunda oportunidad en la vida.

Y una hija recién nacida.

Celeste se acercó al bulto que su padre sostenía en los brazos, y al ver esa carita su corazón se llenó de amor.

–Qué pequeñita es… y qué guapa –murmuró, mirando la boquita como un capullo de rosa, el pelo oscuro, los dedos diminutos pero perfectos.

–Yo creo que se parece un poco a ti –dijo su padre.

–Tiene la misma nariz –asintió Suzanne.

Celeste recordó entonces la semana que creyó estar embarazada, pero mientras ponía una mano sobre la cabecita de su hermana pensó que eso llegaría cuando tuviese que llegar.

–Vamos a llamarla Tiegan, que significa «princesita».

–Todas las niñas merecen ser princesas –sonrió Ben–. Enhorabuena a los dos.

Después se llevó la mano de Celeste a los labios, mirándola a los ojos. Y no tuvo que decir nada más.

–¿Quieres tomarla en brazos? –le preguntó su padre.

–Sí, pero prefiero estar sentada. No tengo costumbre…

Celeste se dejó caer sobre la silla antes de tomar

a la niña, y al tenerla en sus brazos le pareció tan real, tan emocionante…

–Pensé que no pesaría nada.

–Como las muñecas con las que solías jugar –sonrió Rodney.

–¿Te acuerdas?

–¿Cómo no voy a acordarme? –rió él–. Te encantaban las muñecas. Cada Navidad, cada cumpleaños, lo único que querías era una más para tu colección. Tu madre y yo decíamos que algún día tendrías familia numerosa.

Suzanne sonrió.

–Aún hay tiempo para eso.

Familia numerosa. Celeste tuvo que sonreír, pero el momento era tan especial, la clase de momento que uno recuerda para siempre.

Y entonces lo supo.

No tenía nada que demostrarle a su padre, ni a nadie. Sencillamente quería ser parte de aquello.

–¿Podemos contar contigo para que cuides de tu hermana? –sonrió Rodney.

Tiegan bostezó en ese momento, y a Celeste se le encogió el corazón.

–Cuando me necesitéis, allí estaré.

Podría ser la emoción que había en la habitación, pero pensó entonces que tal vez podría darle a Ben el beneficio de la duda. ¿Sería un error o la oportunidad de encontrar la felicidad?, se preguntó.

Pero cuando levantó la mirada descubrió que él había desaparecido.

–¿Dónde está Ben?

Su padre miró alrededor.

–Seguramente habrá salido a tomar el aire.

¿Sin decir una palabra?

Celeste tragó saliva, asustada. Ella tenía otra teoría: al ver que todo estaba bien, Ben se había marchado para evitar otra despedida.

¿Debería ir tras él?

–Papá, tengo que irme.

–¿Dónde?

–Pues… a casa, con un poco de suerte.

Mientras su padre tomaba a Tiegan con cara de sorpresa, Suzanne sonrió, como si la entendiera.

Celeste salió de la habitación y se acercó a una enfermera.

–¿Ha visto salir a un hombre alto, moreno y muy guapo?

La mujer sonrió.

–Desde luego que sí –contestó, señalando el ascensor–. Lo he visto hace unos minutos.

Cuando salió del hospital poco después, le pareció que hacía más frío que antes. Frotándose los brazos, deseó haber llevado una chaqueta. Tenía una en el coche de Ben…

Y cuando levantó la mirada vio el Mercedes saliendo del aparcamiento.

–¡Ben!

Pero él siguió adelante sin detenerse.

¿Debería haber esperado algo más? Le había dicho que quería casarse, y ella había contestado que no lo creía. Y, sin embargo, la había llevado al hospital, le había entregado la escritura de la empresa. Sin hacer una escena, había besado su mano antes de irse, pero ella no se había dado cuenta de que ésa era su despedida...

¿Debería dejarlo ahí?

Con mil preguntas dando vueltas en su cabeza y el corazón latiendo a mil por hora, Celeste miró alrededor. Suzanne necesitaba descansar, y su padre querría estar a solas con su mujer y su hija... era lo más natural.

Suspirando, empezó a caminar sin rumbo, y después de cruzar varias calles llegó a un descampado en el que habían instalado una feria con una noria, coches de choque, un carrusel...

La curiosidad hizo que se acercara, negándose cuando un feriante le ofreció la posibilidad de disparar una escopeta de aire comprimido para conseguir una muñeca gigante.

Sin saber por qué, sus ojos se llenaron de lágrimas.

¿Volvería a ver a Ben?, se preguntó.

–¿Quiere que le lea el futuro?

Celeste se dio la vuelta, sorprendida. Una mujer vestida con el típico atuendo de gitana la llamaba con el dedo.

—Está perdida —le dijo—, pero encontrará su camino.

Celeste sonrió. Sí, debía parecer perdida paseando por allí, pero…

Al ver una bola de cristal, más grande e impresionante que la que habían visto en el escaparate de la tienda, decidió acercarse.

—¿Qué más ve?

Los ojos oscuros de la mujer brillaron mientras ponía teatralmente las manos sobre la bola…

—Veo calor… y luego frío y paredes de hielo —murmuró—. Ahora veo que el calor vuelve. Creo que se va a quemar, pero no tema lo nuevo y emocionante que puede ofrecerle la vida. Escuche a los fantasmas amistosos.

Ella sintió un escalofrío cuando un golpe de viento movió su pelo. Y cuando levantó una mano para apartarlo de su cara, Ben estaba a su lado.

—Hola.

Celeste se sobresaltó de tal modo que dio un salto hacia atrás.

¿Escuchar a los fantasmas amistosos?

La gitana estaba limpiando la bola de cristal con un paño, sonriendo.

—También leo los posos del café.

Sintiéndose como Alicia en el País de las Maravillas, Celeste alargó una mano para tocar el jersey negro de Ben y dejó escapar un suspiro. Era real.

–¿Dónde habías ido?

–A buscar una cafetería para comprar un par de cafés decentes. ¿Has probado el café de los hospitales? –Ben hizo una mueca de horror–. Le dije a la enfermera de la planta que te lo dijera si preguntabas.

Celeste tuvo que morderse los labios para no ponerse a llorar. Había dejado un mensaje, pero ella debía de haber preguntado a otra enfermera...

–Cuando volví al aparcamiento vi que venías hacia aquí, así que dejé los cafés en el coche y vine a buscarte.

–Pero te has cambiado de ropa. Antes no llevabas ese jersey.

–Escuché en la radio que iba a bajar la temperatura y me puse este jersey que guardo en el coche. Toma, también he traído tu chaqueta.

Después de ponérsela, frotó sus hombros un momento y el frío desapareció por completo.

Cuando se dio la vuelta, Celeste lo miró a los ojos y hablaron a la vez:

–Hay algo que tengo que…

–Las señoras primero –sonrió Ben.

–He estado pensando… –empezó a decir Celeste–. Me has devuelto la empresa de mi padre, me has traído al hospital… supongo que eso quiere decir que existe la posibilidad de que tengamos una relación.

–También yo he estado pensando en lo que hablamos, y he llegado a la conclusión de que, si tuviera un hijo, me gustaría que lo criasen su padre y su madre. No querría que le faltase ninguno durante toda su vida.

–Estoy de acuerdo. Mientras todo el mundo sea feliz, incluido el niño.

Ben asintió con la cabeza.

–Y no tengo la menor intención de ser el tipo de marido que espera que su mujer lo haga todo. Ni ahora ni nunca. Tú me estimulas, me animas… me haces pensar. Y no tengo la menor intención de retenerte o de impedir que hagas lo que te parezca bien con tu vida.

Celeste se emocionó, pero tenía que seguir hablando.

–Imagino que nuestros padres pensaron lo mismo cuando decidieron casarse, pero luego la cosa salió mal.

–Ésas eran sus vidas, no las nuestras. Si nos esforzamos, si los dos ponemos todo de nuestra parte, no lamentaremos esta decisión –dijo Ben entonces, apretando su mano–. Yo nunca había querido a nadie antes, Celeste.

Ella sonrió, aunque sus ojos se habían llenado de lágrimas.

–¿Me quieres?

–Completamente y para siempre. Quiero estar a tu lado para todo, tengamos familia o no. Tú me has abierto los ojos sobre muchas cosas... y sobre todo me has hecho ver que puedo comprometerme, que tú y yo estamos destinados a estar juntos.

—¿Pero no quieres tener una familia?

—Sí, Celeste. Me gustaría mucho tener una familia, pero sólo contigo.

Sin percatarse de que había gente alrededor mirándolos con curiosidad, Ben sacó una cajita del bolsillo del pantalón. Cuando la abrió, el sol iluminó la piedra que había dentro, reflejando todos los colores del arco iris.

—Debería haberte dado esto cuando te pedí que te casaras conmigo —murmuró, tomando su mano—. Pero ahora te lo pido ora vez. Celeste, ¿quieres casarte conmigo?

Ella tuvo que llevar aire a sus pulmones. Le gustaría saber qué iba a depararle el futuro, pero el futuro era algo que cambiaba constantemente y que dependía casi siempre de uno mismo. Lo único que sabía con seguridad era que amaba a aquel hombre con todo su ser. Y tenía razón, el futuro dependía de los dos; dos mitades de un todo, para que su relación funcionase.

Celeste tomó su cara entre las manos y comprometió con él su corazón.

—Sí, quiero casarme contigo. Te quiero, Ben. Te quiero muchísimo.

Sonriendo, él puso el anillo en su dedo y la

apretó contra su pecho. Pero antes de sellar su amor con un beso, Celeste tenía que decir algo…

–Me gustaría que nos casáramos en un jardín. No me preguntes por qué, pero es lo que siempre he soñado. ¿Te parece bien?

–Me parece estupendo.

–Y creo que deberíamos hacer un pacto de no trabajar los fines de semana.

–Una pareja necesita tiempo para conocerse, para disfrutar –asintió Ben, buscando sus labios.

Pero Celeste levantó una mano.

–Hay una cosa más…

Él tomó su mano y sonrió, con una de esas sonrisas que la volvían loca.

–Cariño, ahora sería un buen momento para besarnos. Es la mejor manera de empezar nuestra vida juntos.

Celeste sonrió. Tenía razón, de modo que le echó los brazos al cuello para besarlo con toda su alma.

Epílogo

Tres años después

Sentada frente al escritorio de su casa, Celeste encendió el ordenador y buscó el archivo de uno de sus mejores clientes mientras sujetaba el teléfono entre el cuello y la oreja.

–De modo que quieres lirios y fresias blancas en las mesas… no, me parece que quedará precioso en una fiesta de cumpleaños. ¿Ramos para las señoras? Ah, muy bien, tengo aquí anotados cuáles son tus favoritos… –entonces oyó un ruido por el monitor–. Nicole, perdona pero tengo que colgar… sí, es la niña. Te enviaré el presupuesto a primera hora de la mañana.

Después de colgar, Celeste se levantó para ir a la habitación.

Su empresa de floristería estaba funcionando a las mil maravillas e incluso había recibido algún premio. Tenía clientes en todo el país y aportaba flores a eventos benéficos de manera habitual. Todos sus objetivos profesionales se habían cumplido, pero además había hecho realidad otro de sus sueños.

Celeste abrió la puerta de la habitación y se acercó a la cuna donde estaba su preciosa hija de un año. De pie, sujetando su mantita con una mano y frotándose los ojitos con la otra, Ava Krystal estaba bostezando, pero su rostro se iluminó al ver a su mamá.

–Ma… mi.

Con el corazón lleno de amor, Celeste sacó a la niña de la cuna mientras Ben entraba en la habitación.

–Hola, cariño –sonrió, acariciando la carita de su hija–. Se supone que deberías estar dormida.

–No es tan dormilona como su mamá –dijo Ben, inclinándose para besar a su mujer–. Tú sigue con lo que estabas haciendo, yo me encargo de dormirla otra vez.

Celeste miró el reloj. Eran las ocho y diez… tan tarde.

–No importa. Ya he terminado de trabajar por hoy.

Se alegraba de que al día siguiente fuera viernes. Trabajaría una hora por la mañana y después se dedicaría a su familia hasta el lunes. Ben solía trabajar desde casa también, organizando las horas de trabajo dependiendo de las necesidades de su familia. El sábado pensaban ir al zoo, la primera vez para Ava. Y la primera vez también para su marido.

Celeste estaba acariciando el pelito de su hija cuando sonó el móvil de Ben, pero después de comprobar la pantalla lo guardó en el bolsillo.

–No es nada importante –sonrió.

–Puedes atender la llamada si quieres. Yo le leeré su cuento favorito.

–Nueva York puede esperar. Le leeremos el cuento juntos.

Diez minutos después, escuchando su historia favorita sobre hadas y duendes, Ava se quedó dormida de nuevo.

–Estoy deseando enseñarle a lanzar una pelota –dijo Ben.

–Eso te lo dejo a ti –rió Celeste–. Yo prefiero darle clases de dibujo.

–A mí se me dan bien los números, también podría enseñarle eso.

–Estupendo.

–¿Sabes qué más se me da bien?

Celeste se encogió de hombros, haciéndose la tonta, mientras Ben se inclinaba para darle un beso en el cuello que la hizo sentir escalofríos.

–Ah, sí, ya me acuerdo –rió.

Sonriendo, Ben arropó a Ava y se inclinó para darle un beso en la mejilla.

Era tan fuerte, pero tan delicado con su hija...

–Eres un papá estupendo.

–Me encanta ser padre.

Sonriendo, Celeste apoyó la cabeza en su hombro, agradecida de que los dos hubieran creído en su amor. Y todo había salido bien, mejor que bien. Gerard, Rhyll y los hermanos de Ben los visitaban a menudo, como Rodney, Suzanne y la pequeña Tiegan. De hecho, Tiegan se quedaba a dormir allí al menos una vez al mes, y había pedido quedarse todo el fin de semana siguiente para estar con Ava.

Después de cerrar la puerta del dormitorio fueron al salón. Las cortinas estaban abiertas y a través del ventanal podían ver el cielo nocturno lleno de estrellas.

–¿Buscando alguna estrella fugaz? –murmuró Ben.

Por alguna razón, Celeste pensó en la empresa Prince, que había vendido años antes. El dinero estaba en el banco, y sería de Ava cuando cumpliera los veintiún años. Anita lo hubiese aprobado, estaba segura.

Suspirando, apoyó la cara en el pecho de su marido.

–No necesito una estrella fugaz, cariño. No puedo desear nada más.

Se besaron entonces, y en ese beso pusieron todo lo que había en sus corazones: pasión, amor y el respeto que sentían el uno por el otro.

–Te quiero, Celeste.

–Yo también te quiero –dijo ella.

Era así de sencillo. Y aquella noche, al día siguiente, durante el resto de sus vidas, eso era lo único que importaba.

DESEO

ROBYN GRADY

UN NUEVO COMPROMISO

Capítulo Uno

–Está decidido. Vienes a casa conmigo.

El leve murmullo que Vanessa Craig escuchó a su espalda le erizó el vello de la nuca como si le hubieran dado un beso íntimo. Con el cuerpo tenso tras haber colocado el último saco de comida especial para perros, se colocó un mechón de cabello detrás de la oreja y se giró lentamente. Trató sin conseguirlo de mantener los ojos en la cara.

Por supuesto, el atractivo hombre que estaba a su lado no hablaba con ella. Qué diablos, ni siquiera sabía que existía aunque Vanessa fue consciente de cómo cada una de las células de su cuerpo cobraba vida de pronto. Era muy alto, con el cabello negro como la noche, mandíbula firme y los ojos más azules que Vanessa había visto en su vida. El impecable corte de los pantalones, los zapatos inmaculados… todo en aquel hombre decía que disfrutaba de lo mejor.

Cuando el hombre se movió, sus magníficos hombros se fueron hacia atrás. Desvió la atención de la pecera que contenía un único pez de colores y la fijó en ella.

–Buenas tardes –su boca se curvó hacia un lado–. ¿Trabaja usted aquí?

Vanessa tragó saliva para pasar el nudo de deseo que se le había formado en la garganta.

–Soy la dueña.

–Estupendo. Estoy interesado en ese pez.

Vanessa observó al pez, que estaba muy ocupado observando al hombre. La joven sonrió.

–No tanto como parece estarlo él en usted.

Mientras ella hablaba, la luz de los ojos azules como el mar del cliente cambió, como si algo en su voz o en su rostro le hubiera hecho pensar que ya se conocían. Pero ni en sueños era así.

–Me estaba preguntando… ¿puede decirme si es macho o hembra?

Vanessa puso la mano en una de las esquinas de la fría pecera.

–Los machos pueden tener puntitos en las branquias y aletas pectorales. Como éstas –deslizó un dedo por las aletas del pececito.

–Lo cierto es que un amigo mío tiene un acuario muy grande y dice que no hay nada más relajante que eso después de un largo día –reconoció–. Sin preocupaciones, problemas ni ruido.

–¿Acepta tarjetas?

Pero antes de que pudiera sacar alguna, centró la atención en una de las jaulas de cristal cercanas y en sus nerviosos cachorros de rottweiler.

–Son muy especiales, ¿verdad? Acaban de llegar esta misma mañana.

Cuando las líneas de su perfil de corte clásico se endurecieron, como si estuviera considerando una nueva opción, Vanessa le puso a prueba de forma sutil:

–¿Ha tenido perro alguna vez?

El hombre, que tenía los ojos clavados en los cachorros, frunció el ceño.

–Crecí rodeado de perros –aseguró apretando las

mandíbulas y deslizando la vista hacia su boca antes de volver a mirarla a los ojos–. Crecí con caniches. Con los pequeños, los chillones.

Apenas recuperada del recorrido de su mirada, Vanessa se metió las manos en los bolsillos.

–Los caniches son una raza muy inteligente, sean del tamaño que sean.

–Desde luego saben cómo conseguir lo que quieren.

–¿Los perros de la familia estaban muy mimados?

–Como las mujeres de la casa –volvió a fruncir el ceño–. Lo siento. Demasiada información.

Vanessa estaba intrigada.

Así que tenía madre y también hermanas, al parecer. Las finas líneas de alrededor de los ojos indicaban que tendría unos treinta años. Demasiado mayor para vivir en casa con la familia.

–Estos cachorros tienen sólo ocho semanas. Crecerán mucho. Le recomendaría una cama de buena calidad –escogió una del mostrador que estaba al lado–. Por ejemplo ésta.

Él pellizcó y acarició la espuma cerca de donde ella tenía la mano.

–Mmmm. Firme y al mismo tiempo suave.

Como si la cosa fuera con ellos, los pezones de Vanessa se pusieron firmes bajo la tela de la camiseta. Ella se rindió al delicioso escalofrío antes de liberarse de él. Bajó la cama del perro y se aclaró la garganta.

–Los rottweiler son estupendos guardianes además de compañeros.

En aquel justo instante, el único cachorro macho colocó las patas en el cristal y comenzó a mover la cola con tanta fuerza que casi se cae. Cualquiera que pensara que los perros no sonreían no conocía a los perros.

–Necesitará paseos. Y una escuela de cachorros que le ayude a aprender a socializar.

El hombre se cruzó de brazos y luego se rascó una sien.

–¿De cuánto tiempo estamos hablando? Llego a casa muy tarde y trabajo la mayoría de los fines de semana.

A Vanessa se le ralentizó el ritmo del corazón. Tendría que haberlo imaginado. Su aura exudaba energía y eficacia.

–Tal vez su esposa pueda ayudarle.

–No estoy casado.

–¿Tiene novia?

Sentía curiosidad… sólo por el bien del perro.

–Mi asistenta viene una vez por semana.

Vanessa le dirigió una sonrisa irónica. No era lo mismo.

–Si un perro es demasiada responsabilidad y un pez tal vez no sea suficiente, quizá…

–No diga un gato –el hombre bajó la barbilla–. No me gustan los gatos.

–¿Un pájaro entonces? Tengo unos periquitos preciosos. ¿Y un loro? Puede enseñarle a hablar y a que se le pose en el hombro.

Las fosas nasales de su recta nariz se abrieron.

–Me parece que no –el hombre rodeó a una señora mayor que estaba haciéndoles carantoñas a las cobayas para regresar de nuevo a la pecera y observar al pez. El pez se cernió sobre las piedras amarillas y azules del fondo, dejó escapar una burbuja y se lo quedó mirando a su vez. El hombre alzó la mano para darle un golpecito al cristal.

Cuando Vanessa le tocó el reloj de platino de la

muñeca para indicarle que a los peces no se les daba golpecitos, la sensación que su piel provocó en ella fue como una flecha que se le clavara en el pecho y le robara el aire de los pulmones.

El hombre se incorporó y la miró de una forma extraña, con un curioso brillo en los ojos, como si él también hubiera sentido la descarga. O tal vez sencillamente quería decirle que le quitara las manos de encima. Vanessa dio un paso atrás y retiró la temblorosa mano.

–Mucha gente tiene una relación muy satisfactoria con los peces –aseguró con voz involuntariamente ronca.

–¿Usted también? –una sonrisa intrigada asomó a las profundidades de sus ojos.

Vanessa miró de reojo a la pared llena de tanques de agua que había detrás de ellos.

–Tenemos docenas de peces aquí.

–Pero ¿tiene peces en casa?

–No.

–¿Y perro?

–No me dejan.

El hombre alzó las cejas.

–¿Vive usted con sus padres?

Vanessa parpadeó dos veces.

–Vivo alquilada.

–¿Pero tiene a su familia cerca?

El estómago le dio un vuelco. Huérfana desde muy pequeña, se había criado con una tía en la rural costa este de Australia. No tenía hermanos, abuelos ni primos. No tenía a nadie aparte de a la tía McKenzie.

–No creo que eso tenga nada que ver con el hecho de que usted se compre un pez, señor…

–Stuart. Mitchell Stuart –hizo un gesto con la mano como si estuviera molesto consigo mismo–. Y no, no tiene nada que ver. Ha estado completamente fuera de lugar –entornó los ojos para volver a mirar al pez y sonrió despacio–. Creo que servirá.

Vanessa hizo un esfuerzo por dejar de pensar en la familia, o más bien en la carencia de ella, y se concentró en el negocio. Por un instante se preguntó si a aquel cliente le gustaría tener una relación más cercana, alguien con quien pasear y con quien pasarlo bien. Seguramente se había equivocado. Pero se alegraba por el pez; estaba claro que iba a ir a una buena casa. Fue a levantar la pecera.

–¿Tiene algún nombre en mente?

El señor Stuart frunció el ceño y se hizo cargo del peso.

–¿Los peces tienen nombre?

Una vez en el mostrador, Vanessa agarró unos copos de comida, un frasco de gotas para estabilizar el agua y una miniatura de Poseidón con su tridente y le contó al señor Stuart los cuidados que debía tener con su nuevo pez de colores. Cuando él hubo firmado la hoja de la operación le devolvió la tarjeta.

–Estoy segura de que no va a tener ningún problema.

–¿Y si lo tengo?

–Llámeme.

Vanessa le entregó una tarjeta. Él la agarró con fuerza y con una expresión victoriosa.

–Me siento bien por lo que he hecho.

–Entonces yo también.

El señor Stuart recogió sus bultos. Al salir pasó por delante de los cachorros y vaciló, pero luego les miró de reojo y sujetó al pez con una sonrisa que quería decir «decisión correcta».

Vanessa se despidió. Otro cliente satisfecho. Y los cachorros irían enseguida a hogares llenos de amor y de atención adecuada. Tal vez algún día Mitchell Stuart regresara, cuando estuviera preparado para un compromiso mayor. ¿Seguiría ella allí? Quería creer que la cita que tenía mañana con el director del banco le salvaría el día. No podía soportar pensar en la alternativa que tenía.

Dos horas más tarde estaba colocando el cartel de cerrado en la puerta cuando sonó el teléfono. Si era el casero para recordarle que se había retrasado dos semanas…

Vanessa contuvo el aliento. Tal vez no debería contestar.

Cuando volvió a sonar contestó. No hubo saludo desde el otro lado, sólo un directo:

—He encontrado nombre para el pez.

Aquella voz grave era todavía más sensual por teléfono, profunda e invitadora.

—Hola, señor Stuart.

—Kamikaze.

Ella tartamudeó.

—Pe… perdón, ¿cómo dice?

—No deja de saltar en la pecera. Tiene una misión suicida.

—A veces sucede —Vanessa se dejó caer en la silla y se frotó la frente.

—Llené la pecera, añadí la cantidad necesaria de gotas, coloqué el filtro, le di de comer. Y cuando me di la vuelta, saltó. Volví a meterlo. Volvió a saltar una y otra vez.

–Podría tratarse de varias cosas. Tal vez no haya suficiente agua.

–Ya he puesto más.

–Quizá sea demasiada.

Él forzó la voz.

–¿Puede un pez tener demasiada agua?

Vanessa se mordió el labio inferior.

–Y también cabe la posibilidad de… Bueno, algunos peces son… saltadores.

Le escuchó gruñir y luego moverse como si hubiera tomado asiento él también.

Vanessa apretó con fuerza el auricular. Le había dicho que le ayudaría si lo necesitaba. La estadística revelaba que la gente compraba mascotas en tiendas relativamente cercanas a su casa. Los médicos hacían visitas a domicilio. No había razón para que ella no hiciera lo mismo.

–Señor Stuart, acabo de cerrar la tienda. ¿Quiere que me pase por allí a ver qué puedo hacer?

–¿Hace ese tipo de cosas?

–Constantemente –mintió Vanessa.

Un suspiro de alivió atravesó la línea telefónica.

–Le daré mi dirección.

–¿Te parece divertido? –Mitch sacó a Kamikaze de la mesa del comedor de madera con la red y, conteniendo un escalofrío, volvió a depositarlo en la pecera–. Bueno, pues la diversión y los juegos se han acabado, amigo.

La ayuda estaba en camino. Ayuda en forma de una joven menuda de veintitantos años a la que no tenía intención de conocer mejor. Sólo le daría las gracias por salvar a su pez. No se fijaría en su cabello largo y brillante, en los ojos verdes ni el modo en que la sangre se le calentaba como el sirope en el horno cuando ella sonreía. Estaba de vacaciones de las mujeres.

De todas las mujeres.

Cuando su padre falleció quince años atrás, Mitch se había convertido en el hombre de la casa. Aunque dejó la majestuosa mansión de los Stuart siete años atrás, seguía siendo la persona a la que buscaban las mujeres de la familia cuando necesitaban ayuda… algo que al parecer sucedía constantemente. Ayuda con las reparaciones, para reservar un vuelo. Para todo.

Sonó el timbre de la entrada y su sonido reverberó por la moderna construcción de dos plantas que disfrutaba de una privilegiada vista sobre el magnífico puerto de Sydney. Mitch movió los hombros para descargar la tensión y luego señaló a Kami con el dedo.

—No te muevas hasta que vuelva.

Abrió la puerta y allí estaba ella, con aspecto indiferente y fresco, con las largas piernas embutidas en los ajustados vaqueros y el busto marcado por la camiseta blanca con el logo rosa que decía: *Grande y Pequeño*, el nombre de su tienda de animales. Si se viera obligado a votar escogería grande antes que pequeño. De hecho, Vanessa tenía un aspecto tan sexy que…

Mitch le echó el freno a sus pensamientos, se aclaró la garganta y le hizo un gesto para que pasara.

—Gracias por venir tan deprisa. Está por aquí.

Una vez en el comedor, Vanessa Craig se puso las manos en las rodillas y examinó al paciente mientras Mitch se mantenía un poco alejado a la espera del diag-

11

nóstico. El examen se alargó y ella inclinó la rodilla izquierda un poco más, lo que significaba que tuvo que elevar la cadera derecha. Mitch torció el gesto y se rascó la barbilla. Si lo había hecho a propósito, no era necesario. Finalmente se incorporó con una mano en la parte baja de la espalda para estirarse la espina dorsal.

–¿Cuándo fue la última vez que saltó? –le preguntó ella.

–Justo antes de que usted llegara.

–¿Y antes de eso?

–Hace diez minutos.

Vanessa se acarició pensativa la barbilla.

–Podría ser que estuviera todavía acomodándose. ¿Y si probamos con una pecera más grande? –Vanessa se acercó a la puerta–. He traído una. Está en el portal.

Él esbozó una sonrisa y la siguió. Estaba claro que Vanessa Craig era inteligente, solícita y bien preparada. También era una profesional que tenía su propio negocio.

Ayudó a Vanessa con la pecera grande y unos minutos más tarde estaba funcionando con sus gotas neutralizadoras. Ella conectó el filtro y señaló tímidamente con la cabeza el retrato que había en la pared.

–¿Es su familia?

Mitch sintió en el pecho la familiar punzada de cariño mezclada con pesar. La foto mostraba a su padre, alto y delgado, rodeado de su mujer, sus cuatro hijas y su único hijo.

Deslizó la mano por el borde de la pecera.

–Mi padre falleció poco después de que nos hicieran esta foto.

Sólo unos días antes de que Mitch cumpliera quince años.

Cuando Vanessa giró el filtro le rozó accidentalmente la mano con la suya. El corazón de Mitch dio un vuelco y una corriente le subió en espiral por los tendones del brazo hasta el hombro con un calor parecido al que había experimentado por la tarde cuando se tocaron. Sus ojos se encontraron. Los de ella reflejaron sorpresa antes de bajar la mirada y alejarse un poco.

–Siento… lo de su padre.

Mitch volvió a centrarse y agarró la red.

–Era un hombre bueno pero chapado a la antigua. Un firme seguidor de la disciplina.

–¿La letra con sangre entra?

–No, en absoluto. Pero en nuestra casa las acciones tenían consecuencia. Nos quería mucho, pero no podíamos salirnos con la nuestra. A cambio nos dedicaba atención completa cuando la necesitábamos.

–Deben echarle mucho de menos todos –dijo ella.

Mitch asintió. Todos los días.

¿Qué habría hecho su padre ante el actual dilema familiar? La noche anterior, la hermana más pequeña, Cynthia, de veintidós años, había anunciado su compromiso con el tipo más despreciable del mundo. Su teatrera madre había gritado de alegría, lo que le había sorprendido. Tal vez el tipo despreciable fuera médico, pero también era un afamado jugador.

Mitch gruñó mientras revolvía el agua nueva con la red. Seguramente se le ocurriría algo. O tal vez no; quizá esta vez dejara por fin a las mujeres que se las arreglaran por sí solas. Mitch le lanzó una mirada a su atractiva visitante. El suave reflejo del agua bailaba por su rostro. ¿Tendría Vanessa Craig grandes esperanzas puestas los negocios o estaba más centrada en asuntos personales, como por ejemplo en atrapar un buen partido?

–¿Y qué me dice de usted? –le preguntó dejando la red

–¿De mí? –Vanessa parpadeó cuando levantó la vista del agua.

–Familia. No me dijo si la suya vive cerca.

–No tengo familia –aseguró ella encogiendo sus delicados hombros–. Sólo una tía. Y también a mis animales –sonrió con optimismo–. Así que mi vida es plena.

¿Había querido insinuar sutilmente que no estaba interesada en tener un romance? Bien, igual que él... aunque su creciente curiosidad y su libido refutaran su afirmación. Había algo en Vanessa Craig, algo hipnotizador que le llamaba desde aquellos cautivadores ojos verdes.

Vanessa consultó su reloj, agarró la red y atrapó a Kami para dejarlo en su nuevo y acuoso hogar.

–Ya parece más feliz –comentó Mitch encantado–. Y después de tanto ejercicio dormirá bien.

–Los peces no duermen –señaló ella–. Desaceleran su metabolismo y descansan –se agachó para recoger el envoltorio de la nueva pecera–. Los delfines sí duermen, por supuesto –continuó–. Pero son mamíferos. Mantienen una parte del cerebro despierta mientras la otra mitad duerme.

Fascinado, él también se puso de cuclillas. Sabía que los delfines no eran peces, pero...

–¿Están despiertos mientras duermen?

Estaba claro que su cultura general dejaba mucho que desear. Tal vez debería aflojar un poco sus instintos básicos y conocer mejor a aquella experta. Recogió un trozo de papel de burbuja del suelo.

–¿Estudió usted biología marina?

–Zoología. Y también empresariales y mitología griega.

Vanessa recogió más envoltorios e inclinó la cabeza. El brillante cabello le cayó por el hombro como una cascada de seda.

–¿Sabía que los antiguos griegos creían que los delfines fueron humanos en el pasado? Y hay una escuela de pensamiento que dice que había seres mitad humano mitad pez.

Absorto, Mitch fue a recoger el mismo papel de burbuja que ella. Sus manos se tocaron. Volvió a producirse un destello con chispas. Compartieron una breve sonrisa y ella se puso de pie.

Mitch quería saber más cosas.

–Entonces, ¿la leyenda de las sirenas empezó con los griegos?

Vanessa asintió.

–En un principio se decía que eran mitad mujer mitad pájaro. Poseían una hermosa voz que utilizaban para atraer a los marineros y a sus barcos hacia las rocas. Si un barco se escapaba, la sirena debía arrojarse al mar.

Mitch se incorporó lentamente también, aprovechando para recorrer con la mirada las tentadoras curvas de su cuerpo mientras lo hacía. Vanessa Craig olía a algo suave y ligeramente salado como la brisa fresca del mar.

Mitch apoyó la cadera en la esquina de la mesa.

–¿Trató alguno de los marineros de resistirse?

–Uno. Había oído hablar de los mortales e hipnóticos poderes de las sirenas. Hizo que la tripulación le atara al mástil de su barco para no poder guiarlo hacia la tragedia. Pero cuando vio a la hermosa sirena en la orilla y la escuchó cantar suplicó que le soltaran.

—¿Quién ganó? —Mitch dirigió la mirada hacia su delicada mandíbula.

—Depende de si eres la sirena o el marinero —respondió ella riéndose.

Mitch sonrió y al instante dejó de hacerlo mientras deslizaba la mirada hacia su boca. Aquellos labios gruesos, rosas y tentadores. Unos centímetros más y podría saborearlos. Explorarlos. Por supuesto, aquella atracción sólo podía deberse a que llevaba mucho tiempo sin salir con nadie. Vanessa era atractiva, inteligente e increíblemente sexy. Pero sobre todo, era independiente. Una mujer sociable pero fuerte. Su tipo de mujer. Mitch salió de su trance y se agachó para recoger la caja del suelo.

—¿Hace mucho que tiene su negocio?

—Dos años.

—¿Y marcha bien?

A ella le flaqueó la sonrisa y se encogió de hombros.

—Claro. Aparte del hecho de que van a desalojarme de la tienda que adoro en dos semanas y tengo que encontrar otro local con un alquiler que pueda permitirme. Tengo una cita con el director de mi banco mañana, y… —Vanessa se detuvo y dejó escapar un suspiro—. Demasiada información.

Mitch sintió cómo una sensación fulminante le atravesaba el estómago, pero se las arregló para componer una débil sonrisa.

—No ha sido demasiada información.

Más bien la justa. A menos que un terremoto arrasara Sydney o que el presidente en funciones perdiera de pronto la fe en su protegido, en un plazo de dos semanas Mitch asumiría la presidencia de la empresa de la familia como estipulaba el testamento de su padre. Si alguien podía financiar, ése era sin duda el inminente presidente de Créditos e Inversiones Stuart.

Pero lo cierto era que Vanessa Craig y él no eran más que meros conocidos. A pesar del aliciente de las brasas candentes, no ignoraría las señales de advertencia.

Desalojo. Desastre financiero. Tenía delante de él una bomba de tiempo a punto de estallar, lo que se traduciría en una pérdida para su empresas si decidiera invertir, por no mencionar el golpe a su armadura personal si se permitía seguir sintiéndose intrigado. Dios sabía que ya había tenido suficientes preocupaciones sin tener que asumir nuevos riesgos.

Mitch apretó la caja contra las costillas y miró a su alrededor.

—Bueno, parece que ya está todo —dijo alegremente—. ¿Cuánto le debo?

Captando la tajante indicación, a Vanessa le tembló la sonrisa y apartó la vista.

—No me debe nada.

—Debe haber alguna diferencia entre las dos peceras.

—Forma parte del servicio —señaló con la cabeza la tarjeta que había sobre la mesa—. Si necesita ayuda durante los próximos días sabe dónde encontrarme…

—Sí —Mitch agarró la tarjeta con la mano libre, como si quisiera confirmar su compromiso—. La acompañaré a la puerta.

Un instante más tarde abrió la puerta de entrada y se encontró con los colores del atardecer.

—Buenas noches, señor Stuart —se despidió—. Buena suerte.

—Sí. Gracias. Usted también.

Cuando cerró la puerta, Mitch vació los pulmones, arrojó la tarjeta sobre el mueble de la entrada e hizo una promesa. Si tenía más problemas con Kami, llamaría a un experto en peces. Las Páginas Amarillas estaban llenas de ellos. La mejor manera de evitar quemarse era mantenerse alejado del fuego por muy atractivas que resultaran las llamas.

Pero mientras se dirigía hacia el salón, una imagen tentadora se formó para seducirle... aquellas caderas gloriosas, la increíble camiseta, la voz hipnótica y su increíble sonrisa.

Le empezó a sudar la frente y se dio la vuelta. Agarró la tarjeta, la miró con dureza y la rompió por la mitad.

Hermosas sirenas. Marineros hundiéndose con sus barcos. Las únicas rocas que él quería ver eran las del hielo que se estaba sirviendo en el whisky mientras repasaba las cifras de la reunión del día siguiente.

Se centró en el whisky y en el trabajo con su nueva pecera y su ocupante en la mesa de al lado. Estaba tratando de borrar a Vanessa Craig y a sus labios de los rincones más ocultos de su memoria cuando sonó el timbre de la puerta. Dejó el vaso de golpe. ¿Y ahora qué?

Cuando abrió la puerta se le subió el corazón a la boca.

—Soy yo otra vez —Vanessa se colocó un mechón de cabello detrás de la oreja con expresión de disculpa—.

Cuando estaba bajando por la calle me di cuenta de que había olvidado llevarme la pecera pequeña. Apuesto a que no querrá tenerla molestando en su preciosa casa…

Sus palabras se fueron extinguiendo al mismo tiempo que le cambiaba la expresión. Había dirigido la mirada detrás de él, hacia el mueble que tenía a la espalda.

Hacia la tarjeta de visita rota.

Mitch sintió cómo se le formaba un nudo de culpabilidad en el estómago. Ella parpadeó varias veces y luego esbozó una sonrisa ladeada, un vano intento de ocultar que estaba herida.

—Vaya, no sabía que le hubiera causado tan buena impresión.

Mitch se pasó la mano por el pelo. Maldición.

—No es lo que parece.

Vanessa se rió sin ganas.

—Lo que parece es que no puede soportar ni ver mi nombre.

Él gimió. Vanessa lo había entendido completamente al revés, pero no podía decírselo.

—Sea cual sea la opinión que le haya merecido mi servicio de hoy, tiene usted razón —aseguró ella alzando la barbilla—. El cliente siempre la tiene.

Forzó una sonrisa valiente y se giró sobre los talones.

—¿Incluso si el cliente mete la pata porque se siente atraído por la encargada?

Vanessa se giró con la boca abierta.

—¿Qué ha dicho?

Mitch se agarró con ambas manos al quicio de la puerta y admitió lo que debía resultar obvio.

—Me siento atraído por ti.

–¿Y por eso no querías volver a ponerte en contacto conmigo? –preguntó ella desconcertada.

Vanessa tenía razón. Su razonamiento fallaba, sobre todo ahora que había vuelto y tenía los labios tan cerca. La elevada testosterona de Mitch le preguntó a qué diablos estaba esperando.

Contuvo la respiración.

¿A qué estaba esperando?

Retiró las manos del quicio de la puerta y las colocó sobre los antebrazos de Vanessa. La atrajo hacia sí, apretó el logo de la camiseta contra su pecho y dejó caer la boca sobre la suya.

El cuerpo de Vanessa se puso tenso y apretó los puños contra su clavícula. Pero Mitch no la soltó. Lo cierto era que no podía. El calor que emanaban sus cuerpos los había fusionado; estaban pegados el uno al otro. Cuando él abrió la boca, Vanessa abrió los labios y el beso se hizo más profundo, pasó de ser un estímulo momentáneo a convertirse en algo especial. Mitch dejó de sujetarla con tanta fuerza y, como si le hubieran quitado una muleta, Vanessa se apoyó contra él. Siguiendo la indicación, la lengua de Mitch se deslizó con indolencia contra la suya. Los puños relajados de ella le amasaron la camisa. Cuando un maullido obediente surgió de su garganta, Mitch pensó en quitarle la camiseta y deslizar las manos por el paraíso.

Le bullía la sangre. Que Dios le ayudara, no quería parar.

Los besos fueron suavizándose gradualmente, a regañadientes, hasta que finalmente Mitch se detuvo.

Vanessa tenía los ojos cerrados y la respiración acelerada. Él, que también estaba sin aliento, le murmuró contra los labios.

–¿Lo entiendes ahora?

–¿Querías besarme? –preguntó ella abriendo los párpados.

–Mucho.

–¿Y pensaste que yo no querría?

–No exactamente –respondió Mitch apartándose un tanto.

Vanessa dejó caer los hombros.

–¿Hay otra mujer?

–No sólo una –murmuró él gimiendo para sus adentros.

Cuando ella se soltó del todo de sus brazos, Mitch se rascó la frente. ¿Cómo podía explicarle que no necesitaba más ataduras?

–Lo que quiero decir es que la atracción sexual es una cosa, pero la compatibilidad tiene que construirse… –se calló y empezó de nuevo–. Cuando dos personas se unen, deberían estar de acuerdo en… no, no es eso –aspiró con fuerza el aire–. Bueno, el caso es que…

–¿El agua debe alcanzar su propio nivel? –Vanessa lanzó una mirada herida hacia el espacioso salón y la impresionante vista–. ¿Es eso lo que intentas decir?

Mitch dejó escapar un suspiro.

–Lo que digo es que no nos conocemos bien, Vanessa.

Cuando Mitch dio un paso hacia delante, ella lo dio hacia atrás y alzó una mano.

–Por favor, no se avergüence. Soy una mujer pragmática, señor Stuart. Sé cómo funciona el mundo –agarró la tarjeta de visita rota del mueble–. Por si acaso se siente tentado.

Vanessa cerró la puerta con irritante elegancia.

Mitch tuvo que hacer un gran esfuerzo para no llamarla y volver a estrecharla entre sus brazos, el lugar al que parecía pertenecer. Había querido besarla, abrazarla… maldición, en aquel momento de locura había sentido deseos de arrancarle la ropa del cuerpo y hacerle el amor durante toda la noche.

Pero como él mismo había dicho, apenas conocía a aquella mujer y ya tenía cubierto el capítulo de ayuda a damas en apuros. Tendría que agradecerle a su buena estrella que hubiera terminado antes de empezar.

Se acercó al mueble bar y se sirvió otro whisky. Se lo bebió de un trago y se sirvió otro. Frustrado, dejó el vaso con violencia sobre el mostrador. Le gustara o no, ya estaba implicado. Quería volver a ver a Vanessa Craig. Escuchar sus historias. Saborear la dulzura de sus labios. Maldición, quería ayudarla.

La pregunta del millón era…

Capítulo Dos

¿Cómo salir de aquel lío?

La tarde siguiente Vanessa estaba sentada en la ultima fila del Teatro de la Ópera. Por encima de su cabeza revoloteaban y graznaban las gaviotas mientras turistas y visitantes pululaban por todas partes. El Teatro de la Ópera había tardado más de diecisiete años en construirse. El resultado final era extraordinario desde el punto de vista estético y acústico. Cuando Vanessa necesitaba encontrar fuerza e inspiración acudía allí para apreciar lo que podía llegar a conseguirse si se intentaba.

Desde que tenía diez años, la edad a la que descubrió que sus padres no iban a ir a recogerla a casa de la tía McKenzie, su corazón estaba dedicado a encontrar hogares para otros. Aquello era lo que la hacía feliz. Lo que la hacía sentirse conectada. Sin la tienda se sentiría…

Miró hacia las gaviotas.

A la deriva.

El teléfono móvil vibró en el bolsillo del pantalón. La oscura línea del horizonte se difuminó cuando se colocó el aparato en la oreja.

–Grande y Pequeño. Habla con Vanessa.

–Oh, me alegro de haberla encontrado.

Vanessa repasó mentalmente su agenda. Una mujer mayor, entusiasta y con un ligero ceceo no le sonaba. ¿Sería otro acreedor en busca de pago?

Contuvo un suspiro de agotamiento.

–Sí, soy yo. ¿En qué puedo ayudarle?

–Mi hijo Mitchell me dio su teléfono. Dijo que era la persona a la que necesitaba ver –la mujer bajó la voz–. También mencionó que hace visitas a domicilio.

Vanessa estiró los hombros. ¿Mitchell Stuart, alias don Pez de Colores?

Hubo un momento, cuando Mitch Stuart y ella estaban hablando de sirenas, en el que se sintió cada vez más atraída hacia él. La había mirado con aquellos asombrosos ojos azules y los nervios se le pusieron de punta. Entonces su expresión cambió de feliz a poco entusiasta sin que ella supiera por qué.

Había compartido información relacionada con su situación financiera con un auténtico desconocido. Había dado impresión de estar necesitada... desesperada incluso. Vanessa era de origen humilde y la habían educado en los valores de la tenacidad y la dignidad; tendría que haber actuado de otro modo.

Dios, no debería haber vuelto nunca a por la pecera pequeña. Más todavía, no tendría que haber permitido que la besara como nunca antes la habían besado. Aunque estaba claro que ambos habían disfrutado del intercambio, no había sido suficiente. Le había calado desde que entró en la tienda.

El agua busca su propio nivel. Los tipos como él, tipos con dinero, familia y el mundo a sus pies no terminaban con chicas como ella. Pero no podía colgarle el teléfono a su madre.

Vanessa soltó en silencio el aire que tenía retenido.

–¿Qué puedo hacer por usted, señora Stuart?

–Cockapoos.

–También conocidos como spoodles –confirmó ella–. El cruce de cocker spaniel con caniches.

–Antes siempre comprábamos caniches miniatura.

Vanessa se acordaba. Los chillones. ¿Estaba buscando la señora Stuart un cachorro?

–No tengo ningún cockapoo en este momento.

–Mi hijo la considera una gran experta. Dijo que podría ayudarme. Quiero comprar cuatro cuanto antes. Estoy dispuesta a pagar bien.

Vanessa apretó con fuerza el teléfono. El representante del banco con el que había hablado a última hora de aquella tarde había rechazado su solicitud de crédito. Sus palabras exactas fueron: «Es mejor que se enfrente a la realidad, ahorre gastos y encuentre un trabajo pagado». Pero los cockapoos con pedigrí se vendían muy caros. Si encontraba cuatro, los fondos extras tal vez mantuvieran al lobo alejado de la puerta mientras encontraba un modo de conservar Grande y Pequeño en su actual localización.

Vanessa quería quedarse donde estaba si podía. La tienda era exactamente como siempre había deseado. Era mucho más que un negocio.

Era su hogar.

–¿Señorita Craig? ¿Sigue ahí?

Vanessa se puso de pie.

–¿Para cuándo los quiere?

–Cuanto antes mejor.

Ya estaba bajando los escalones con el teléfono apretado en la oreja.

–Haré algunas averiguaciones y volveré a llamarla.

–Prefiero que se pase por aquí.

¿Sólo para comentar unos detalles? No veía la necesidad. Pero la señora Stuart parecía realmente consentida y Vanessa no estaba en posición de discutir.

El cliente siempre tenía razón, sobre todo un cliente dispuesto a gastarse unos cuantos miles. Debería agradecer que Mitch Stuart fuera suficiente hombre para dejar el pasado atrás. Había perdonado y probablemente olvidado el vergonzoso momento que habían vivido y había antepuesto las necesidades de su madre a sus sentimientos. A cambio ella se comportaría como una profesional y haría todo lo posible para localizar esos perros.

Treinta minutos y tres llamadas telefónicas más tarde, Vanessa guió su coche hacia la dirección que le había dado la señora Stuart. Resultó ser una mansión de muros de piedra rodeada de inmaculadas zonas verdes. Una bandera de Inglaterra pendía sobre un mástil que rozaba el cielo, ondeada por la fría brisa del atardecer.

A Vanessa le había parecido que la casa de Mitch, estilosa y moderna, era algo especial, pero aquel lugar parecía propio de la realeza. Recordó el apartamento de una sola habitación de su tía con el mobiliario desparejado y suspiró. Sus mundos estaban a años luz el uno del otro.

Tras aparcar en la entrada circular, Vanessa tragó saliva para controlar los nervios, subió por los escalones de piedra y llamó al timbre, que hizo sonar una lúgubre melodía tras la impresionante puerta de madera de roble de tres metros de altura. Una doncella uniformada y dentona abrió la puerta. Antes de que ninguna de las dos pudiera hablar, la señora Stuart apareció en su campo de visión avanzando por el pulido suelo de madera.

–Adelante, adelante –la señora Stuart le hizo un gesto a Vanessa para que entrara y luego dijo girándose por encima del hombro de su camisa amarilla–: ¡Cinthya! Ha venido la dama de los perros.

Vanessa dio un respingo. ¿Había sugerido Mitch que la llamara así?

La señora Stuart se dirigió a la doncella.

–Gracias, Wendle. Yo me ocuparé de nuestra invitada.

Wendle se marchó y la señora Stuart le pasó el brazo a Vanessa por el suyo, guiándola por un ancho pasillo adornado con vigas ornamentales hasta un salón ricamente amueblado que tenía techos altos y decorados, metal pulido, accesorios de cristal, divanes barrocos y asientos en el alfeizar de las ventanas que parecían sacados de las páginas de una revista.

En el diván más lejano, una mujer que tendría aproximadamente la edad de Vanessa levantó la roja nariz de un pañuelo de encaje. Tenía los huesos finos y el cabello rubio como el de su madre, aunque sin lavar. Pero los ojos no eran castaños, sino que tenían el color del mar, como los de su hermano, y estaban también enrojecidos.

Cynthia reunió fuerzas para murmurar:

–Encantada de conocerla.

La señora Stuart entrelazó las enjoyadas manos bajo la barbilla. Los diamantes y los rubíes refulgieron bajo el agonizante sol que se filtraba a través de las altas ventanas en forma de arco.

–Nuestra Cynthia lo está pasando mal. Anteayer estaba prometida, y desgraciadamente hoy ya no lo está.

Vanessa alzó una ceja. Tal vez a aquella gente no le importara exponer su vida privada en el salón, pero tras la experiencia del día anterior con Mitch Stuart había aprendido la lección. No divulgaría el hecho de que ella había pasado por lo mismo en una ocasión. Una vez salió con un hombre guapo y con dinero. Era encantador, pero tenía algo misterioso que la había llevado a levantar la bandera roja. Cuando después de dos meses Vanessa sugirió que se dieran un respiro, él juró que no renunciaría a ella y le hizo la pregunta. Vanessa se sintió halagada pero no estaba muy convencida. Menos mal que no había hecho el ridículo aceptando, porque al día siguiente recibió una llamada: al parecer ya estaba prometido a otra mujer más acorde con su situación social. La agitada mujer que llamó le dijo a Vanessa con tono de superioridad que era «la otra».

Al menos los animales no omitían la verdad ni mentían directamente. Lo que se veía era lo que había.

–Lo siento –dijo Vanessa con sinceridad.

Luego estiró los hombros y se dispuso a hablar de negocios.

–¿Estaba interesada en adquirir cuatro cockapoos?

La señora Stuart se sentó al lado de su hija y le dio una palmadita en la mano.

–Cynthia iba a comprar uno antes de… bueno, antes de este terrible suceso. Pensé que seguir adelante con ello y encontrarle un amigo ayudaría. Luego pensé que mi querida Sheba murió hace seis meses.

El cálculo no resultaba difícil.

–Eso hace sólo dos cachorros.

–Dos cada una hacen cuatro –la corrigió la señora Stuart–. Es bueno que tengan compañía. Cynthia y su hermana mayor viven en la cabaña del terreno adyacente, así que será como una pequeña familia.

Vanessa sintió que se le encogía el corazón. A ella le hubiera encantado tener un hermano o una hermana, celebrar con ellos los cumpleaños, las Navidades. Tal vez con suerte algún día.

–He hecho un par de llamada de teléfono –dijo encantada de proceder.

Los perros eran una gran compañía en cualquier momento, particularmente para alguien que necesitaba un amigo que no juzgara y siempre escuchara. Y sin duda, los cachorros que se les vendieran a aquellas mujeres estarían muy bien cuidados.

–Esta semana nacerá la camada de un campeón del mundo. ¿Es demasiado pronto?

La señora Stuart apretó la mano libre de su hija.

–Yo diría que cuanto antes mejor.

La mujer dirigió la mirada hacia la izquierda y su rostro se iluminó.

–Mitch, cariño. Ha llegado tu amiga.

A Vanessa le subió la tensión arterial y la temperatura de la habitación subió hasta los cuarenta y cinco grados.

Dios santo, no había pensado que él estaría allí.

Se dio la vuelta y se encontró con Mitch Stuart entrando en la habitación. Su actitud era la de un hombre que estaba al mando sin hacer ningún esfuerzo. Y su sonrisa seguía siendo igual de sexy aunque tenía los labios ligeramente apretados en gesto contrito.

A Vanessa se le tensaron los músculos del estómago. Quería salir corriendo… ¿de aquella casa o directamente hacia sus fuertes brazos? No estaba muy segura.

Aunque se dijo que no debía hacerlo, Vanessa aspiró su sutil aroma masculino cuando se detuvo a su lado. Era más alto de lo que recordaba, los hombros parecían más anchos bajo las mangas enrolladas de su inmaculada camisa blanca. Tenía los ojos tan azules y llenos de luz que a Vanessa le pareció que podía ver su reflejo en ellos.

Mitch le estaba hablando a su madre, pero tenía los ojos clavados en su invitada.

–La señorita Craig y yo sólo somos conocidos, madre.

–Entonces tu conocida nos está ayudando mucho –respondió la señora Stuart–. Vanessa cree que podremos tener nuestros cachorros a finales de esta semana.

Mitch sonrió y la sonrisa le alcanzó la mirada.

–Eso es una gran noticia.

Vanessa se preguntó si…

Había roto su tarjeta de visita, la había besado apasionadamente para luego admitir que no quería tener una relación con ella, lo que era mucho más noble que marearla. ¿Sería el propósito de aquella reunión salvar su consciencia aparte de ayudar a su madre y a su hermana? Si ése era el caso, sería muy inteligente por su parte aceptar graciosamente su oferta de paz. La tía McKenzie le había advertido muchas veces contra el falso orgullo.

Se mostraría agradecida, pero sobre todo, profesional.

Vanessa sonrió con tirantez.

–Gracias por recompensarme.

–Es lo menos que podía hacer.

¿Se había acercado más Mitch o era aquel tono seductor el que la atraía de nuevo?

Decidida a ignorar el rápido latido del corazón que sentía en los oídos, Vanessa bajó la barbilla. Necesitaba superar aquello. Ya habían decidido aquello, lo que estuviera sucediendo entre Mitch Stuart y ella no iba a ninguna parte.

Miró a la señora Stuart.

–¿Le importaría que echara un vistazo al lugar donde van a estar los perros?

Le gustaba pasar información positiva a los criadores. Además sus pesquisas la sacarían de la sala, lejos de la tentación de Mitch Stuart y de su hipnótica presencia. Después de todo, era humana.

Cynthia aspiró el aire por la nariz, dejó caer el pañuelo sobre el regazo y se estremeció. Su madre chasqueó la lengua y miró a su hijo.

–Mitch, ¿puedes enseñarle a Vanessa dónde dormía Sheba?

Vanessa abrió los ojos de par en par. No era su intención que fuera él quien se lo mostrara. Debería haber guardado silencio. Aunque, por supuesto, él podía siempre negarse.

Pero sonrió encantado.

–Será un placer. Sígueme –señaló con la cabeza el arco ornamental por el que había entrado en la habitación.

Vanessa recuperó la compostura. Podría manejar aquello. Era una mujer madura e inteligente con un objetivo. Podría pasar unos minutos a solas con Mitch Stuart el semidiós. No corría peligro de que volviera a besarla, y menos allí, en casa de su madre. Ya había dejado claro que no quería tener una relación con ella… no eran «compatibles».

Así que eran imaginaciones suyas, no había visto

aquella mirada predatoria brillando en sus ojos. Mitch se puso a su mismo paso y entraron en una salita que parecía un estudio y luego a una gigantesca biblioteca en la que había estanterías hasta el techo. Hasta las paredes parecían hablar de una historia familiar privilegiada.

Él giró a la izquierda. Dado el delicioso aroma que llegaba, Vanessa supuso que estaban acercándose a la cocina. Mitch la sorprendió con una pregunta:

–¿Cómo te fue hoy la reunión en el banco?

Vanessa se tomó un momento para encontrar un tono natural.

–No es necesario que trate de sacar conversación, señor Stuart.

–No ha ido bien, ¿verdad?

Ella apretó los labios y miró hacia delante.

–Me gustaría ayudar.

Vanessa le dirigió una mirada inquisitiva.

–¿Consiguiéndome más clientes?

¿Tendría una cantera de amigos necesitados de compañía animal?

Pero eso no sería una solución a largo plazo.

–Estaba pensando más bien en un crédito.

Vanessa se detuvo en seco y trató de descifrar la expresión de sus ojos. Aquello la había pillado completamente por sorpresa. ¿Qué había exactamente detrás de aquella oferta? Sin duda no tendría por costumbre darles dinero a mujeres que apenas conocía. ¿Qué esperaría a cambio?

Vanessa se puso en marcha de nuevo y entraron en una enorme cocina.

–Gracias, pero no acepto dinero de desconocidos.

–Soy un conocido, ¿recuerdas? Y dirijo una empresa de crédito e inversión. Me dedico a ayudar financieramente.

Vanessa digirió la información y le dedicó una sonrisa hastiada.

–¿De pronto has decidido concederme un crédito?

Resultaba extraño que no hubiera mencionado su profesión la noche anterior, cuando tuvo la oportunidad ideal.

–Apenas nos conocemos de cinco minutos. He tenido tiempo para pensarlo.

–¿Tiempo para pensar en ser caritativo o para lamentar haberme besado?

Cuando Mitch alzó las cejas, ella caminó un poco más deprisa. No había pretendido ser tan brusca, pero no estaba de humor para juegos en lo que se refería a su adorada tienda. Y todas aquellas sartenes brillantes colgando de sus relucientes ganchos, los impolutos lavabos incrustados en la encimera de granito… aquel ambiente era tan superior que sintió escalofríos en las piernas. Vería el alojamiento de los perros y luego se marcharía de allí rápidamente de regreso al pequeño y seguro mundo al que pertenecía.

Mitch se rascó la sien.

–No vas a ponerme las cosas fáciles, ¿verdad?

Vanessa tenía la respuesta perfecta en la punta de la lengua. Pero se lo pensó dos veces y se tragó las palabras. Lo peor de todo era que no tenía nada que perder y todo que ganar dejando atrás el error de aquel beso, tal y como había hecho claramente él. Necesitaba un crédito. Mitch le había ofrecido ayuda profesional. La había besado y no quería volver a repetirlo. ¿Y qué? Había sobrevivido a cosas peores.

Vanessa se detuvo al lado de la máquina de café y se cruzó de brazos.

–¿Qué quieres saber?

Él imitó el absurdo gesto con sus largos brazos.

–En primer lugar, ¿qué beneficio pretendes conseguir de tu negocio?

Ella sacudió la cabeza con asombro.

–¿Qué quieres decir?

–¿Te ves a ti misma multimillonaria? ¿Sólo quieres ganarte la vida con ello? El mundo de los negocios es hoy más competitivo que nunca, como sin duda ya habrás averiguado. Una persona puede perderlo todo.

Vaya. Qué optimista.

Si hubiera seguido todos los consejos negativos que le habían dado en su vida, no se levantaría de la cama por las mañanas.

–Estoy al tanto de los golpes de la vida. Eso no significa que no merezca la oportunidad de proporcionarle a la comunidad un servicio en el que creo en cuerpo y alma.

Mitch la miró a los ojos durante un instante y luego sonrió y descruzó los brazos.

–De acuerdo entonces. Repasemos los números, trabajemos en un plan de negocios y empecemos desde ahí.

–Ya tengo un plan de negocios.

–Está claro que no es bueno.

Al parecer en eso tenía que darle la razón. Le gustaba considerarse independiente; lo había hecho todo por sí misma, cometiendo errores y aprendiendo en el camino. Aunque al parecer no lo suficiente.

Mitch se puso en marcha de nuevo y ella lo siguió hasta una habitación adyacente que podría haber sido para un bebé: tonos rosas y azules, mullidas camas pequeñas, una zona de juego con bolas de colores y juguetes. Afortunados perros. Pero antes de comentar la calidad de su alojamiento quería dejar clara una cosa.

—Te agradezco el interés por mi situación. Pero quiero dejar claro que no busco caridad. No quiero que consideres la posibilidad de aprobar un crédito porque... porque te sientas mal por lo ocurrido anoche.

El músculo de su mandíbula se tensó cuando se giró para mirarla. Su sutil aroma a fuerza le atravesó la piel, acabando con gran parte de su bravuconería.

—Ya que estamos hablando de dejar las cosas claras... no me arrepiento de haberte besado, Vanessa. Más bien al contrario —aquel brillo curioso volvió a brillar en sus ojos—. ¿Te sorprendería escuchar que me gustaría hacerlo otra vez?

Una cálida oleada de excitación le recorrió las venas. Durante un instante se quedó tan asombrada que no pudo responder. Se humedeció los labios, que sintió repentinamente secos, y luego deseó no haberlo hecho. No quería darle una idea equivocada.

Su voz sonó quebrada.

—No sería muy inteligente.

Mitch frunció el ceño.

–Tienes razón. Por supuesto. Nada inteligente.

–Está claro que tienes dudas respecto a mí… a ti y a mí. Nosotros. Si vamos a hacer negocios juntos no sería adecuado que tuviéramos una… relación.

Pero Vanessa se derritió cuando él inclinó la cabeza, fijó la vista en sus labios y se acercó más.

–Estoy de acuerdo. Totalmente.

A ella le ardió el rostro y sintió las piernas aterradoramente débiles.

–Podría causar problemas.

Mitch le deslizó suavemente la punta de los dedos por la mejilla y la barbilla, provocándole un maravilloso calor por todo el cuerpo.

–No necesito más problemas.

Él le alzó ligeramente la barbilla y un rayo la atravesó de la cabeza a los pies.

–Yo tampoco.

Desde luego que no.

Con la mirada derritiéndole los labios, Mitch se acercó hasta que su dura cadera se encontró con la suya.

–Entonces estamos de acuerdo.

Vanessa suspiró y murmuró:

–Totalmente.

Los labios de Mitch rozaron los suyos suavemente, saboreándolos, disfrutando de ellos hasta que a su alma palpitante le nacieron alas y se la llevó de allí. Cuando la apartó de sí con cuidado, los pies de Vanessa ya no tocaban el suelo.

Alzó la vista con gesto soñador, perdida en el espejo de sus ojos.

–¿Esto formaba parte del servicio?

Mitch apretó las mandíbulas.

–No. Ha sido algo imperdonable. No volverá a suceder.

–¿Estás seguro?

Él le recorrió los labios con la yema de los dedos antes de volver a descender la boca hacia la suya.

–Segurísimo.

Capítulo Tres

Cuando se separaron para tomar aire, Vanessa sintió algo en la espalda. Un escalofrío. Una mirada. Entonces los ardientes ojos de Mitch abandonaron los suyos, se estiró y se aclaró la garganta.

–Madre. No te hemos oído entrar.

Vanessa se dio la vuelta. La sonrisa de la señora Stuart era cordial. Demasiado cordial.

–No era mi intención interrumpir –se disculpó.

Vanessa se atusó el cabello de forma distraída y miró a su alrededor. Durante un instante había olvidado dónde estaba.

–Estábamos sólo… eh… echando un vistazo –murmuró.

La señora Stuart avanzó un poco.

–¿Y te gusta el alojamiento?

–Estoy segura de que a sus perros no les faltará de nada.

La señora Stuart entrelazó encantada las manos y sonrió más abiertamente todavía.

–Entonces será mejor que vayamos adelante con el acuerdo. Mitch, he firmado un cheque a modo de reserva. Está en la cómoda del salón. Vanessa y yo iremos enseguida. Quiero preguntarle algo sobre… los cachorros.

Mitch sonrió con escasa convicción pero asintió como si supiera que no valía la pena discutir.

–Os veré a las dos enseguida.

Mitch le dedicó a Vanessa un guiño secreto antes de salir. Ella se lo devolvió con el corazón acelerado. Lo hizo de forma involuntaria, como había aceptado su beso un instante atrás. Antes de Mitch no entendía del todo el auténtico significado de la palabra magnetismo.

Ambas mujeres vieron cómo se marchaba. Vanessa clavó la mirada en sus hombros anchos, la cintura estrecha y las largas y fuertes piernas.

–Mi hijo es un hombre muy guapo.

Vanessa reconoció lo obvio.

–Sí lo es.

Se pusieron a andar. La señora Stuart seguía teniendo las manos en la cintura.

–Será un gran partido para cualquier mujer.

Vanessa cambió el paso y miró a la señora Stuart con curiosidad.

–No quiero que se lleve una idea equivocada. Mitch y yo acabamos de conocernos. Un beso o dos no significa nada.

–Ah, pero las semillas del romance florecen deprisa –la señora Stuart se rió con ligereza–. Querida, hasta un ciego se habría dado cuenta.

Vanessa se sonrojó. ¿Cómo iba a negarlo?

–Hay… algunos sentimientos.

Avanzaron por la cocina. La señora Stuart saludó con una inclinación de cabeza a Wendle, que estaba ocupada asando patatas. Cuando estuvieron lejos de los oídos del personal de servicio, la señora Stuart le soltó:

–No eres virgen, ¿verdad, querida?

Vanessa estuvo a punto de atragantarse con la tos.

–¿Cómo dice?

Tal vez a la señora Stuart le gustara mostrarse abierta, pero aquello era llevar la información demasiado lejos.

–No es ningún secreto que a mi hijo le atraen las mujeres con… bueno… experiencia.

A Vanessa no le parecía bien hablar de la vida amorosa de Mitch nada menos que con su madre. Aunque lo cierto era que sentía algo de curiosidad. ¿Y qué significaba exactamente tener experiencia?

Ella había tenido más de un amante, pero hasta donde ella sabía eso no significaba que fuera promiscua.

Cuando pasaron por delante de la solemne biblioteca fue como si se levantara un aire rancio que la asfixiara. Los tacones de la señora Stuart resonaron por la madera del vestíbulo.

–Por favor no te aproveches de él.

Vanessa se quedó sin aliento al mismo tiempo que estiraba la espalda.

–¿Cómo diablos iba a hacer algo así?

La señora Stuart alzó una ceja.

–Las mujeres de tu clase saben cómo hacerlo.

Mitch se reunió con ellas en el salón. Vanessa tenía el cerebro congelado. Aceptó automáticamente el cheque que él le ofreció. No se fijó en la generosa suma que había escrita sobre la clara firma de la señora Stuart.

La señora Stuart mantenía una sonrisa formal.

–Estoy segura de que será un placer hacer negocios contigo.

Negocios, claro. Pero la señora Stuart no iba a bailar en la boda de Vanessa, y menos si se casaba con su hijo. Algo que no estaba en las cartas. Ni por asomo.

Tal vez estuvieran en el siglo XXI, pero en el fondo, la estructura social de clases seguía vivita y coleando. La tarjeta de visita rota así lo indicaba, y la actuación de la señora Stuart lo demostraba.

Entonces, ¿en qué lugar encajaba el último beso? ¿Y el insinuante guiño de ojos de Mitch antes de marcharse?

El rico tono de voz de Mitch atravesó la neblina.

–Os dejaremos a Cynthia y a ti para que comáis, madre.

La señora Stuart compuso una mueca.

–Oh, Mitch, ¿no vas a quedarte a cenar?

–Esta noche no –se inclinó y le dio un beso en la mejilla.

Ella hizo un puchero.

–Qué desilusión.

–La próxima vez –agarró a Vanessa del codo–. Vanessa y yo tenemos que hablar de unos asuntos.

La señora Stuart frunció los labios antes de que una sonrisa radiante los cubriera.

–Entonces buenas noches.

La señora de la casa no les acompañó a la salida. Cuando la puerta se cerró y descendieron por los escalones de piedra hacia la luz del crepúsculo, Vanessa se estremeció con el escalofrío que le recorrió la espina dorsal.

Mitch se detuvo preocupado.

–¿Qué ocurre?

Ella se mordió el labio. ¿Debería contarle la conversación que había tenido con la señora Stuart? Ella no tenía experiencia previa con madres; su tía había sido una mujer maravillosa que siempre la apoyó en los momentos decisivos. ¿Se suponía que las madres tenían que meterse en la vida de sus hijos de esa forma bajo el disfraz de la protección? Tenía la sospecha de que no.

Miró de reojo hacia la impresionante puerta de entrada. Seguía cerrada. Sin duda había sido su imaginación el movimiento de la cortina.

Vanessa había salido de la casa con la señora Stuart llevando la ventaja, pero no podía dar un paso más sin ser sincera con Mitch.

—Creo que tu madre acaba de advertirme de que no te seduzca.

Decirlo en voz alta sonaba absurdo. Pero Mitch se limitó a sonreír.

Vanessa entornó los ojos.

—¿No te sorprende?

Continuaron caminando hacia el coche de Vanessa.

—Mi madre no aprueba a ninguna mujer con la que salgo. O son demasiados vanas, o muy delgadas, o excesivamente extravertidas —sonrió sin ganas—. Podría seguir.

¿Y demasiado pobres?

Aunque los comentarios de la señora Stuart no hubieran sido nada personal resultaban dolorosos de todas formas.

—Parece difícil de complacer.

—En ese sentido, imposible. Mi madre es la viuda entre las viudas y está empeñada en mantener el status quo.

Mientras Mitch le abría la puerta del coche, ella encajó las piezas.

—Tú estás soltero. Ella y tus hermanas son tu única familia.

–Echa mucho de menos a mi padre.

Dejó sin decir lo obvio: su madre se apoyaba demasiado en él. Se había sentido agraviada por el interrogatorio de la señora Stuart, pero ahora Vanessa experimentó una punzada de simpatía. Era horrible perder a las personas queridas en las que uno se apoyaba; ella no recordaba a sus padres pero los echaba de menos cada día en lo más profundo de su ser. ¿Y si encontraba el amor de su vida y se lo arrebataban? No sería capaz de soportarlo.

Mitch apoyó el antebrazo en el borde de la puerta abierta y miró en el interior.

–Bueno, ¿qué te parece si ponemos el plan en marcha?

La mente de Vanessa regresó al momento presente.

–¿Nuestro plan de negocios? –consultó su reloj–. Pero se está haciendo tarde.

Mitch frunció el ceño.

–Vanessa, necesitamos ponernos con esto lo antes posible. ¿Qué te parece si nos vemos en tu tienda?

Josie se había quedado aquella tarde al cuidado de la tienda para que Vanessa pudiera acudir a la cita con el banco. Negó con la cabeza.

–Los animales ya están preparados para pasar la noche.

A Vanessa no le gustaba molestar a los cachorros.

–Entonces en tu casa.

Tras ver el lugar en el que Mitch se había criado, ¡cielos, no! El apartamento de su tía le parecería una pocilga.

Le puso una disculpa tonta.

–Está muy desordenada.

Mitch encogió sus grandes hombros.

–Entonces tendrá que ser en mi casa.

Seguía sin estar bien. Después del último beso, la cercanía sólo podía conducir a una cosa.

Tal vez no fuera tan experimentada como la señora Stuart quería creer, pero estaba conectada con su sexualidad. Se sentía atraída hacia Mitch, y tal como había dejado claro un instante atrás, él se sentía atraído por ella. Aunque tal como habían afirmado ambos sin demasiada convicción, no era inteligente mezclar los negocios con el placer.

El año anterior Josie había caído en la tentación de acostarse con su jefe en la empresa de contabilidad en la que trabajaba. Cuando su superior se enteró destinó a Josie a otra sección. Su jefe tardó tres semanas en comenzar una aventura con su nueva ayudante.

Y luego tenía otra preocupación. Si Mitch y ella acababan dejándose llevar por su atracción sexual y se acostaban juntos, la aceptación del crédito parecería más bien una especie de pago. ¿Y si la cosa salía mal y él decidía hacer uso de su poder y retirarle el crédito? Entonces se vería en un aprieto. Vanessa era optimista pero no descuidada.

–¿Te gusta la comida china? –le preguntó Mitch.

Ella asintió y respondió de manera instintiva:

–Sí.

–Encargaré algunos platos –le dirigió aquella sonrisa arrebatadora–. Ya conoces la dirección. Te veré dentro de una hora.

Cuando Mitch fue a cerrar la puerta, Vanessa sintió un puñetazo de pánico en el estómago fuerte como un balonazo. Aquello estaba sucediendo demasiado deprisa.

–Espera.

Él volvió a abrir. Tenía una expresión tranquila, aunque reflejaba cierto grado de apetito en varios sentidos.

Vanessa agarró con fuerza el volante mientras se mordisqueaba el labio.

Dentro o fuera. Sí o no. Cobarde o lanzada.

Finalmente dejó escapar un suspiro y sonrió.

–No te olvides de las galletas de la fortuna.

Mitch se incorporó, enfatizando así sin darse cuenta aquel pecho explosivo.

–De acuerdo.

Cerró la puerta y se dirigió hacia el coche deportivo negro que estaba aparcado al otro lado de la entrada. Vanessa observó su retirada a través del espejo retrovisor sintiendo cómo se le secaba la boca.

Mitch era tan seguro y refinado; seguro que no podía sospechar que ella hablaba con los roedores y los reptiles y se preguntaba en ocasiones si ellos no le contestaban. O que su postre favorito eran las caras sonrientes de gelatina rosa sobre helado de caramelo. Aquello debía bastar para alejar a cualquiera, sobre todo a alguien acostumbrado a tomar *crème brûlée* con cuchara de oro.

Vanessa apretó las mandíbulas, encendió el motor y pisó el embrague. Aquello que estaba sintiendo, fuera lo que fuera, no tenía razón de ser. Ni siquiera por una noche inolvidable llena de orgasmos.

Había muchas cosas que no encajaban.

Muchas cosas en juego.

Cuando llegara a casa le llamaría; tenía su teléfono en la información del recibo. Le diría que le dolía la cabeza y que mejor quedaran en su oficina. Si Mitch encontraba su pequeña empresa digna de recibir una oportunidad, entonces le daría las gracias por el crédito y se marcharía.

–Llegas tarde.

Vanessa se colocó un mechón de cabello detrás de la oreja y, a pesar del nudo que tenía en el estómago, trató de parecer tan natural como su atuendo.

–¿Ah, sí?

Mitch le hizo un gesto para que pasara y cuando entró en el vestíbulo le escuchó aspirar el aire a su paso.

–Vaya, qué bien hueles.

–Gracias. El champú de perros es muy versátil –Vanessa se rió al verle alzar las cejas–. Era una broma.

Mitch apretó los labios.

–Soy banquero, Vanessa. A nosotros no nos gustan las bromas.

A ella dejó de latirle el corazón.

–Oh, lo siento. Pensé que…

–Te pillé.

El rostro de Mitch se iluminó con una maravillosa sonrisa y ella le dio una palmada juguetona en el brazo.

Estaba absolutamente comestible con pantalones vaqueros de un tono más claro que los suyos y la camiseta desgastada. La musculatura de su pecho, visible a través de la suave tela gris, provocó que a Vanessa se le acelerara el corazón. Cuando se giró para dejarla pasar, ella dirigió la mirada hacia su paso. Que Dios la ayudara, deseaba introducir las manos en aquellos bolsillos traseros y apretar.

Había decidido no ir aquella noche. Tenía toda la intención de cancelar aquella cita de negocios. Pertenecían a dos mundos muy diferentes y Vanessa no se había olvidado de su madre. Pero sus dificultades financieras debían ser la prioridad…

Ir a su casa suponía coquetear con el peligro, pero la curiosidad pudo más que ella. La emoción no era precisamente una constante en su vida. La idea de estar con un soltero rico, guapo y disponible que ese día le había transmitido tan buenas vibraciones resultaba imposible de resistir. Eso no significaba que tuviera que recorrer todas las bases y acostarse con él. Como Mitch había dicho, tenían trabajo. Grande y Pequeño era su máxima preocupación. No permitiría que nada se antepusiera a su meta número uno, salvar su tienda. Ni siquiera la tentación de fundirse en la magia de otro beso maravilloso.

–Apuesto a que Kami está deseando volver a verte –le dijo Mitch deteniéndose para esperarla.

–¿No has oído esa teoría?

–¿Qué teoría?

La de que los peces tenían una memoria de cinco segundos.

Vanessa agitó una mano.

–Olvídalo.

Entraron en el salón. La pecera estaba situada sobre una mesa de madera pulida. Kamikaze se quedó quieto antes de rodear el tridente.

Mitch se rió.

–Te dije que se alegraría de verte.

Vanessa sonrió. Sí, algún día sería un magnífico

dueño de perro. Cuando estuviera listo para sentar la cabeza.

–¿Has traído tus cuentas?

Vanessa volvió a centrarse y alzó una mochila.

–He traído todo lo que el director de mi banco me ha pedido hoy: detalles del préstamo, recibos de material, números de cuenta…

Vanessa se sentó en un taburete al lado de la encimera de la cocina. Sintió deseos de morderse las uñas mientras él repasaba las hojas.

–Estás atrapada en los números rojos –comentó Mitch tras una rápida ojeada–. Y parece que ya has hecho todo lo posible por recortar gastos y esquivar acreedores, lo que ha aumentado de forma artificial tu flujo de liquidez –la miró a los ojos–. Por desgracia son tiempos duros para el pequeño comercio.

Ella giró la boca hacia un lado.

–Por suerte yo también soy dura.

Aunque no se sentía así con él cerca. Se sentía absolutamente débil y maravillosamente femenina. Había algo en los hombres físicamente poderosos y capaces que hacían desear a las mujeres derretirse en ellos. Aunque ella no había experimentado aquel tipo de euforia con anterioridad. Y desde luego menos con su ex. Aquellos sentimientos elevados eran nuevos. Y le gustaban. Mucho.

Mitch dejó los papeles.

–Deberíamos comer primero.

Ella dirigió la mirada hacia el pulso que latía en un lado de su bronceado cuello. Pero tenía que concentrarse.

–Comer y luego trabajar –dijo estirándose–. Buena idea.

Mitch sacó cuatro recipientes de comida para llevar del banquito adyacente y los colocó sobre una tabla de cortar. Luego sacó platos, cubiertos y manteles de lino. Su eficacia resultaba impresionante. ¿A cuántas «clientas» habría recibido allí?

Mitch levantó las tapas y aspiró el delicioso aroma a especias y salsa oriental. *Chow mein*, arroz frito especial, un plato mongol y verduras salteadas. Ella habría escogido el mismo menú. Mitch sacó unas copas que había tras un armarito con el frente de cristal.

–¿Un poco de vino?

–No me sienta bien el alcohol.

–Entonces zumo recién exprimido.

Mitch se acercó a la gigantesca nevera de acero y sacó una jarra. Luego colocó un taburete al lado del suyo y señaló hacia el festín.

–Adelante.

–¿Tienes palillos?

–No, lo siento. ¿Eres fan? –no parecía sorprendido.

–Algún día voy a recorrer Asia de vacaciones. Vietnam, el Tíbet. Disfrutar de lo auténtico.

Luego visitaría Francia, Italia y, finalmente, ¡Grecia!

Mitch le sirvió un poco de arroz humeante en el plato.

–¿Tú viajas mucho? –Vanessa se sirvió las verduras.

–Un poco. Me aficioné cuando era joven.

–¿Pasabais las vacaciones en el extranjero?

–Cuando papá tenía tiempo para ello –aclaró Mitch–. Antes de crear la empresa familiar trabajaba como ejecutivo de seguros. Eran otros tiempos, entonces la letra pequeña se podía leer todavía.

Mientras comían, Mitch le fue sirviendo zumo y Vanessa pensó en la sólida conexión que obviamente compartía con los miembros de la familia que quedaban. Estaba segura de que la señora Stuart se apoyaba en él, y también de que Mitch nunca le daría la espalda a ninguna de ellas. Tenía la palabra héroe escrita por todas partes. Vio cómo dejaba el tenedor y agarraba su copa.

–Es bonito que sigáis estando tan unidos –dijo.

Mitch torció el gesto.

–A veces demasiado unidos.

Seguramente fuera mejor reconocer que estaba al tanto de la situación de Cynthia.

–Tu hermana parecía muy triste hoy.

Él frunció el ceño y bajó la copa.

–Es mejor así. Ese tipo es un jugador crónico. No le veo futuro en la profesión médica. Me alegro muchísimo de que la haya dejado.

En cualquier caso, Vanessa sintió lástima por la pobre Cynthia.

–Es difícil ser valiente cuando sientes que el mundo te deja fuera. Aunque alces la barbilla no significa que no te sientas vulnerable por dentro.

Mitch masticó y tragó antes de hablar.

–Es mejor estar dolida ahora que aniquilada más tarde.

Vanessa revolvió la comida con el tenedor. Mitch era el protector de la familia. En el que las mujeres se apoyaban para hacer lo que era mejor. Seguramente tendría que ser fuerte. Tal vez demasiado.

Una sensación horrible se apoderó de ella. Lo observó fijamente mientras él se terminaba las verduras.

–Mitch, tú no habrás tenido nada que ver con el cambio de opinión del prometido de tu hermana, ¿verdad?

¿Habría sobornado al jugador?

Él torció el gesto adrede con cierto buen humor.

–No. Aunque me hubiera gustado enviarle una nota de agradecimiento.

Ella se recostó.

–Eres un bocado duro.

–Espero que no demasiado.

Se sostuvieron la mirada. Entre ellos se estableció una corriente cálida de algo más aparte de comprensión. Abrumada por la intensidad de su mirada, Vanessa dejó caer la vista y removió el arroz frito con el tenedor.

¿Habría tenido Mitch una mala experiencia tiempo atrás? ¿Con una mujer «con experiencia», tal vez? ¿Era ésa la razón por la que su madre se mostraba tan entrometida? En cualquier cosa, un hombre de treinta años era libre de tomar sus propias decisiones y de cometer sus propios errores. ¿Cuántas relaciones largas habría tenido?

Vanessa dejó el tenedor.

Debería escapar mientras pudiera. Ya sabía lo que había en la mente primitiva de Mitch, pero en la suya había demasiadas preguntas dando vueltas como para que pudiera pensar con claridad. En aquel instante, lo único que parecía tener sentido era el mercurio que corría por sus venas cada vez que él la miraba.

El teléfono móvil de Mitch emitió un sonido. Él consultó la pantalla y se disculpó.

–¿Te importa si atiendo esto?

Ella sopló para apartarse el largo flequillo de la frente.

—En absoluto.

Estaría bien poner un poco de distancia de por medio. Estaba empezando a hacer demasiado calor allí.

Mientras él atendía la llamada, Vanessa se levantó del taburete y enjuagó su plato. Mitch estaba enfrascado en una conversación sobre una firma de papeles, dos semanas de plazo, ninguna necesidad de preocuparse...

Ella se acercó a saludar a Kami y a darle un poco de comida. Entonces divisó una puerta abierta. Parecía que el señor Stuart poseía un gimnasio completamente equipado.

Miró a Mitch, que ahora estaba un tanto apartado de ella y seguía concentrado en su conversación. No sabía cuánto tiempo seguiría así, y seguro que no le importaría que echara un rápido vistazo.

Vanessa entró.

La habitación estaba en penumbra, era muy espaciosa y tenía una pared entera de cristal en la que había una obra maestra del puerto de noche: las coloridas luces de la ciudad abrazaban las oscuras bahías de terciopelo y el puente brillaba mágicamente en la distancia. Llegaba suficiente luz del pasillo como para que Vanessa pudiera ver delante de ella una máquina de remo y un gigantesco aparato de pesas.

Sintió un escalofrío en el estómago. Músculos tensos, testosterona surgiendo. Mataría por verle trabajando el cuerpo allí.

Una sombra pasó por encima de ella, bloqueándole la luz.

–Aquí estás.

Vanessa contuvo el aliento y se dio la vuelta. La silueta de Mitch ocupaba todo el umbral, siniestra y poderosa. Sintió un escalofrío por la columna vertebral, se aclaró la garganta y esbozó una sonrisa temblorosa.

–Pensé que querías un poco de intimidad, así que me di una vuelta por la casa. Espero que no te importe.

Mitch apretó el interruptor y la habitación se iluminó.

–Siéntate en tu casa.

Los ojos le brillaron y sonrió con malicia. Si hubiera girado a la izquierda en lugar de a la derecha se habría encontrado con su dormitorio.

Mitch se puso a su lado y agarró una pesa de la barra más cercana.

Vanessa se burló.

–¿Te gusta entrenar o es todo para impresionar a las chicas?

Él no parpadeó.

–La salud es la prioridad. Un poco cada día es fundamental. ¿Qué me dices de ti?

Me paso el día de pie. Normalmente estoy demasiado cansada cuando llego a casa para pensar en otra cosa que no sea una ducha caliente y un buen libro.

Además, nunca había sido una entusiasta del ejercicio aunque ahora estuviera de moda.

–Tendrías más energía si le dedicaras aunque fuera veinte minutos al día –le ofreció una pesa.

Ella la agarró y el brazo se le vino abajo por el peso.

–¿Te refieres a algún momento entre el amanecer

y cuando salgo hacia la tienda treinta minutos más tarde?

Vanessa se frotó el hombro y él volvió a dejar la pesa en su sitio.

—¿Los niños se levantan pronto?

Ella se rió. Los animales eran sus niños. Tal vez sólo les ofreciera un hogar temporal, pero quería y recordaba a todos los que habían pasado por allí.

Mitch se acercó al banco de pesas. Miró hacia la pila que formaban y tiró de un cable para probar.

—¿Siguen allí los rottweiler? —preguntó él con naturalidad.

A Vanessa no le pasó por alto el tono grave de voz.

—Una de las hembras se vendió esta mañana. Pero su hermano, el macho, sigue esperando a su media naranja.

Sin comentar nada más, Mitch agarró dos pesas de mano.

—Toma. Prueba esto.

Ella aceptó a regañadientes y dobló el brazo derecho hasta la altura del codo y luego el izquierdo. Podía hacerlo. Pero prefería no hacerlo.

Mitch se golpeó el pecho al estilo Tarzán.

—¿Sientes cómo el oxígeno te insufla vida en la sangre?

Vanessa observó disimuladamente la longitud de sus brazos, su atlética estructura.

—Sí, lo siento. ¿Para qué es esto? —le preguntó indicando el mecanismo que había al final del banco de ejercicios.

A Mitch se le iluminaron los ojos.

—Ah, eso es estupendo para los cuádriceps.

Cuádriceps. Le gustaba cómo sonaba eso.

Para hacerle una demostración, Mitch se tumbó en el banco, se puso cómodo, colocó las piernas alrededor de dos cilindros forrados y estiró las rodillas. La tela vaquera de los pantalones se le estiró en los muslos, los tendones del cuello se tensaron y Vanessa contuvo el deseo de abanicarse.

Tras algunas elevaciones más se incorporó.

–Ahora inténtalo tú.

Vanessa abrió la boca.

–¿Yo?

No sólo le faltaba coordinación, sino que además le aterrorizaba no ser capaz de levantar ni un centímetro.

Como si le hubiera leído el pensamiento, Mitch se acercó a la columna y recolocó una varilla.

–He ajustado el peso. Ahora no tienes excusa.

Vanessa batió las pestañas.

–¿Te he contado que en mi último año le rompí la nariz al entrenador con un palo de hockey? Después de eso los profesores votaron unánimemente prohibirme practicar deportes.

Mitch se tapó los oídos.

–No te escucho.

Derrotada, Vanessa refunfuñó y se reclinó mientras Mitch se cernía sobre ella para comprobar otra vez los cables. La atención de Vanessa se centró en el movimiento de los músculos bajo aquella camiseta. Cada movimiento hablaba de poder absoluto, de autoridad. Su mera presencia la dejaba sin respiración.

–Agárrate a los cilindros con las piernas –le pidió Mitch, y ella dejó que le manipulara la parte inferior de las extremidades.

Satisfecho con la posición, dio un paso atrás.

–Ahora utiliza los muslos y levántate.

Sujetándose a ambos lados del banco, Vanessa se rindió a su destino y se levantó una, dos y hasta tres veces.

Agotada hasta la extenuación, se dejó caer.

–¿Y haces esto cada mañana durante mucho tiempo?

–Después de cenar no es el mejor momento para hacer ejercicio –admitió él.

Vanessa hizo un esfuerzo por incorporarse.

–Lo tendré en cuenta.

Mitch le agarró las manos con las suyas, calientes y grandes. Tal vez se debiera a la adrenalina provocada por el ejercicio, pero tiró demasiado. Vanessa se puso de pie de un salto y su nariz fue a parar a escasos centímetros del cuello de Mitch, recién afeitado y con un olor exquisito. El corazón le latió con fuerza contra las costillas. Sintió el deseo de recorrer con las yemas de los dedos su mandíbula con barba incipiente y comparar su aspereza con la suavidad de la línea de sus labios.

Vanessa sintió el calor de su mirada cuando su voz resonó en el interior de su pecho.

–¿Estás bien?

Vanessa tragó saliva para contener un arrebato de deseo físico.

–Un poco cansada, eso es todo.

–Eso es lo que consigue el ejercicio.

Ella se atrevió a mirarle. Su sonrisa era un pecado. Mitch extendió el brazo para atraerla hacia sí, Vanessa encontró la manera de apartarse y dirigirse hacia la ventana.

Placer y negocios, y dioses y meros mortales no se

mezclaban. Estaba segura de que la señora Stuart estaría de acuerdo en que Mitch era una tentación con mayúsculas. Pero ella estaba allí para salvar la tienda. Para rescatar lo único tangible que había significado algo de verdad en su vida. Y luego estaba Mitch…

Se detuvo a escasos centímetros del cristal y de su impresionante vista, preguntándose si Kami se sentiría en la pecera como ella en aquel momento. Inquieta… audaz… con ganas de algo, sin estar muy segura de las consecuencias que pudiera acarrear en caso de que se lanzara a por ello.

Podría abrir los brazos y llamarle. Estaba segura de que acudiría. Ya podía sentir las incomparables e inolvidables horas que tenían por delante. Pero si alguien iba a resultar herido al final ésa sería sin duda ella.

El calor natural de Mitch, situado detrás de ella, irradiaba y encendía de nuevo el calor de la parte inferior de su vientre. Sus palabras le pusieron de punta el vello.

–Supongo que deberíamos trabajar un poco.

Vanessa no podía calmar el pulso que la latía en la base del cuello.

–Trabajar. Sí –asintió–. Buena idea.

–Me gustaría revisar tus ganancias y tus pérdidas de los últimos doce meses.

–¿Y después?

Vanessa se dio la vuelta y cometió el error de mirarle a los ojos. Estaban muy brillantes. Ardientes. Sin duda leyeron la duda y la indecisión en los suyos y le acarició suavemente el costado sin apenas rozárselo.

–Me gustaría ver la localización de tu local.

Las puntas de sus senos se convirtieron en ardientes abalorios cuando Mitch deslizó la palma por la colina de su cadera.

Vanessa hizo un esfuerzo para impedir que el placer siguiera descendiendo y para no cerrar los ojos.

—La localización es importante.

—Es difícil resistirse si algo que quieres está justo delante de ti.

Las calientes yemas de los dedos de Mitch presionaron la parte inferior de su espalda y ella arqueó la pelvis contra él, fundiéndose contra su fuerza. Como en cámara lenta, Mitch inclinó la cabeza hacia la suya y le rozó suavemente los labios con los suyos, hacia delante y hacia atrás y arriba y abajo.

Su cálida lengua le lamió las comisuras de los labios.

—¿Recuerdas lo que te dije sobre resistirse? —Vanessa suspiró y admitió—: En este momento no puedo ni recordar cómo me llamo.

Sintió la maliciosa sonrisa de Mitch sobre la mejilla.

—Esto depende de ti.

Sus manos encontraron las de ella mientras le daba la vuelta hasta que los hombros de Vanessa rozaron la fría ventana. Le deslizó los brazos en seductor arco contra el vidrio hasta colocarle uno a cada lado de la cabeza.

—Si no estás segura —murmuró contra su sien con el cuerpo ardiendo cerca del suyo—, no insistiré.

El fuego de su vientre cobró vida.

—¿Ni siquiera un poquito?

Los dientes de Mitch encontraron el lóbulo de su oreja y lo mordisquearon. El fuego se hizo más intenso.

–Vanessa, te quiero en mi cama.

A ella le temblaron las rodillas. Mitch le agarró la cintura y apretó las caderas contra las suyas. Bajó el tono de voz.

–¿Cuál es el veredicto?

Vanessa aspiró con fuerza el aire y se lanzó.

¿Cómo iba a negarse?

–Me siento bien con esto.

Los azules ojos de Mitch se oscurecieron.

–Yo también.

Capítulo Cuatro

Mientra los ojos de Mitch se clavaban en los suyos deslizó los dedos para levantarle el bajo de la camiseta. Embelesada, Vanessa levantó los brazos y dejó que la tela subiera por su vientre, el sujetador, la cabeza. En cuanto la camiseta tocó el suelo, ella le devolvió el favor y la camiseta de Mitch se unió a la suya a sus pies. Ambos se quedaron quietos bajo la luz artificial, conscientes de que aquél era un momento sin retorno. Con el pecho expandido completamente a cada respiración, Mitch inclinó la cabeza y deslizó la mirada hacia sus labios. Se inclinó hacia delante y sus bocas se rozaron ligeramente, volvieron a rozarse, y con cada caricia el deseo de Vanessa se hacía más profundo.

Más fuerte.

Cuando él le soltó el cierre del sujetador y le deslizó los tirantes por los hombros, el tiempo se detuvo para ella y todo lo que había alrededor desapareció. Cada beso se fue haciendo más descontrolado y se rindió al instinto.

Vanessa dejó que sus manos vagaran por la deliciosa roca de su pecho antes de llegar a los botones de los pantalones vaqueros y bajarle la cremallera. Al escuchar sus suaves gemidos y sentir su sonrisa supo que el deseo de Mitch correspondía con el suyo.

¿Cómo pudo haber pensado que podría detener aquella fuerza que los arrastraba el uno hacia el otro?

Cuando ambos se hubieron quitado los pantalones vaqueros, Mitch entrelazó los dedos con los suyos y la clavó contra la enorme ventana. Primero le trazó un seductor sendero por el cuello, siguió por la clavícula y alrededor del anhelado pico de su seno derecho. Luego se dirigió con deliberada lentitud al izquierdo. Le soltó las manos para esculpirle los hombros. Vanessa sonrió cuando descendió las palmas, a las que siguió su boca anhelante.

Acariciándole el cabello con los dedos, se dejó llevar por el deslizar de sus dientes mientras por dentro ardía en llamas. El fuego le lamía la piel y el oxígeno se evaporaba. Las células de su cuerpo se fundían y lo único que deseaba era entregarse a él y luego morir feliz.

Mitch, que estaba ahora de cuclillas con una rodilla a cada lado de sus espinillas, le bajó las braguitas por los muslos. Su cálida y experta boca provocó que se le acelerara el corazón. Cuando Vanessa se hubo liberado de la última prenda de ropa, Mitch se incorporó contra ella para familiarizarla con el deslizar de su fuerza y de su calor hasta que estuvieron nariz con nariz.

El cristal que tenía detrás ya no le resultaba frío, al que agarrarse contra el torrente de sensaciones que la elevaban. Mitch le puso la mano en la mejilla y volvió a besarla mientras el vello de su pecho acariciaba los picos de sus senos y la temperatura de la habitación volvía a subir.

Vanessa estaba flotando cuando sus labios finalmente dejaron los suyos. Los ojos de Mitch se clavaron en los suyos con tanta intensidad que sintió cómo sus almas susurraban.

–He pensado mucho en esto –murmuró él.

Ella dejó escapar un suspiro y sonrió.

–Me alegra saberlo.

–Quería ir despacio –Mitch le pasó los labios por los suyos–. Quería hacer que durara.

Vanessa tragó saliva para. ¿Hacer que durara? ¿Cuánto tiempo más podría seguir soportando aquella dulce tortura?

Como si hubiera escuchado su plegaria, Mitch movió la pelvis bajo la suya. Se había quitado los calzoncillos cuando se quitó los vaqueros y su liberada erección hizo que ella abriera los muslos. Escuchó un silbido, como si Mitch aspirara con fuerza el aire, y todos los músculos de su cuerpo se tensaron.

Entonces él se rió en voz baja.

–¿Sabes lo que te dije sobre ir despacio…?

Mientras hablaba le masajeaba las nalgas, maniobrando de forma experta hasta que su punta presionó su interior. Vanessa contuvo un gemido de placer.

Se agarró con fuerza a su mandíbula.

–Deprisa, despacio, no voy a ir a ninguna parte a menos que sea a tu dormitorio.

Mitch gimió.

–Ahora que hemos empezado no quiero esperar tanto.

Volvió a moverse y su grosor la llenó más todavía. A Vanessa se le nubló la mente durante un instante en el que atisbó a ver la verdad. Necesitaba aquella sensación, aquella locura. Antes de ahora, antes de Mitch, no había vivido.

Sin previo aviso, él la subió y Vanessa enredó automáticamente las piernas alrededor de sus caderas. Ahora que ya tenían el acceso que ambos anhelaban, Mitch volvió a tomarle la boca y se hundió más profundamente hasta que la fricción encendió una chispa tan brillante que le recorrió las venas.

Cuando llegó el orgasmo, intensificado, multiplicado, arrebatador, se colgó de su cuello y murmuró su nombre una y otra vez. En aquel maravilloso instante detenido en el tiempo nada más existía.

Nada más importaba.

El embriagador ritmo terminó demasiado pronto. Cuando las estrellas de su cabeza se apagaron, la tensión disminuyó y Vanessa fue consciente de la fuerte energía que se había apoderado de ella. A Mitch le temblaba el cuerpo y los tendones entre sus omóplatos parecían duros y soldados.

Mareada, se apartó un tanto. Él tenía los ojos cerrados con fuerza. ¿Le habría dado un calambre a su guerrero?

–Mitch, ¿qué ocurre?

–He olvidado… el preservativo –gruñó él entre dientes.

La luz de la habitación se hizo de pronto más brillante. La protección era algo que nadie quería descuidar. Mitch abrió los ojos de golpe.

–Hay un problema. No quiero dejarte ir.

Ella desde luego tampoco.

Tuvo una idea para minimizar la separación.

–¿Está muy lejos el dormitorio?

Si tenía preservativos, supuso que estarían allí.

Mitch no contestó, pero, entendiendo, compuso una sonrisa maliciosa y se dispuso a cargarla hasta el dormitorio con las piernas enredadas en sus caderas, la cabeza enterrada en la agradecida curva de su cuello.

Una vez en el oscuro dormitorio, la colocó con cuidado sobre la fresca colcha. Vanessa observó maravillada cómo sacaba un envoltorio de un cajón cercano y su imponente figura se preparaba bajo la luz de la luna que se filtraba por la ventana. Sintió una cierta decepción cuando terminó el espectáculo, pero cualquier desilusión desapareció cuando Mitch se unió a ella de nuevo, retomándolo donde lo habían dejado. De manera pecaminosa pero al mismo tiempo dulce, sus grandes y plenas embestidas reavivaron sus todavía encendidas llamas interiores. Vanessa creía que ella ya estaba satisfecha y que él estaba a punto, pero ahora Mitch se tomó el tiempo de seducirla y amarla con pericia hasta que enseguida se encontró saltando por la misma montaña, lanzándose en una deliciosa caída libre seguida muy de cerca por él.

La caída fue desde más alto, las sensaciones más claras, y cuando cesaron los escalofríos y recuperó su espíritu, Vanessa supo que ninguna experiencia conseguiría igualar a aquélla aunque viviera cien años.

Después Mitch sugirió que se dieran una ducha. El agua estaba caliente, los besos más todavía y ella supo que entre amantes no había nada prohibido.

¿Sería porque Mitch era un maestro del juego o porque ella se había sentido absolutamente atraída desde el principio? Parecía como si los fuertes brazos de Mitch hubieran sido creados para abrazarla. Él le enjabonó tiernamente la espalda y la curva del trasero de un modo que sintió las piernas extrañamente familiares y al mismo tiempo diferentes. En el espacioso baño de mármol negro se secaron el uno al otro con toallas esponjosas y luego regresaron al dormitorio para arrebujarse bajo las frescas sábanas que olían a lavanda, desnudos y felices. Aunque Vanessa ya estaba preguntando sobre la próxima vez.

Sobre el mañana.

Sintió una punzada de culpa. Eran de mundos diferentes, había prometido no caer… Se apartó ligeramente de la dura pero confortable curva de su brazo. A pesar del hipnótico brillo amarillo de una lámpara que había en la esquina, necesitaba dejar a un lado la compatibilidad sexual y concentrarse en la auténtica razón por la que había ido a casa de Mitch Stuart. Tenía un negocio que salvar.

–Deberíamos levantarnos y revisar esos números.

El gruñido de Mitch resonó a través de la palma de la mano que ella tenía apoyada sobre el vello de su pecho.

–Tengo una idea mejor.

–¿Cuál?

–Déjame abrazarte mientras duermes –Mitch frunció los labios–. Aunque la verdad… ¿quién puede dormir?

Se giró de modo que Vanessa quedó debajo de él y las puntas de sus narices se rozaban.

Cuando terminó de besarla echó la cabeza hacia atrás, como si se le hubiera pasado por la cabeza una idea placentera.

–Acabo de tener una visión increíble de ti en mi máquina de remar.

Vanessa se rió. Le gustaba su espíritu aventurero, peso aquello no iba a ocurrir.

–No escuchaste mi anécdota escolar, ¿verdad?

El deporte y ella eran tan incompatibles como el agua y el aceite.

Mitch le trazó una cariñosa línea por el lóbulo de la oreja.

—Estás desnuda.

Vanessa se estremeció mientras le recorría la espalda con las yemas de los dedos.

—Por supuesto que estoy desnuda, tonto.

—Quiero decir en mi visión.

Mitch le mordisqueó la barbilla. Ella cerró los ojos y se deslizó hacia el nirvana.

—Mitch, yo no hago deporte, ¿recuerdas?

Él le acarició la cadera.

—Yo creo que sí lo haces.

A pesar de los embriagadores efectos de su contacto, Vanessa se las arregló para decirle de broma:

—Prefiero los pasatiempos intelectuales.

—Yo te prefiero a ti.

Cuando la besó, Vanessa le besó a él a su vez. Una vez, y otra, y otra…

A las cuatro de la mañana habían hecho el amor dos veces más y Vanessa estaba tumbada medio dormida de costado, observando el rostro bello y moreno de su amante mientras dormía. Podría quedarse mirándole eternamente: la leve cicatriz debajo del ojo izquierdo, los suaves y bronceados montículos de los hombros, el aura de magnetismo animal que lo definía incluso cuando dormía.

Conteniendo el deseo de besarle la mejilla una última vez, Vanessa se levantó en silencio de la cama. Se quedó de pie desnuda bajo la mortecina luz anterior al amanecer, preparándose para poner fin a la noche de su vida y marcharse.

Volvió a maravillarse cuando, todavía dormido, Mitch curvó los labios y extendió el brazo por las sábanas como si estuviera buscando su calor en sueños.

Vanessa se abrazó a sí misma. Dios, cuánto deseaba volver a acurrucarse a su lado. Pero tenía que volver a casa y cambiarse antes de ir a la tienda. Había muchas posibilidades de que Mitch quisiera volver a verla de noche. Pero el sentido común y la experiencia le decían que por muy maravilloso que hubiera sido, aquella aventura no podía durar.

El agua buscaba su propio nivel… por muy fuerte que fuera la tentación de volver a acostarse con Mitch era mucho más inteligente terminar con esto ahora y proteger su corazón que enfrentarse a un dolor parecido al que había sufrido la pobre Cynthia.

Sería muy fácil amar a Mitch Stuart.

Y perderlo.

Vanessa se dirigió al gimnasio, encontró su ropa y se vistió. Luego se pasó por la cocina. Recogió su bolso y al ver las sobras en la encimera recordó su primera cena juntos; parecía que le hubiera sucedido a otra persona y mucho tiempo atrás. Entre las sombras percibió una bolsa de papel marrón.

Galletas de la fortuna.

Introdujo la mano dentro y sacó sólo una. Luego se acercó de puntillas al salón y Kami cobró vida. Vanessa se inclinó y apretó la yema del dedo contra el cristal.

–Sé bueno.

Guardó la galleta en el bolsillo trasero de los pantalones, salió y cerró en silencio la puerta.

¿Cuándo se despertaría Mitch y descubriría que se había marchado?

Capítulo Cinco

Más tarde aquella mañana, Mitch estaba sentado ante el enorme y ordenado escritorio de roble que había pertenecido a su padre, silbando mientras organizaba los papeles para la reunión ejecutiva de la semana siguiente, la última para él como vicepresidente.

Aunque no tenía la cabeza en su promoción. Sus pensamientos estaban clavados en la deliciosa secuencia que le devolvía una y otra vez la risa de Vanessa, las curvas de Vanessa, los gemidos de Vanessa y sus gritos de placer cuando su acto amoroso los sacó a ambos de órbita.

O había pasado demasiado tiempo o ella poseía ciertamente poderes que lo atraían como la luna llena a las mareas. La sangre se le había encendido cada vez que se movía debajo de él o le posaba los labios sobre la piel.

Mitch se había despertado más tarde de lo habitual y se había llevado una sorpresa y una desilusión al no encontrarla en su cama. Quiso telefonearla pero decidió saltarse su trabajo habitual para centrarse en la información que ella le había proporcionado para tratar de idear una estrategia de rescate financiero. Una hora más tarde ya tenía el crédito de Vanessa encauzado. El dinero estaría al día siguiente en su cuenta bancaria. Pero aquella noche…

Mitch jugueteó con el bolígrafo y volvió a silbar.

Aquella noche el plan era sólo placer.

La puerta del despacho se abrió de golpe y amenazó con salirse de los goznes cuando la pesada madera golpeó contra la pared. El retrato de su padre se tambaleó en su gancho. Mitch dejó el bolígrafo y Garret Jefferson, presidente en funciones de Créditos e Inversiones Stuart, irrumpió en el despacho.

El anciano dejó caer un taco de papeles en el escritorio de Mitch.

–¿Qué diablos te pasa hoy?

Había pasado una noche maravillosa con una mujer excepcional y aquella mañana el sol brillaba más que nunca.

Mitch se reclinó en el asiento.

–No me pasa nada, Garret. Me siento en la gloria.

–¿No te habrás vuelto loco? ¿Cómo explicas esto?

Mitch reconoció los papeles, su firma.

La petición de crédito de Vanessa Craig. No le iba a preguntar a Garret cómo se había fijado tan rápidamente en ella. Garret Jefferson era un hombre recto y poseía un instinto sagaz para los negocios, razón suficiente para que el padre de Mitch le hubiera confiado la labor de preparar a su hijo para que ascendiera al puesto más alto cuando él muriera. Pero Mitch había demostrado su lealtad y su compromiso hacia la empresa una y otra vez y no le gustaba que ahora se pusiera en cuestión su autoridad.

Mitch dobló los brazos y colocó los dedos bajo la barbilla.

–He aprobado créditos más grandes con anterioridad.

Muchas veces.

–La solicitante no tiene dinero, propiedades ni aval. Está endeudada hasta las cejas. ¿En qué diablos se sustenta este crédito?

Garret se detuvo, miró a Mitch y se pasó la mano por el rostro.

–Dios mío, te estás acostando con esa mujer.

Mitch apretó los puños y torció el gesto. Sabía hacer su trabajo con los ojos cerrados. Había vivido y respirado aquel lugar desde que podía recordar. No se tomó bien que le cuestionaran ahora.

–Eso no es asunto tuyo.

La fiera expresión de Garret se suavizó con un gesto paternal. Apoyó una pierna en el escritorio de Mitch.

–Hijo, cómprale un collar de diamantes. Llévatela un fin de semana a París. Pero no pongas tu reputación ni la de esta empresa en entredicho –concluyó con firmeza.

–Tómatelo con calma, Garret –Mitch trató de sonreír–. Piensa que en menos de dos semanas te habrás retirado y no tendrás que volver a preocuparte por mí ni por la empresa nunca más.

Con las mejillas tan rojas como la alfombra, Garret se incorporó lentamente.

–Tu padre me confió a mí la decisión de ascenderte o no a la silla presidencial. No traicionaré su memoria ni la confianza de nuestros inversores si mi conciencia me dice que éste no es el momento.

Mitch observó la mirada de acero de su mentor. Había aprendido mucho de Garret. Confiaba en él y le admiraba más que a nadie en el mundo. Pero Garret no había interferido en su trabajo desde que podía recordar. A Mitch no le gustaba que sobre su cabeza se cerniera aquel chantaje velado.

Sin embargo, era lo suficientemente inteligente como para saber que no tenía más alternativa que seguir luchando un día más. Cuando cumpliera treinta años ya no tendría que responder ante nadie. Estaba deseando ser libre.

Agarró el bolígrafo, rellenó los campos necesarios en la primera página de la solicitud y luego dejó el bolígrafo.

–Ya está. Yo soy el avalista. No hay riesgos.

A pesar de lo que había pensado en un principio sobre los problemas financieros de Vanessa, pensaba que tenía lo que había que tener. Y lo que era más importante, tenía la intención de estar pendiente y asegurarse de que sus problemas se resolvían. Ahora que le había concedido aquel crédito había conseguido llevarla por la dirección correcta. Por supuesto, era necesario buscar otra ubicación. Garret le dirigió una mirada casi petulante y se dirigió hacia la puerta.

–Así que es verdad.

–¿Qué es verdad?

–Que el amor es ciego.

Mitch sintió el golpe como un correazo en la mandíbula.

No estaba enamorado. Sólo conocía a Vanessa de dos días. Sentía muchas cosas por ella, cosas que no se le podían explicar a aquéllos que no habían experimentado la misma montaña rusa de emociones con alguien del sexo opuesto. Lo que Vanessa y él habían disfrutado no era amor… era un placer sublime.

Mitch volvió a reclinarse en la silla.

–Sé lo que estoy haciendo.

Con la mano en el picaporte, Garret asintió como si hubiera conseguido lo que quería.

–Invítame a la boda.

Cuando la puerta se hubo cerrado, Mitch se aclaró la garganta. Garret estaba equivocado. El matrimonio no era para él; ya tenía bastantes responsabilidades familiares. Lo que quería era divertirse un poco. Diablos, ya casi había olvidado lo que era sencillamente dejarse llevar. Y Vanessa era sexy e inteligente. Mejor todavía, era independiente o tenía potencial para serlo. Aquello distaba mucho de ser peligroso, que era lo que Garret había dado a entrever. Su madre también, aunque eso no era ninguna sorpresa. Cuando estaba con Vanessa sentía que su mundo mejoraba. Tanto que contaba los minutos para volver a abrazarla.

Deslizó la mirada hacia una invitación a una fiesta solidaria el sábado por la noche. Ya había contestado diciendo que no, pero le pediría a su secretaria que volviera a llamar y dijera que iban a ir dos personas. Mientras tanto…

Mitch descolgó el teléfono, marcó un número y esperó a oír su voz.

–Grande y Pequeño, ¿en qué puedo ayudarle?

Una oleada de endorfinas le atravesó la sangre.

–Se me ocurren varias maneras.

Mitch miró hacia el retrato de su padre, que le miraba juzgándole desde arriba de su larga nariz. Le dio la vuelta a la silla para mirar hacia el puerto.

–¿Mitch?

Vanessa sonaba vacilante pero al mismo tiempo absolutamente sexy. La imaginó en la tienda con los pantalones vaqueros y la camiseta y le hirvió la sangre.

–¿Cómo van los planes de adopción de los cockapoos?

–El criador va a mandar unas fotos suyas por correo electrónico hoy. Parece que son preciosos.

Mitch recordó la magia de sus besos.

–Tú eres preciosa.

Vanessa emitió un sonido modesto que elevó más todavía el deseo que sentía por ella.

–Doy por hecho entonces que no estás molesto porque me marchara sin despedirme.

–Te perdono –gimió él–. No permitiré que vuelva a suceder.

Esperaba que ella se riera y le sorprendió que no lo hiciera.

–¿Estás cansado? –le preguntó Vanessa en cambio.

Mitch subió las piernas al escritorio y cruzó los tobillos.

–Nunca me he sentido mejor. ¿Y tú?

–Creo que esta noche dormiré bien.

–Siempre y cuando sea conmigo.

A ella le cambió la voz.

–¿Es una invitación o un ultimátum?

Mitch sonrió.

–Lo que surta efecto. ¿Y si salimos a cenar esta noche?

Esperó durante varios segundos de silencio.

–Lo cierto es que espero a alguien a última hora de esta tarde. No sé a qué hora terminaré.

La desilusión cayó sobre él como un peso pesado. Parpadeó varias veces y se le ocurrió una solución que le permitiría verla lo más rápidamente posible.

–Me pasaré por ahí a la hora de cerrar y veré cómo vas.

Una luz se encendió en su teléfono. Era la extensión de Garret. Su primera reacción fue ignorarlo. Lo que resultaba absurdo.

Menos de dos semanas.

Mitch se inclinó hacia delante.

–Vanessa, tengo que irme. Te veré sobre las seis.

Preguntándose quién sería la persona a la que tenía que atender, Mitch frunció el ceño y pasó la mano por la solicitud aprobada que tenía en el escritorio.

–¡Tía McKenzie! –Vanessa abrazó a su tía–. Qué alegría verte. Pero qué sorpresa cuando llamaste esta mañana para decir que venías a verme. Tú odias la ciudad.

McKenzie le dio otro abrazo y luego dio un paso atrás para mirar hacia las ventanas de la tienda de mascotas de su sobrina.

–Contaminación, tráfico y demasiada gente. No he salido de mi propiedad desde… ni siquiera me acuerdo.

Vanessa acompañó a su tía a la parte de atrás del local, que había decorado con fotos, sus plantas favoritas y un cómodo sofá. Era casi la hora de cerrar; si alguien entraba en la tienda, incluido Mitch, oiría el timbre.

Durante todo el día le había dado vueltas a la decisión de echarle el freno a su relación íntima. Se repitió una y otra vez que ella no jugaba en la liga de Mitch Stuart. Aunque trataba de decirse que no era cierto, lo cierto era que había muchas posibilidades de que la chica de barrio sin familia y desde luego sin dinero no fuera nada más que un entretenimiento.

Eso no significaba que el corazón no le diera un vuelco cuando pensaba en volver a verle.

Obligándose a dejar de pensar en el sexy señor Stuart, Vanessa se detuvo con McKenzie en el centro de la habitación trasera.

–Entonces, ¿qué ha pasado? ¿Por qué esta repentina visita?

McKenzie dejó el bolso de vinilo y se quitó los inmaculados guantes blancos.

–El mes pasado me llamó un amigo muy querido. No nos habíamos visto desde… –suspiró y luego sonrió con dulzura–. Desde que viniste a vivir conmigo. Está enfermo. Voy a ir a verle.

Vanessa abrió los ojos de par en par.

–Eso es muy amable por tu parte. Estará encantado de verte.

McKenzie jugueteó con los guantes.

–Debería estarlo, porque voy a ir a hasta Los Ángeles.

Vanessa se quedó boquiabierta.

–¿Los Ángeles, California?

A su tía le brillaron los ojos con una sonrisa.

–Mi avión sale a última hora de esta noche.

–Creía que te daba miedo volar.

Eso era lo que McKenzie había dicho siempre y Vanessa sabía por qué. Sus padres habían muerto en un accidente de avión. Vanessa, que entonces era apenas un bebé, había sobrevivido milagrosamente gracias al cinturón de su asiento infantil. McKenzie había tenido desde entonces a su sobrina envuelta entre algodones.

Vanessa la quería mucho por eso, pero también había sentido el anhelo de extender las alas y vivir la vida. Hasta la fecha, la chica sencilla de una ciudad sencilla no había salido todavía de allí. Pero no estaba disgustada. Mientras pudiera mantener su tienda no se quejaría.

McKenzie rebuscó en su bolso.

–Ésta es una visita relámpago. El taxi me está esperando, pero antes de irme… –sacó un sobre– quiero que tengas esto.

Vanessa agarró el sobre con curiosidad. Faltaban meses para su cumpleaños.

Al principio le pareció que el sobre estaba vacío. Finalmente lo abrió y sacó algo.

–¿Un cheque?

Le echó un ojo a la firma, luego a la cantidad y un escalofrío le recorrió el cuerpo.

Tragó saliva.

Un millón de dólares. ¿Había robado un banco la tía McKenzie? ¿Había liquidado a alguien para cobrar el seguro?

–Por favor, dime que estás huyendo de la justicia.

McKenzie se rió de aquella forma que Vanessa tanto había echado de menos.

–¿Recuerdas el cuadro que tu bisabuelo trajo de Europa?

–Dijiste que era un original.

Obviamente orgullosa, McKenzie jugueteó con uno de sus pendientes antiguos de perla.

–Un marchante de arte me ofreció un millón por él. También vendí la propiedad para conseguir la misma cantidad, así que la mitad es para ti y la otra para mí.

Asombrada, Vanessa le devolvió el cheque a su tía.

–No tienes por qué darme esto. No puedo aceptarlo.

Las arrugadas manos de la tía McKenzie cubrieron las suyas.

–Vanessa, eres lo único que tengo en el mundo. Nunca he sido lanzada, siempre he preferido la cau-

tela. Y te he enseñado a ser cauta a ti también. Así que
–echó hacia atrás los hombros–, como dice Jim, no
puedes llevártelo contigo cuando te mueras.

–¿Jim es tu amigo?

–El mejor –los ojos verde pálido de McKenzie brillaron–. Estuvimos prometidos.

Vanessa se dejó caer en la silla que tenía detrás.

–No tenía ni idea.

Su tía era la clásica solterona. Nunca había hablado de amores antiguos, nunca había mostrado interés
por los hombres, y ahora Vanessa entendía por qué.
Le había entregado el corazón a aquel hombre.

Los ojos de McKenzie buscaron los de Vanessa y
luego asintió como si hubiera llegado el momento.

–Cuando viniste a vivir conmigo tras el accidente
no tenía sitio en la cabeza ni en el corazón para nadie
que no fueras tú. Jim fue paciente. Lo fue durante
mucho tiempo. Pero le hice esperar demasiado.

Vanessa se llevó las manos a las mejillas, que le ardían.

¿Su tía había renunciado a su oportunidad de vivir el auténtico amor por ella? No se podía hacer un
sacrificio mayor.

Con un nudo en la garganta, se levantó y abrazó a
su tía, la única madre que había conocido. McKenzie
olía a los polvos de talco que Vanessa le regalaba todos los años el Día de la Madre. Insistía en que eran
sus favoritos y no quería nada más.

Vanessa se mordió el labio inferior.

–Oh, tía, lo siento.

Abrazando a su sobrina, McKenzie le dio unas pal-
maditas en la espalda como hizo cuando la mejor
amiga de Vanessa se fue del colegio en sexto curso.

Creyó entonces que el mundo había terminado y su tía no le dijo que se comportara como una adulta; se limitó a abrazarla mientras lloraba.

—No tienes nada que sentir, cariño. Siempre has sido muy buena. Siempre me has hecho estar orgullosa de ti —la abrazó con más fuerza y murmuró—: Muchas veces se me olvidaba que no eras mi hija en realidad.

—Hola, ¿hay alguien ahí?

Vanessa se apartó, se secó las húmedas mejillas y clavó la mirada en el umbral a través de las lágrimas. No había oído el timbre de la puerta, pero Mitch estaba allí con expresión preocupada por si había interrumpido.

Estaba dejándose llevar por la fantasía, pero le parecía tan imposiblemente perfecto que le provocó el aleteo de mil mariposas en el estómago, y cuando estaban juntos...

Vanessa estiró los hombros.

Era realista, pero también optimista. ¿Estaba siendo demasiado dura con la posibilidad de que estuvieran juntos? ¿No iba siendo hora de que dejara a un lado los errores y las inseguridades y viviera el amor con optimismo? La visita de la tía McKenzie parecía ser una señal que no debería ignorar. Cuando alguien vacilaba y no aprovechaba la oportunidad, el hombre de sus sueños podía simplemente pasar por delante y marcharse.

Vanessa se acercó a él, le tomó la mano y se sintió al instante reconectada.

—Mitchell Stuart, ésta es mi tía McKenzie.

Él inclinó la cabeza.

—Encantado de conocerla —le dirigió una sonrisa

78

desconcertada a Vanessa–. Creí que no tenías familia cerca.

–No la tiene –McKenzie recogió el bolso de la mesa–. Mi propiedad estaba muy lejos, tierra adentro.

–La tía McKenzie se marcha a Estados Unidos.

–De hecho debo ponerme en camino –McKenzie le dio un beso y otro abrazo–. Divertíos, niños.

Vanessa se rió.

–Tú también.

Ya le tocaba.

–No hace falta que me acompañes –dijo su tía cruzando la puerta que conectaba con la tienda–. Vendré a visitarte cuando vuelva.

Vanessa recordó el sobre que tenía en la mano, pero los brazos de Mitch ya estaban atrayéndola hacia sí. Los recelos sobre quedarse con aquel cheque y cualquier duda sobre su relación fueron reemplazados por los recuerdos explícitos de la noche anterior.

Cuando la boca de Mitch se deslizó sobre la suya su cálida palma le sujetó la cabeza para ajustar el ángulo y poder besarla, a Vanessa le temblaron ligeramente las piernas.

Cuando Mitch se retiró a regañadientes, ella se sintió mareada y apenas escuchó sus palabras roncas.

–Te he echado de menos, señorita Craig.

Ella alzó la mano y sintió el calor que desprendía su cuerpo bajo la camisa blanca visible bajo la chaqueta.

–Me gusta cómo suena eso.

–He pensado en ti todo el día.

Vanessa se derritió.

–Sigue.

A él se le iluminaron los ojos.

—Para ahorrar agua y tiempo vamos a ir primero a mi casa.

—¿Para darnos una ducha antes de cenar, quieres decir? —Vanessa se estremeció de la cabeza a los pies y fingió pensárselo—. Podría estar bien.

—Te diré qué más podría estar bien —Mitch le deslizó las manos en los bolsillos traseros de los pantalones—. Tiene que ver con fresas y chocolate caliente.

—Deja que adivine… ¿en la cama?

Mitch fingió sentirse ofendido al mismo tiempo que atraía sus caderas hacia las suyas.

—No me gusta ser tan predecible.

Rindiéndose a lo inevitable, Vanessa le pasó las manos por el fuerte y oscuro cabello.

—Estoy deseando que me sorprendas.

Deseando que le demostraran que estaba equivocada.

La boca de Mitch estaba a punto de alcanzar la suya de nuevo cuando se escuchó la voz frenética de la tía McKenzie.

—Dios mío, Vanessa, ahí fuera hay alguien que necesita tu ayuda.

A Vanessa se le heló la sangre antes de ponerse en marcha. Mitch ya estaba al mando.

—¿Qué ocurre? —le preguntó a McKenzie dirigiéndose a toda prisa hacia la tienda.

McKenzie no tuvo tiempo de contestar. Mitch ya había salido por la puerta y se detuvo de golpe al ver una cesta grande y desvencijada en el suelo. Miró hacia los peatones que caminaban apresurados por la calle.

—Cualquiera podría haberlos dejado aquí.

Con el corazón encogido, Vanessa se arrodilló sobre la dura acera al lado de la cesta. La madre, una gata atigrada con ojos redondos y asustados, gruñó para advertir a cualquiera que pensara en llevarse o hacerles daño a alguno de sus cinco preciosos gatitos. Mitad fascinada, mitad desolada, Vanessa se llevó los dedos a los labios.

–Pobrecitos.

McKenzie habló con firmeza.

–Estos gatitos no deben de tener más de dos semanas.

Mitch se agachó.

–Los meteré en la tienda.

Cuando hubo entrado con la cesta, McKenzie terminó de acomodarse los guantes.

–Parece un tipo simpático.

Guapo, fuerte, increíble en la cama.

Vanessa asintió.

McKenzie acarició la mejilla de su sobrina.

–Te mereces lo mejor –aseguró suspirando con fuerza–. Y yo tengo que subirme a ese avión.

Vanessa acompañó a su tía al taxi y luego fue tras Mitch cerrando la puerta tras ella.

Mitch estaba en el centro de la tienda con la cesta un poco apartada del cuerpo y una expresión de incomodidad.

–¿Dónde los dejo?

Vanessa le dirigió una mueca socarrona. No le gustaban los gatos, pero aquél no era momento para bromas.

–Puedes dejarlos atrás.

Mitch la siguió y colocó la cesta en una esquina caliente y tranquila de la habitación, al lado del reproductor de DVD y una pila de comedias románticas. Observaron cómo la madre atendía cuidadosamente a cada uno de ellos, asegurándose de que su clan estaba a salvo y limpio.

Mitch le pasó distraídamente el brazo por la cintura.

–¿Llamarás al veterinario para que venga a revisarlos mañana?

Vanessa apoyó instintivamente la cabeza sobre su hombro.

–Parecen estar sanos. Les mantendré vigilados durante la noche.

–¿Significa eso que no vamos a salir a cenar?

Ella le miró con gesto de disculpa y sonrió de medio lado.

–Pediré algo entonces. ¿Qué te parece italiano?

Vanessa sonrió encantada.

–Me encanta la comida italiana.

Un suave maullido volvió a centrar su atención en la cesta. Mitch le soltó la cintura y dio un paso adelante.

–Ese gatito gris, el pequeño… parece más delgado que los demás. ¿Crees que tendrá hambre?

–Tal vez deberíamos darle un biberón.

Mitch la miró.

–¿Los gatos toman biberón?

Vanessa sonrió. Tenía mucho que aprender.

–Tengo algo de leche en polvo para gatos. Pero voy a observarlo durante un tiempo antes. Parece más pequeño que el resto, pero si la madre no le ha rechazado todavía, lo normal es que no lo haga ya.

El gatito siguió maullando y luego se acurrucó en el vientre de su madre buscando un pezón.

Mitch dejó de fruncir el ceño.

–Maldición. Nunca pensé que me preocuparía por una cesta de gatos callejeros.

El calor del pecho de Vanessa se transformó en una sonrisa radiante.

—Recuerda que no te gusta ser predecible.

Él le dio un beso en la frente y luego volvió a mirar la cesta mientras se rascaba la nuca.

—Entonces, ¿vamos a pasarnos la noche sentados en una silla vigilándoles?

Vanessa le miró con asombro.

—¿Quieres quedarte y ayudarme a cuidarlos?

Mitch la estrechó entre sus brazos.

—Señorita, no hay temporal ni granizo ni gato aullador que me pueda alejar de ti esta noche.

El deseo se extendió por el cuerpo de Vanessa cuando deslizó las palmas de las manos sobre sus hombros.

—En ese caso estoy dispuesta a compartir contigo mi saco de dormir. Es de dos plazas.

Mitch sonrió y la atrajo más hacia sí.

—Eso suena ideal.

Capítulo Seis

Dos horas más tarde, Mitch y ella estaban tumbados encima del saco de dormir rosa pálido anticipando el resto de su velada solos… con la compañía de los gatos, las cobayas y unos cuantos cientos de peces. Los cachorros pasaban la noche en el local del veterinario.

Mitch se había ido a casa, se había duchado, cambiado y había regresado con platos de pasta, ensalada italiana y aceitunas. Tras darse una ducha en el baño de la tienda, Vanessa también se cambió de ropa: unos pantalones de chándal y camiseta.

Devoraron la comida y con el estómago lleno se tumbaron de lado al estilo cuchara, ella dándole la espalda, bebiendo soda y observando en silencio a la madre y a los gatitos dormir. O eso era al menos lo que estaba haciendo ella. Mitch parecía más interesado en encontrar nuevos y maravillosos modos de acariciarle el cuello con la boca. Subida en una nube, con la mejilla apoyada en la palma de la mano, Vanessa le colocó el brazo con más fuerza alrededor de la cintura.

–Me pregunto cuánto tiempo se habrían quedado allí fuera si la tía McKenzie no les hubiera visto.

Mitch levantó la cabeza y se rió entre dientes.

–Tu tía es todo un personaje.

Vanessa sonrió.

–Es difícil describirla. Es fuerte por fuera y dulce y suave por dentro.

Vanessa pensó en el cheque y en decirle a Mitch que no necesitaba seguir adelante con la solicitud del crédito en su empresa. Pero la vida que había conocido con McKenzie había sido frugal por necesidad. Recibir de pronto un cheque de un millón de dólares era algo impresionante.

Su tía no era una mentirosa. Sin embargo, a Vanessa le costó trabajo creer que semejante cifra pudiera ser real. Antes de decirle nada a nadie necesitaba asegurarse. Además, no quería hablar de negocios ahora. Aquel momento, con el calor de Mitch tan cerca y el ambiente perfecto era demasiado especial como para estropearlo hablando de dinero. La última vez que le había hablado sobre su estado financiero él rompió su tarjeta de visita. No quería pensar en ello ahora.

–La tía McKenzie me dio un hogar –dijo en cambio.

Mitch adquirió un tono más grave.

–¿Tus padres te echaron de casa?

–Murieron cuando yo tenía seis meses.

Sintió cómo el cuerpo de Mitch se ponía tenso.

–Lo siento. No puedo imaginar lo que tiene que ser no haber conocido a tus padres.

Ella apretó los labios.

–Lo compenso.

–¿Buscándoles hogares a otros? –Mitch le depositó un suave beso en la sien–. Apuesto a que algún día harás cosas aún más grandes.

Una sensación muy bonita le recorrió el pecho.

Nunca se había visto a sí misma como alguien capaz de hacer grandes cosas.

Miró hacia atrás.

–¿De verdad? ¿Y cómo?

Mitch entornó los ojos mitad en serio mitad juguetón,

–No estoy muy seguro, pero apuesto a que encontrarás la manera perfecta.

¿Lo diría en serio? Durante un instante Vanessa se quedó sin palabras.

–Qué fe más ciega.

Los ojos de Mitch se volvieron distantes antes de apretar los labios.

–Tal vez me hayas hechizado.

–¿Como la sirena al marinero?

Mitch siguió sonriendo pero arrugó la frente de manera casi imperceptible.

–¿Debo tener cuidado con las rocas?

Un leve maullido salió de la cesta. Ambos se incorporaron, pero los cinco gatitos estaban acurrucados juntos.

Vanessa se relajó.

–Uno de ellos ha debido tener un mal sueño.

Mitch deslizó los labios por el receptivo arco de su hombro.

–Ahora que los niños duermen es la hora de los adultos.

Cuando Vanessa volvió a mirar hacia atrás él le capturó la boca con la suya. Fue una caricia lenta y cargada de significado que hizo que le hirviera la sangre en las venas. Nunca se cansaba de sentir su boca en la suya.

Nunca se cansaba de tenerle cerca.

Dios, tenía que mantener a raya sus emociones.

¿Verdad?

Cuando dejó de besarla, Vanessa no fue capaz de contener un suspiro.

–Esto es lo tuyo, ¿verdad?

Mitch le rozó la nariz con la suya.

–Besarte es lo mío.

–Me refiero a lo de acudir al rescate.

Era su protector. Su guerrero.

–¿Te refieres a los gatitos? –Mitch se rió–. Haces que parezca algo muy noble.

–Lo es.

Si no supiera que no era verdad, habría pensado que era bombero o médico. Pero era un banquero de éxito.

Vanessa se giró del todo y lo miró.

–Te debe de encantar tu trabajo.

Mitch atrajo sus caderas hacia las suyas; su lenguaje corporal decía que no tenía ganas de hablar en aquel momento.

–Me convertiré en presidente en menos de dos semanas –dijo mordisqueándole el lóbulo de la oreja.

–Eso es estupendo. Felicidades.

–Todavía no es definitivo. Hay un hombre que puede vetar el nombramiento.

Mitch se quedó quieto, como si estuviera asombrado de sí mismo. Vanessa tuvo la sensación de que no tenía por costumbre hablar tan abiertamente con las mujeres con las que había empezado a salir. ¿Sería cierto que la conexión que sentía entre ellos no estaba únicamente en su imaginación?

–Ese hombre –le preguntó–, ¿es alguna especie de enemigo?

–En realidad es un amigo de mi padre. Garret Jeffson.

–Entonces, ¿cuál es el problema?

–No ha habido ninguno…

Ella acabó la frase.

–¿Hasta hace poco?

Mitch se incorporó sobre un codo y apoyó la cabeza en la palma de la mano.

–Mi padre me encargó que cuidara de la familia y del negocio. Fue tan lejos como para incluir una condición en su testamento: sólo ocuparía la silla presidencial si pasaba la prueba final para Garret.

Vanessa recordó.

–La letra con sangre entra. ¿Y has molestado últimamente a ese amigo?

–Sí, por atreverme a tener vida personal –Mitch le pasó la mano por el cabello–. Vivo por y para mi trabajo. Esta noche quiero olvidarme de la responsabilidad. Esta noche sólo deseo estar contigo.

Vanessa sintió un cosquilleo en los ojos. Pero en lugar de emocionarse trató de restarle importancia.

–La dama de los perros.

Una sombra cruzó por los ojos de Mitch y Vanessa no pudo evitar preguntarse si estaría pensando en aquel cachorro de rottweiler, pensando si después de todo no podría encontrar sitio para él en su vida. No iba a contarle que aquel día había ido un hombre a la tienda y se había interesado por el cachorro para el décimo cumpleaños de su hijo.

Pero entonces a Mitch se le iluminaron los ojos.

–Tengo una fiesta el sábado por la noche, un evento solidario. Ven conmigo.

Vanessa se mordió el interior de la mejilla.

–¿Estamos hablando de etiqueta?

–Absolutamente.

–Tal vez te sorprenda, pero no tengo nada en mi guardarropa de Chanel.

–Entonces deberíamos ir de compras.

Ella se llevó la mano al corazón con gesto teatral.

–¿Un hombre que va de compras?

Mitch le acarició el cuello con la mandíbula.

–Siempre hay una primera vez para todo –le mordisqueó aquel punto tan sensible–. Y hablando de eso…

Deslizó la mano por el elástico de sus pantalones de chándal y comenzó a explorarla de un modo que no había hecho antes. Cuando sus cálidos dedos descendieron más Vanessa se arqueó de forma inconsciente, agarrándose a su duro hombro.

–En serio, no tienes por qué hacerlo.

Mitch alzó la cabeza.

–Espero que te estés refiriendo a ir de compras.

Cuando volvió a las caricias y le deslizó la lengua por el arqueado cuello, Vanessa cerró los ojos y se colocó boca arriba.

–Sí… compras… mm…

–Me hará feliz comprarte un vestido.

–Eres fácil de complacer.

–Tengo la sensación de que no es así. Pero tú haces que lo parezca.

Lo había dicho en tono ligero, pero cuando ella abrió los ojos vio un brillo profundo en los suyos. Como si se hubiera puesto en marcha un potenciador, de pronto todos los sentidos de Vanessa se intensificaron. La sensación de sus caricias, el tictac del reloj en la pared, el aroma a limpio de su piel.

La mano de Mitch se detuvo.

–¿Ocurre algo?

Ella parpadeó y volvió en sí.

–Estaba teniendo un momento.

Mitch frunció el ceño.

–¿Un momento?

–Ya sabes, un momento de esos especiales que te gustaría detener en el tiempo y recordar para siempre.

Él alzó la barbilla.

–Ah, uno de ésos. En ese caso –subió el embozo del saco de dormir por encima de sus cabezas–, recordemos ambos éste.

Los gatitos la despertaron al amanecer.

Agotada, Vanessa se frotó los ojos y se encontró con Mitch observándola. Tenía la cabeza apoyada en la palma de la mano y una sonrisa indolente.

Miró hacia la cesta.

–Odio estos desayunos tan tempraneros.

Al recordar las gloriosas horas anteriores, Vanessa se estiró y le rodeó el cuello con los brazos para atraer su boca hacia la suya. Si el sonido de la madre gata lamiendo y los gatitos mamando no hubiera sido tan molesto, sólo Dios sabía cómo habría terminado aquel beso.

Vanessa dejó que le retirara los labios de los suyos y se encogió de hombros.

–Parece que el mundo se ha despertado.

Aunque ella preferiría no haberlo hecho. ¿A qué hora se habían dormido finalmente?

Mitch fingió fruncir el ceño.

–¿Tengo que ir al colegio hoy?

Vanessa sintió deseos de reír, pero lo disimuló con un bostezo.

–Por desgracia me temo que será lo mejor.

Sobre todo teniendo en cuenta lo que le había contado la noche anterior respecto a ese «amigo» del trabajo y su futuro ascenso.

Comprendía la renuencia de Mitch; a ella también le gustaría más que nada pasarse el día metida en la cama con él, pero tenía cosas que hacer. La más importante de todas, depositar aquel cheque.

Mitch apartó el saco y se puso de pie. Parecía que le hubiera leído el pensamiento.

–Entonces, ¿qué planes tienes hoy?

Vanessa se acercó a la tetera, comprobó el agua y la enchufó. No podía apartar los ojos del modo en que los músculos de la espalda, el trasero y las piernas de Mitch trabajaban juntos como una máquina bien engrasada y bien cuidada. Aprobaba completamente su entrenamiento matinal.

Mitch miró a su alrededor y encontró los vaqueros. Ella trató de despejarse y se puso los pantalones del chándal y la camiseta.

–Tengo un día bastante ocupado –respondió sonriendo para sus adentros.

–Bueno, pues busca el momento para comprobar el saldo de tu cuenta bancaria a partir de las nueve de la mañana.

Vanessa volvió a bostezar y se frotó los ojos. ¿De qué estaba hablando? ¿Sabría algo del cheque de McKenzie? Ni siquiera lo había ingresado todavía.

–¿Qué le pasa al saldo de mi cuenta?

Mitch se subió la cremallera.

–Ayer aprobé tu solicitud de crédito. El dinero tendría que haber sido ingresado anoche.

Vanessa estaba en estado de shock.

–Creo que no te he oído bien.

–Podemos saldar tus deudas y empezar de cero con un generoso sobrante.

Ella era incapaz de hablar.

–Pero no he firmado nada.

–Está todo arreglado.

–¿Y eso es legal?

Mitch vaciló y dejó caer los brazos.

–Creí que te pondrías contenta.

–Estoy contenta, sólo un poco… impresionada. No esperaba nada tan pronto.

–Lo revisaremos todo esta noche y el lunes ya estarás completamente a salvo.

–Yo… no sé qué decir.

Mitch sonrió y se puso uno de los mocasines.

–Dime gracias. Y yo te diré que de nada.

A Vanessa le daba vueltas la cabeza. Tenía que sentarse.

–Lo siento. Todavía estoy medio dormida.

Antes de que tuviera tiempo de parpadear Mitch estaba a su lado sosteniéndola.

–Te he vuelto a hacer trasnochar –atrayéndola hacia sí le dio un abrazo, la besó en la coronilla durante un largo instante y luego se apartó–. Te dejaré para que puedas descansar una hora más –señaló la cesta con un dedo–. Dile a esa camada que se comporte hasta que yo vuelva.

Mitch vaciló antes de marcharse y volvió para robarle un beso que se hizo más apasionado antes de soltarla.

–Te llamaré.

Cuando se marchó, Vanessa se preparó un café fuerte. Mitch se había tomado muchas molestias y había rellenado los formularios en un tiempo récord. Quién iba a imaginar que tendría lugar un milagro; tenía un cheque de un millón de dólares en el bolsillo.

Pero resultaba difícil de creer. Su tía seguía llevando el mismo vestido de domingo de todos los años. Y el cheque no era de un banco, sino personal. Podrían devolvérselo.

Mitch era banquero. Si se lo mostraba, él también se mostraría escéptico. Seguramente la miraría como si fuera una crédula como mínimo, o como si estuviera loca. Así que tal vez no debería decirle a Mitch que ya no necesitaba su crédito. Primero debería esperar y asegurarse de que el cheque representaba de verdad lo que indicaba.

Un millón de dólares.

Se escuchó un maullido procedente de la cesta y se acercó a investigar. El gato más pequeño, el gris con la cola blanca, estaba colgado a un lado de la cesta tratando de escapar.

Vanessa dejó la taza y recogió cuidadosamente al gatito con las dos manos y se colocó aquella bola de pelo al pecho. Le acarició la cabecita y el animal se quedó tranquilo al instante. Había otro gatito arrastrándose también hacia arriba. A Vanessa se le enterneció el corazón ante la visión de aquella pequeña y saludable familia.

–¿Alguno de vosotros quiere decirme qué debería hacer?

Había abrazado ya a todos los gatitos cuando por fin se le ocurrió una respuesta. Confiaba en que fuera la correcta.

Capítulo Siete

La vida se ponía cada vez mejor.

Tras visitar a un par de amigos dueños de inmobiliarias para escoger una mejor ubicación para Grande y Pequeño, Mitch entró en la oficina un poco más tarde de las once.

Había apostado por locales que ofrecieran un recorte de gastos sin sacrificar una buena ubicación. Los dos que había preseleccionado estaban en un barrio de clase más alta por el que pasaba mucha gente. La parte negativa era el espacio: Vanessa tendría que cortar las existencias al menos por la mitad y no había cuarto trasero. Pero la operación que él quería llevar a cabo estaba mas encaminada hacia convertir la tienda en una boutique de mascotas, y para ello necesitaba poco espacio.

Aquella noche le explicaría los pros y los contras; estaba convencido de que se mostraría emocionada. Pero por el momento tenía que ponerse al día con el trabajo administrativo.

Una vez dentro de su despacho, Mitch se quitó la chaqueta silbando. Cuando iba a colocarla en el respaldo de la silla su buen humor desapareció al darse cuenta de que Garret Jeffson estaba sentado tras su escritorio.

En su silla.

Mitch se recolocó los gemelos de la camisa, recuperó la compostura y se acercó a él.

–Buenos días, Garret.

El anciano repiqueteó los dedos sobre el sólido escritorio de madera.

–¿Dónde has estado?

Mitch sintió un desagradable calor en el estómago, pero se las arregló para sonreír con templanza.

–Está claro que fuera.

–Te has perdido la reunión con Vanmir Strivers.

–Hablé ayer con Vanmir para darle mi opinión respecto a nuestro interés de expandirnos por Australasia. Le hice saber que esta mañana estaría fuera. También le dejé un mensaje a tu secretaria por si tú me buscabas.

–Y luego apagaste el móvil –Garret suspiró y sacudió la cabeza–. Esta reunión era muy importante. No me interesan tus excusas.

Mitch se cruzó de brazos.

–¿Por qué crees que necesito ponerte excusas?

–Estás evitando contestar mi pregunta.

Mitch mantuvo el tono de voz calmado.

–No es asunto tuyo dónde haya estado.

–Te equivocas.

Mitch dejó caer los brazos.

–Y estás sentado en mi silla.

Garret suavizó su rígida expresión.

–Tu trayectoria es ejemplar. Estoy dispuesto a pasar por alto estos dos últimos días, pero por Dios, Mitch, yo también fui joven una vez. Conozco las señales. Has escogido el peor momento para enamorarte.

Mitch soltó una carcajada. No estaba enamorado.

–No soy un adolescente. Soy un hábil hombre de negocios que ha dirigido esta empresa con sumo éxito.

–Como quieras, pero todavía no has llegado a la meta. Debo tener la conciencia muy tranquila cuando te entregue la presidencia.

Mitch apoyó los nudillos sobre la madera y se inclinó sobre el escritorio.

–¿Qué es eso, Garret? ¿Una amenaza? ¿Ahora vas a cernir esa miserable cláusula del testamento de mi padre sobre mi cabeza?

Era un hombre de conciencia como Garret, un hombre de honor como él, pero qué diablos, también merecía tener su vida. Tomaba decisiones por todos los demás, así que sin duda podría tomar también las suyas.

Garrett alzó una mano.

–Hijo, entiendo la presión…

Mitch no quería escuchar, así que cerró los ojos y se concentró en recuperar la compostura. Cuando lo consiguió, estiró la espalda, dejó escapar un suspiro y rodeó el escritorio.

–Tengo trabajo que hacer.

Garret le observó antes de ponerse de pie.

–Mi esposa enfermó anoche. Está en el hospital. Los médicos creen que ha tenido una serie de pequeños ataques. Necesito cancelar mi reunión de Melbourne de esta semana. Me gustaría que fueras tú en mi lugar.

Mitch parpadeó varias veces para absorber cada nueva noticia. Se sentía como una basura. Dejó caer los hombros.

–Lo siento, Garret –se rascó la frente–. Ve con tu esposa. Yo me ocuparé de lo de Melbourne.

Garret movió la boca, tal vez para darle las gracias,

pero se limitó a ponerle una mano a Mitch en el hombro.

—No olvides nunca que creo en ti, hijo. Sé que harás lo que tengas que hacer.

Cerró la puerta tras él.

Mitch paseó durante diez minutos arriba y abajo por su despacho. Garret tenía buena intención. Por supuesto que iría a Melbourne; el hombre necesitaba estar cerca de su esposa. Pero Garret tenía que entender que Mitch Stuart ya no era un niño desde hacía mucho tiempo. Si por primera vez en su vida no estaba actuando como tenía acostumbrados a todos, ¿cuál era el problema? Había sido un adulto desde los quince años, cuando se convirtió en cabeza de familia. Ahora merecía un poco de libertad, qué diablos.

Miró el retrato que había en la pared. Mitch apretó los puños antes de acercarse y descolgar el retrato de su padre de la pared.

—Lo siento, papá. Ha llegado el momento de hacer las cosas a mi manera.

—Guau.

Aquel sábado por la noche, de pie frente a la mirada de admiración de Mitch Stuart, Vanessa giró orgullosamente la falda del primer vestido de noche que había tenido en su vida.

No había visto a Mitch desde el martes y se había pasado la tarde en un salón de belleza. Se sentía como la protagonista de la portada de una revista de moda.

Levantó un hombro con gesto coqueto y tímido.

—Entonces, ¿he aprobado?

–Me gustas con pantalones vaqueros, pero… –Mitch se rascó la nuca–. Guau.

Ella soltó una carcajada.

Incluso estando allí, en el umbral del anodino apartamento de su abuela, se sentía como una princesa. Nunca había tenido un vestido como aquella creación tan divina. De los extremos del delicado body en forma de concha salían unos finísimos tirantes. La vaporosa falda, ajustada a la cintura, se le pegaba al cuerpo hasta que se movía. Entonces la seda color agua flotaba como si fueran las olas de un mar brillante, tal como había señalado la encargada de la tienda.

Había costado muy caro, y Vanessa no se arrepentía en absoluto.

Sin embargo, le flaqueó la sonrisa cuando Mitch miró detrás de ella. Su apartamento era pequeño y carecía de personalidad, no tenía ninguna gracia. Pero Vanessa siempre lo había visto como un lugar temporal, un sitio donde dormir. Se pasaba la mayor parte del tiempo allí donde se encontraba más cómoda: en su tienda. El lugar al que llamaba hogar.

–No hace falta que entres –se apresuró a decirle–. Recogeré mis cosas y nos iremos.

Se dio la vuelta para agarrar el bolso del mueble del recibidor.

–No hay prisa. Mi chófer puede esperar.

–¿Chófer? ¿Significa eso que vamos a ir en limusina?

Vanessa volvió a darse la vuelta. Al haber más distancia entre ellos, el efecto total de su extraordinaria presencia la dejó sin respiración. Llevaba puesto un esmoquin clásico diseñado para marcar su perfecta figura masculina. La corbata negra le sentaba muy bien. No podía ser de otra manera. Había nacido para llevar trajes de Armani con absoluta naturalidad y con gran estilo.

Se fijó en su pelo. ¿Lo había peinado de forma diferente o simplemente le había crecido? Los mechones le rozaban ligeramente la clavícula. Estaba deseando pasarle los dedos para revolvérselo un poco.

Vanessa sonrió.

Para revolvérselo mucho, en realidad.

Aquella separación de cinco días y cuatro noches había sido una agonía. Sintió una gran desilusión cuando él la llamó para decirle que tenía que volar inmediatamente hacia Melbourne. Al mirar atrás, pensó en lo austera que había sido su vida antes de conocerle.

Mitch sonrió y le ofreció el brazo.

Ella cruzó el umbral y se unió feliz a él para descender los dos escalones sin pintar. Pero Mitch se lo impidió estrechándola entre sus brazos y besándola apasionadamente a modo de bienvenida.

A Vanessa se le nublaron los sentidos.

Oh, sí, recordaba aquella sensación…

Con los ojos todavía cerrados, Mitch la soltó, gimió y fingió un escalofrío para salir del trance. Sonrió satisfecho.

–¿De qué estábamos hablando?

Vanessa, que se sentía más ligera que el aire, le tomó el brazo.

–De tu chófer.

–Ah, sí. La verdad es que esta noche tenemos una limusina –respondió bajando los escalones–. A mi amigo le gusta que sus invitados representen un papel.

–Es una fiesta solidaria, ¿verdad?

Mitch asintió con la cabeza.

–¿Para qué recauda fondos tu amigo?

–En esta fiesta anual recoge fondos para apoyar a emprendedores con problemas –alzó una ceja–. El evento perfecto para ti.

Mientras la acompañaba por la maltrecha entrada de cemento, Vanessa vio de reojo a la señora Micheljon con los rulos puestos mirando a través de la persiana de la cocina. Ante la curiosidad de su casera tuvo un momento de duda. La pequeña y pueblerina Vanessa Craig vestida de gala. ¿A quién estaba tratando de engañar?

Pero entonces recordó lo especial que se sentía en su vestido de noche caminando al lado de aquel hombre tan increíble. Alzó la barbilla y apretó con más fuerza su brazo.

–Yo hago una generosa donación todos los años –estaba diciendo Mitch mientras se dirigían hacia la reluciente limusina. Un chófer completamente uniformado esperaba al lado de la puerta de atrás–. Pero la organización y la distribución de fondos corren a cargo de Thomas.

El bigote del chófer se movió cuando le sonrió a Vanessa y abrió la puerta. Sintiéndose como la Cenicienta, se acomodó en el lujoso asiento de cuero en el que había incluso un cubo brillante de champán y dos copas.

Mitch se sentó a su lado y agarró el cubo. Vanessa estaba diciéndole que no con la mano cuando él sacó una botella… de su marca favorita de limonada.

Ella se rió y sintió que se le aceleraba el corazón.

Había pensado en todo.

Antes de que la limusina se pusiera en marcha, le sirvió y alzó su copa.

–Por mi preciosa compañera.

Vanessa entrechocó su copa con la suya.

–Y por mi guapo acompañante.

Mientras bebía las dulces burbujas, recordó que el cheque de McKenzie había sido autorizado el día anterior. Ahora era el momento perfecto para contarle a Mitch la noticia. No recordaba haber estado nunca tan emocionada. Tan orgullosa. Tan nerviosa. ¿Cómo se tomaría el hecho de que fuera millonaria?

Dejó la copa y se aclaró la garganta.

–Mitch, hay algo que tengo que decirte.

–Déjame adivinar. Te has gastado demasiado en el vestido. No te preocupes –sus ojos azules brillaron por encima del borde de la copa–. Lamento no haber podido acompañarte de compras, pero dime cuánto te debo por el vestido. Costara lo que costara, lo vale.

Vanessa bajó la vista y deslizó la palma de la mano por la falda de seda. Sabía que Mitch sólo estaba cumpliendo su palabra, que tenía buena intención, pero hubo algo en su proposición que ahora le hizo sentirse incómoda.

–Me alegro de que te guste, pero no quiero tu dinero.

Mitch dejó su copa.

–Si es por la tienda –continuó–, a principios de la semana estuve viendo algunos locales.

–¿Locales?

Ahora que tenía sus propios fondos, la intención de Vanessa era quedarse donde estaba. Lo que más sangraba sus finanzas era el alquiler. Si compraba el local podría dirigir todas las ganancias hacia la tienda. Incluso se había dejado llevar por el sueño de comprar toda la calle. Pero siendo realista, sería más que suficiente con poder mantener el lugar del que conservaba tantos recuerdos felices. Gracias a la tía McKenzie, ahora parecía posible.

—Los locales son algo más pequeños —continuó Mitch.

Ella respondió automáticamente.

—¿Cuánto más pequeños?

—Algo menos de la mitad de lo que tienes ahora. Y no hay cuarto de atrás —aseguró con calma pero con firmeza—. En cualquier caso, no es realmente necesario.

Vanessa estaba estupefacta.

Mitch se giró en ángulo en el asiento para poder mirarla mejor.

—Los dos locales que he seleccionado están en un barrio estupendo. Mucha gente con mucho dinero para gastar en lo mejor.

Ella sintió una punzada en el estómago. Le gustaba donde estaba.

Aunque no quería parecer desagradecida, la desilusión le salió en forma de ironía.

—Mitch, si yo voy a ser la responsable del crédito, ¿no debería tener algo que decir?

La limusina ralentizó la marcha y se detuvo. Mitch, concentrado en ello, apenas escuchó la pregunta. Vanessa miró por la ventanilla tintada. ¿Dónde estaban?

La puerta se abrió y un hombre alto, atractivo, de nariz recta y ojos oscuros se asomó al interior.

—Mitchell Stuart Esquire, ¿cómo diablos estás?

Mitch se bajó y se dieron un abrazo en la acera antes de que se girara para ayudar a Vanessa a bajar.

–Thomas, ésta es Vanessa Craig.

–Tu exquisita acompañante esta noche –Thomas le besó la mano con parsimonia–. Es un placer. Llevas un vestido precioso.

Mitch le guiñó el ojo a Vanessa.

Thomas señaló con un gesto las largas escaleras que había detrás de ellos y que llevaban a una gran sala. Las columnas griegas, las gigantescas macetas de mármol y el cuidado jardín enmarcaban el edificio como un cuadro.

–Entrad y relacionaos –dijo Thomas–. Hay champán. Y también canapés. Luego habrá baile. Espero que os quedéis a los fuegos artificiales.

Llegó otra limusina y Thomas saludó a sus ocupantes.

–Me encantan estas noches.

Cuando Thomas se marchó, Mitch agarró el brazo de Vanessa y la acompañó hacia los escalones.

–Sí –reconoció–. Thomas es gay.

Ella inclinó la cabeza.

–Es encantador.

–Y tiene una gran cabeza para los negocios. Si no estuviera tan liado con el banco, me gustaría trabajar en algo con él.

Una vez dentro se les acercó una pareja, un amigo de Mitch que trabajaba en un bufete de abogados y su esposa. Luego llegaron un analista informático y un político controvertido. Pronto se unieron varias personas más.

Lo que Vanessa lograba entender de la conversación le resultaba estimulante, pero cuando le pidieron su opinión sobre la actual moda parisina y sobre la economía mundial no supo qué contestar. Mitch estaba cerca de ella y debía de pensar que lo estaba pasando muy bien. Pero parecía como si todos se conocieran muy bien los unos a los otros y hablaran un idioma que sólo ellos entendían.

Tras un par de horas empezaron a dolerle los músculos de sonreír. Resultaba estúpido, pero tenía nostalgia. Se preguntaba cómo estarían los gatitos, sobre todo Roger, el pequeño gris atigrado. Cuando movió los dedos de los pies y le dolieron tanto que se estremeció, tiró a Mitch de la manga.

—¿Me disculpas un momento?

Él frunció el ceño.

—¿Ocurre algo?

—No —mintió Vanessa—. Quiero ir a empolvarme la nariz.

Mitch le dio un beso en la mejilla cerca de la boca y retomó la conversación.

Vanessa se sentía fuera de la burbuja, a la deriva, y se acercó al balcón. Necesitaba aire. Más que eso, necesitaba quitarse aquellos tacones de cinco centímetros.

En ocasiones se sentía tan a gusto con Mitch, y sin embargo allí, en su mundo, se sentía una extraña. Le había sucedido lo mismo en casa de su madre. Estaba fuera de contexto. Era una intrusa.

Desde el balcón miró hacia el brillante puerto oscuro, que bailaba con los colores que reflejaban las luces de la ciudad. Vanessa se agachó y se quitó un zapato y luego otro, gimiendo al mover los dedos liberados.

Había confiado e incluso se había llegado a convencer a sí misma de que Mitch disfrutaba de su compañía, pero ¿a quién estaba tratando de engañar?

Debería estar con una mujer que conociera y amara aquel lenguaje, los matices y el oropel del glamour.

Mitch se lo había confirmado aquella primera noche, cuando rompió su tarjeta de visita en dos. No había querido que una persona como ella, que pertenecía al tipo de personas sencillas que vivían al día, violara su mundo. Pero Mitch había vuelto a besarla en casa de su madre y ella se sintió transportada, con deseos de creer…

Cuando una mano caliente se posó sobre su hombro, Vanessa dio un respingo, se dio la vuelta y contuvo el alocado latido de su corazón.

–Mitch, eres tú.

Sus ojos brillaron cuando sonrió.

–Así que aquí es donde tenías que ir.

Vanessa dejó escapar un suspiro de culpabilidad y no se molestó en esconder los zapatos que tenía en la mano.

–La vista es preciosa.

Él le sostuvo la mirada.

–Sí, lo es.

A ella se le encogieron los músculos del estómago. Oh, Dios, aquello debía de tratarse de un sueño. Mitch era un sueño. En el momento en que se atreviera a pensar de otra forma se despertaría y descubriría que los millonarios guapos no habitaban en su mundo. Al menos no a largo plazo.

Mitch le pasó las manos por los brazos.

–Estás temblando –le tomó la mano y se giró hacia las puertas del balcón–. Vamos a entrar.

Ella se mordió el labio pero lo dijo de todas formas.

–¿Podemos quedarnos aquí un poco más?

Mitch se dio la vuelta y le buscó los ojos.

–Entonces te ayudaré a entrar en calor.

La atrajo hacia sí y comenzó a moverse suavemente al ritmo de la música que se filtraba desde el salón de baile. Vanessa sintió que podría desmayarse. Era su primer baile.

Con la mejilla apoyada en su sien, Mitch aspiró con fuerza el aire y la atrajo más todavía hacia sí.

–Mm, ese champú de perro funciona muy bien conmigo.

Ella dejó escapar una risa.

–Ya ves, eres muy fácil de complacer –pero su voz sonaba muy convincente cuando lo dijo esta vez.

Mitch la besó en la coronilla.

–¿Quieres irte?

Vanessa gruñó para sus adentros. Maldición, por muy fuera de lugar que se sintiera tenía que volver a entrar. No podía arruinarle la noche.

–No, no –le aseguró–. Estoy bien.

Mitch la miró a los ojos y entonces dijo con más firmeza todavía:

–Nos vamos.

Vanessa vaciló pero finalmente cedió. Ya sabía que nunca sería una buena jugadora de póquer.

Se despidieron de Thomas y de algunos invitados más y volvieron a ocupar sus asientos en la parte posterior de la limusina. Cuando el vehículo se puso en marcha, Mitch le dedicó toda su atención.

–Antes nos han interrumpido, ¿qué querías decirme?

Vanessa estiró la espalda y se lanzó de cabeza. Cuanto antes lo soltara, mejor.

–Conoces a mi tía McKenzie, ¿verdad?

Él torció el gesto.

–No me digas que ha encontrado más gatos.

Vanessa se rió nerviosa.

–No. Ha vendido su propiedad y también un cuadro que pertenecía a su abuelo. Ha conseguido una suma importante.

Mitch sonrió.

–Eso es estupendo.

–Quiere que yo reciba ese dinero.

–¿Todo?

–Sólo el del cuadro.

Mitch asintió despacio.

–Entiendo. ¿De cuánto estamos hablando?

–Cuatro veces la suma del crédito que me has concedido.

Transcurrido un instante, Mitch apretó las mandíbulas.

–¿Cuándo supiste esto?

–La noche que conociste a McKenzie.

Él la miró como si no terminara de creérselo.

–¿Y no me dijiste nada?

La explicación le surgió de manera precipitada.

–Al principio no terminaba de creérmelo. Era un cheque personal. Me preguntaba si sería válido. Luego me contaste lo de crédito aprobado cuando estaba todavía medio dormida y saliste de viaje aquel día. El cheque ha sido ingresado ayer y quería contártelo en persona, así que… bueno… –Vanessa se encogió de hombros aunque estaba sin aliento–. Te lo cuento ahora.

Al ver que Mitch se limitaba a asentir, continuó:

–Quiero cancelar el crédito –se le abrieron las fosas nasales–. Sé que habrá unos gastos –se apresuró a añadir–. Estoy dispuesta a pagar lo que haga falta.

El rostro de Mitch se endureció.

–¿Crees que eso me importa?

Apartó los ojos de ella, como si estuviera pensando en algo.

Vanessa frunció el ceño.

–Entonces, ¿qué es lo que te molesta?

–Nada –él apretó los labios.

–Mitch, ¿qué es lo que no me estás contando?

–Nada serio. Nada importante.

Vanessa tenía un mal presentimiento. No descansaría hasta saber de qué se trataba.

–Por favor…

A Mitch le latió el pulso en el cuello antes de echar los hombros hacia atrás y admitir:

–Firmé como tu avalista.

Aquella afirmación cayó como una piedra al fondo de un pozo. El crédito se había aprobado en un abrir y cerrar de ojos, sin necesidad siquiera de que firmara cuando los demás bancos se lo habían rechazado directamente. Pero ni en sus sueños más locos hubiera pensado que Mitch pondría el dinero por ella. En aquel momento sólo se conocían desde hacía dos días.

Era encantador.

Y también la hacía sentirse ingenua. Engañada. Tal vez incluso comprada.

¿Acaso no le había dicho desde el principio que no quería que la tratara como si necesitara caridad? Nunca había querido sentirse en deuda con nadie. ¿Tenía razón al sentirse herida? ¿Avergonzada?

Comenzaron a arderle el rostro y el cuello.

–Yo era un riesgo. Lo sabía. Pero tú me dejaste creer otra cosa.

Mitch dejó escapar el aire con cansancio.

–Me convertí en tu avalista porque creías en tu futuro.

Un futuro que él consideraba lo suficientemente maleable como para dirigirlo hacia un local diminuto en el barrio más esnob de la ciudad. Mitch no comprendía lo que significaba para ella aquella modesta tienda de mascotas, ni que haría todo lo que estuviera en su mano para quedarse. Aunque, ¿cómo iba a entenderlo? Aunque se hubieran acostado juntos, en realidad no eran más que unos desconocidos. Dos personas con valores diferentes y procedentes de mundos completamente distintos.

Todavía dolida, murmuró:

–Tendrías que habérmelo dicho.

La expresión de Mitch se ensombreció.

–Y tú a mí.

Vanessa experimentó una sensación abrasadora en el centro del cuerpo. Apartó la vista y estiró la espalda. Así que allí estaba el primer crujido, la primera indicación de que Cenicienta había regresado del baile.

Ella había sobrevivido a aquella noche, pero Mitch estaría mejor con alguien más a tono con él. Que se riera con las bromas irónicas. Que conociera el mejor vino. Que no viviera en una casa ruinosa y volara con frecuencia a Hong Kong para ir de compras. Alguien a quien él respetara y no tratara inadvertidamente con condescendencia.

No era más que otro pasatiempo femenino más para él. El millón de dólares que ahora tenía en el banco no podrían cambiar eso.

Resistió el deseo de llevarse las manos a la cabeza, que tanto le estaba doliendo. Necesitaba volver a casa antes de que el vestido se le hiciera jirones.

Guardaron un silencio incómodo hasta que la limusina se detuvo frente al edificio de apartamentos en el que vivía.

Mitch abrió la puerta.

–Entraré contigo.

Vanessa le puso la mano en el muslo y luchó contra el deseo de reaccionar ante su duro calor. No podía mirarle a los ojos si no quería arriesgarse a que se le cayeran las lágrimas.

–Por favor Mitch. No.

Vanessa fue consciente de cómo le subía y le bajaba el pecho. Luego se rascó la barbilla.

Y finalmente asintió.

–Te llamaré mañana.

La dejó pasar y Vanessa bajó a la acera. Escuchó cómo Mitch daba un golpecito en la ventana que separaba a los pasajeros del conductor y luego oyó cómo se cerraba la puerta.

Cuando la limusina se puso en marcha se agarró al bolso para apartar de sí la sensación de que el corazón se le estaba rompiendo.

¿La llamaría mañana?

¿Tendría que haberle dejado entrar?

Si no llamaba, si era tan fácil de desanimar, entonces era mejor que aquello terminara de una vez por todas.

Sintiéndose sin vida, se quitó los zapatos, se levantó el bajo de la falda y recorrió la entrada. Ignoró a la señora Micheljon, que la estaba espiando a través de la ventana. Deseó poder ignorar también el insoportable dolor que le atravesaba las costillas y las lágrimas que le ardían en los ojos.

Había alcanzado los escalones cuando en la quietud de la noche escuchó un ruido cada vez cercano. Era el ronroneo de un coche.

Apretó con más fuerza el bolso y se dio la vuelta a tiempo para ver cómo la limusina se acercaba marcha atrás. Antes de que se detuvieran se abrió la puerta y Mitch saltó a la acera. Se dirigió a la entrada hasta que estuvieron apenas a medio metro de distancia. Entonces la tomó en brazos y sin decir una palabra volvió a ponerse en marcha.

Abrumada y sin palabras, Vanessa hizo un esfuerzo para hablar.

—¿Qué diablos estás haciendo?

Él contestó con tono firme.

—Considérate secuestrada. Vas a venir a casa conmigo.

—Pero Mitch…

Él se detuvo y un beso apasionado silenció sus palabras. A Vanessa se le derritieron los huesos y una deliciosa esperanza volvió a surgir en sus venas cuando la boca de Mitch fue abandonando gradualmente la suya.

Él mantuvo la mirada firme en la de ella.

—¿Qué estabas diciendo?

Vanessa apretó los labios cuando una lágrima de alivio le resbaló por la mejilla.

—No tengo ropa para cambiarme.

Mitch siguió andando.

—No la necesitas.

***

Cuando llegó a su casa, Mitch se dejó caer en una de las sillas del salón y tiró con impaciencia de la pajarita del esmoquin para soltar el nudo. Vanessa estaba delante de él con su reluciente vestido y con expresión insegura. Era como una visión espectacular que sólo algunos hombres afortunados tenían el privilegio de disfrutar.

Se desabrochó el corchete de la pajarita.

¿Lo sabría ella?

Había estado callada durante todo el trayecto hasta allí, igual que él. Ambos iban pensando en los sucesos de la noche que habían alterado su relación. Los dos se habían llevado una sorpresa. Mirándolo con perspectiva estaba claro que los dos tenían que haber compartido con anterioridad lo que habían descubierto aquella noche. Cuando se levantó el muro, Mitch lo derribó rápidamente antes de que un pequeño equívoco tuviera la oportunidad de convertirse en una montaña.

Pero Vanessa tenía un aspecto tan frágil allí delante de él que tuvo que preguntárselo.

—¿Quieres estar aquí?

A ella le brillaron los ojos bajo la suave luz, un reflejo de su exquisito vestido.

—Si no fuera así, lo habría dicho.

—Tal vez no te hubiera escuchado.

Lo había dicho en broma, pero la parte más primaria de Mitch le hizo saber que era cierto. Cada día que pasó en Melbourne le pareció un día perdido. Se las había arreglado para mantener la mente ocupada en el trabajo de nueve a cinco, pero cuando caía la noche se sentía tentado de subirse al primer jet que pudiera y volver a casa.

Y eso era una locura.

Vanessa era una mujer. Una mujer tentadora, hermosa y maravillosa. Pero nada ni nadie había afectado nunca antes el desempeño de su trabajo. Como le había dicho a Garret, no era ningún adolescente. Tal vez estuviera fascinado por ella, pero el trabajo tenía que seguir siendo su prioridad. Había superado el tiempo pensando en esa noche. Unos problemillas relacionados con un crédito no podían arruinar aquel momento.

Se puso de pie. Antes de pronunciar las palabras imaginó el resultado de su propuesta.

–Vanessa, quítate el vestido.

Ella entreabrió los labios y abrió los ojos de par en par. El movimiento de sus senos se hizo más rápido con la respiración. Luego cruzó los brazos sobre el pecho y se bajó los tirantes de seda del vestido. Luego puso las manos atrás y Mitch escuchó el murmullo de la cremallera bajando. La seda se deslizó y dejó al descubierto sus firmes senos de pezones rosados antes de que el vestido cayera a sus pies.

Mitch disfrutó con el corazón latiéndole fuerte en el pecho de aquella gloriosa simetría: los senos perfectos, la cintura estrecha y la sedosa uve que cubría la parte más femenina y sagrada. Se quitó la chaqueta, la arrojó sobre la silla y se acercó a ella. Permitió que su dulce aroma le invadiera, saboreó la anticipación y luego la tomó de la mano para llevarla a su dormitorio.

Con la mano en la suya, a Vanessa le sorprendió que Mitch se detuviera antes de llegar a la cama. Estaban frente a las bandas decorativas del espejo que iba del suelo al techo. Desnuda excepto por las braguitas, permitió que él la girara en sus brazos hasta que estuvo frente a su reflejo y al de su amante, que estaba detrás completamente vestido y con la pajarita colgándole del cuello.

La lenta mirada de Mitch subió por sus piernas y sus caderas acariciándole amorosamente los senos hasta que encontró finalmente sus ojos en el espejo. Vanessa contuvo la respiración y tembló cuando su expresión se hizo más intensa y sus cálidas manos le rodearon la columna del cuello. Sus dedos apretaban ligeramente antes de abrirse y esculpirle los hombros, los brazos, despertando cada centímetro de su piel.

Mitch le deslizó las manos por el abdomen antes de que sus manos se elevaran para medirle los senos. A ella le latió con fuerza el corazón cuando le trazó un seductor círculo en cada excitada aureola. Trató de mantener el contacto visual en el espejo, pero cuando la acarició con más fuerza se rindió al abrumador placer y arqueó el cuello hacia atrás.

Gimió cuando los labios de Mitch se movieron hacia su pelo.

—Di mi nombre.

Ella se arqueó más todavía, tragó saliva y trató de pensar con claridad.

—Mitch —jadeó.

La mano derecha de él se deslizó por la uve de sus braguitas y las apartó a un lado. Con deliberada lentitud introdujo un dedo entre sus pliegues, profundizando en ella antes de volver a subirlo. La atrajo hacia sí e hizo círculos sobre aquel punto ardiente mientras que la otra mano apretaba y pellizcaba. Vanessa ardió en llamas.

Su cálida respiración le calentó la mejilla.

–Dilo otra vez.

Las palabras se le derramaron.

–Mitch… oh, Dios, Mitch, me estás volviendo loca.

–Como tú me volviste loco a mí la semana pasada.

Vanessa consiguió sonreír a través de su creciente delirio.

–Así que ésta es tu venganza.

–Ésta es nuestra recompensa.

Mitch la giró y la besó como si fuera la primera vez antes de llevarla hacia la cama. Cuando estuvo tumbada le quitó las braguitas y luego se desabrochó lentamente la camisa botón a botón.

Luego se unió a ella.

Vanessa le enredó las piernas alrededor de los fuertes muslos, urgiéndole a llevar un poderoso ritmo hasta que cada ángulo de su cuerpo se apretó con fuerza y se estremeció de alivio. Cuando Mitch recuperó el aliento se colocó de costado. Tomando de su cuerpo y de su mente lo que conocía, la meció y la amó hasta que ella también salió disparada de forma deliciosa hacia el abismo.

Capítulo Ocho

A la mañana siguiente, vestida con un traje de seda roja, la señora Stuart descendió por las majestuosas escaleras de su casa y recibió a su hijo con un posesivo abrazo.

–Estás tan guapo como siempre –aseguró antes de girar su atención hacia Vanessa, quien ya sentía picores por la incomodidad.

La señora Stuart extendió la mano. Pero antes de que Vanessa tuviera tiempo de aceptar el rígido gesto, la señora apartó la mano y le agarró las mejillas con entusiasmo.

–¿Estoy escuchando los ladridos de mis pequeños cockapoos? –exclamó la señora Stuart.

Vanessa cerró los ojos y deseó estar lejos. Tras la fiesta y su secuestro de fantasía de la noche anterior se había despertado en una maraña de sábanas en la cama de Mitch. Por la mañana ninguno de los dos había sentido la necesidad de darse prisa.

Tras otra deliciosa hora de «la magia de Mitch», él trató de convencerla para que participara con él en su entrenamiento matinal de gimnasio. Cuando Vanessa protestó le mostró la piscina interior. Allí, en medio del silencio y el olor a cloro, la animó a participar en el arte de los juegos acuáticos… sin traje de baño, por supuesto.

Más tarde en Grande y Pequeño, Vanessa le presentó a la dependienta que había contratado la semana anterior, cuando estuvo segura de que la tienda sobreviviría. Mitch fingió no estar interesado en los rottweiler mientras ella comprobaba cómo estaban los gatitos. Roger era el que maullaba más alto. Había llegado también el criador de los cockapoo. Los cuatro cachorros eran de color rojo pálido, pero cada uno tenía un carácter distinto.

Aunque todo parecía maravilloso por fuera y Vanessa se sentía aliviada de que hubieran superado el bache provocado por el crédito que había presentado Mitch y por su confesión sobre el dinero de la tía McKenzie, la conexión entre Mitch y ella parecía haber cambiado. El modo en que la había mirado aquella mañana cuando se cepillaba el cabello. Cómo observó su mano mientras se la acariciaba momentos después de que hubieran hecho el amor.

La diferencia resultaba casi imperceptible, pero se podía decir que la esencia de lo que habían compartido había sido alterada.

Vanessa se sentía más cercana a él y al mismo tiempo…

Bueno, tal vez se debiera a que tenía que asumir todo lo que había pasado la semana anterior: aceptar que había estado a punto de perder la tienda, conocer a Mitch, recibir aquel dinero de McKenzie y la noche anterior descubrir que Mitch le había ocultado que se había hecho responsable personal del crédito que le había concedido.

No era de extrañar que se sintiera abrumada e hipersensible. Llevarle ahora los cockapoos a la señora Stuart no ayudaba. Vanessa se alegraba por los cachorros, los querrían y los cuidarían bien. Pero estaba deseando marcharse. Estar allí en medio de aquella opulencia y con la arrogancia de la señora Stuart sólo servía para despertar aquella sensación de no encajar que Mitch había conseguido quitarle la noche anterior con sus caricias y sus besos.

Dirigiéndose hacia el coche, Mitch respondió a su madre:

–Los cachorros están en la parte de atrás.

La señora Stuart se colocó las manos debajo de la barbilla cuando Mitch abrió el coche de Vanessa.

–Llevemos uno cada uno, ¿de acuerdo? –se giró hacia la casa y gritó–: ¡Cynthia, ha venido la dama de los perros!

Vanessa se puso tensa.

¿Una coincidencia? Le daba la impresión de que no.

Cynthia bajó corriendo las escaleras. Llevaba un vestido informal color amarillo limón. Al contrario que la vez que se conocieron, esta vez saludó a Vanessa con una sonrisa sincera. Su rubio cabello olía bien y tenía un aspecto limpio. Tampoco había ningún pañuelo a mano.

–Estoy deseando conocer a los nuevos miembros de la familia.

Vanessa contestó con la misma energía positiva.

–Ellos también están deseando conocerte a ti.

Cada uno sacó un paquete del coche. Los cachorros eran unos bultos alegres. Aquello era lo que más le gustaba a Vanessa de su trabajo. Cada vez que encontraba un buen hogar para una de sus mascotas era como si una parte de ella también encontrara un hogar.

Aunque aquel lugar no podría significar nunca eso para ella. Aquella certeza sólo sirvió para volver a despertar en ella la inseguridad. El mundo de Mitch y el suyo no podían ser más diferentes.

Vanessa subió las escaleras con uno de los cachorros en brazos y deseó no estar contando los minutos para escapar. Atravesaron la casa, y Wendle dejó un instante de limpiar al escuchar la risa de Cynthia. El cachorro que llevaba se le estaba subiendo por el escote para lamerle la nariz.

Una vez en la habitación de los perros, Mitch cerró la puerta. Los cuatro bajaron a los cachorros y se retiraron un tanto mientras ellos olfateaban y rodeaban sus camas, cada una de un color diferente.

Cynthia suspiró.

–Gracias, Vanessa. Son preciosos. Ya me siento mil veces mejor.

Cuando la joven se apartó para jugar con dos de los cachorros, la señora Stuart se colocó al lado de Vanessa y le dijo en voz baja:

–Es maravilloso volver a ver sonreír a Cynthia. A veces es difícil superarlo, pero cuando las relaciones son dañinas… –encogió los hombros en gesto de resignación.

Vanessa dio un respingo, tanto por sí misma como por Cynthia, pero la insensible señora Stuart la miró con frialdad.

–Tenemos un asunto que tratar. ¿Me acompañas?

Vanessa miró a Mitch. Estaba jugando con uno de los cachorros, así que aspiró con fuerza el aire para armarse de valor. No necesitaba a Mitch para enfrentarse a aquella mujer. Le había proporcionado un servicio. Si la señora Stuart no la aprobaba desde un punto de vista personal, peor para ella.

Pero si Mitch y ella seguían viéndose…

Vanessa se estremeció.

La idea de tener una suegra como Beatrice Stuart le helaba la sangre.

Cuando llegaron al salón, la señora Stuart frunció los labios en un claro gesto de superioridad.

–Yo tenía razón.

Aunque a Vanessa le latía a toda velocidad el corazón, su rostro era una máscara.

–¿Sobre qué?

–Tienes experiencia –se acercó a una cómoda para sacar lo que parecía ser una chequera–. Estamos encantadas con los cachorros.

Vanessa hizo un esfuerzo por no apartar la mirada.

–Señora Stuart, ¿hay algo que desee decirme?

La otra mujer sonrió.

–Eres muy directa –asintió–. Bien –con el cheque en la mano, se inclinó para aspirar el aroma del jarrón con rosas que había sobre la cómoda–. Ayer recibí la visita de Garret Jeffson, el amigo más íntimo de mi marido y el presidente en funciones de su banco. Se supone que Mitch tiene que tomar las riendas a finales de esta semana. Desgraciadamente, tras su extraño comportamiento de los últimos días, a Garret le preocupa que no esté preparado para asumir un puesto de tanta responsabilidad.

Mientras la señora Stuart sacaba un par de tijeritas de un cajón oculto para cortar las espinas de las rosas, Vanessa asumió la información. Al ver que ella seguía recortando las espinas, Vanessa la presionó.

–Infiero que usted culpa a nuestra relación del… comportamiento de Mitch.

La señora Stuart dirigió su ácida sonrisa hacia su invitada.

–¿Cuándo sugieres que esterilicemos a las hembras? No quiero que ningún perro callejero persiga a mis preciosas niñas. Estoy segura de que el criador lo entenderá.

Vanessa sintió un nudo en la garganta. ¿De dónde se había escapado aquella mujer?

–Mitch no aprobaría esta conversación –aseguró con tirantez.

–Tal vez no hoy, del mismo modo que Cynthia no aprobó que la semana pasada le rompieran el corazón –señaló con las tijeras hacia la otra habitación–. Pero ya ves que ahora se siente mucho mejor. Era lo que había que hacer.

A Vanessa le dio vueltas la cabeza cuando se dio cuenta lenta pero inequívocamente de la verdad. La señora Stuart había considerado que el prometido de Cynthia no era lo suficientemente bueno para su hija, del mismo modo que ella no era lo suficientemente bueno para Mitch.

Compuso una mueca de desagrado.

–Usted pagó al prometido de Cynthia para que la dejara, ¿verdad?

La señora Stuart dejó las tijeras sobre el mueble y se acercó a ella.

–Quiero que mires en tu interior, Vanessa. Quiero que antepongas el bienestar de Mitch a tu propia ambición.

Vanessa abrió la boca, pero la otra mujer siguió hablando.

–Y antes de que me digas que no eres ambiciosa, querida, te diré que toda mujer quiere mejorar. Eso lo entiendo. Lo que me preocupa es que estés intentando conquistar el Everest cuando tal vez deberías conformarte abordando un terreno más cercano a tu casa.

Vanessa soltó una risa amarga.

—Es usted increíble.

Cualquier atisbo de compasión que hubiera sentido por la pérdida de su marido había desaparecido por completo.

—Mi hijo te importa —continuó la señora Stuart ahora con un tono algo suplicante—. Eso puedo verlo. A mí también. Ésa es la auténtica medida del amor —frunció los labios—. Necesita concentrarse de nuevo en el trabajo si no quiere arriesgarse a perder la recompensa que se merece y por la que lleva luchando quince largos años. Querida, supongo que no querrás que se resienta contra ti más tarde por haberte interpuesto en su camino. Y seamos sinceras, ese resentimiento podría surgir la semana que viene mismo.

Vanessa cerró la boca. Odiaba que la señora Stuart le hubiera tocado la fibra sensible. Dos fibras sensibles en realidad. La tía McKenzie le había mostrado la auténtica medida del amor cuando sacrificó a Jim para dedicarse a su sobrina huérfana.

Además, secretamente, estaba esperando a levantarse un día y ver que Mitch había descubierto que sus diferentes orígenes y circunstancias la convertían en un entretenimiento interesante pero la dejaban fuera de cualquier apuesta a largo plazo. Algún día, tal vez incluso la semana siguiente, Mitch le diría adiós.

Como un perro de caza que hubiera olido la sangre, la señora Stuart siguió:

—Por favor, tómate tu tiempo para pensártelo. Para reconocer que Mitch necesita a su lado alguien que comparta su mundo. Que pueda ayudarle con los aspectos sociales, que haya recibido la educación adecuada y se relacione con la gente apropiada.

Vanessa recordó lo fuera de lugar que se había sentido entre aquellas personas ridículamente ricas y famosas.

La señora Stuart estaba asintiendo como si tuviera conexión directa con las dudas calladas de Vanessa. Le tendió el cheque.

Sintiéndose una vez más como una pobre huerfanita pueblerina, Vanessa miró el cheque. Y no dio crédito.

Alzó la vista de golpe.

—Esto es demasiado.

La señora Stuart puso una de sus suaves manos sobre la suya.

—Considéralo una gratificación por el trabajo bien hecho. No creo que vayamos a necesitar tus servicios.

La profunda voz de Mitch interrumpió la pesadilla.

—¿Habéis terminado con las formalidades, señoras?

A la señora Stuart se le iluminó la cara.

—Creo que sí.

Mitch se acercó a Vanessa y, sonriendo, le colocó un mechón de cabello tras la oreja.

—¿Quieres despedirte de los cachorros?

Vanessa sentía la lengua hinchada e inútil dentro de la boca. Tragó saliva dos veces y por fin consiguió hablar.

—No, no. Seguro que estarán bien.

—En ese caso… —Mitch se acercó a darle un beso a su madre en la mejilla—. Te veremos en otro momento. Ve a reunirte con Cynthia. Nunca le había oído reírse tanto.

–¿No os quedáis a comer? –preguntó su madre.

–Hoy no.

La señora Stuart no parecía preocupada.

–Entonces la semana que viene.

Como Vanessa tenía una nueva ayudante ocupándose de la tienda, Mitch sugirió que en el camino de regreso de casa de su madre se pararan a comer en Manly Beach.

Vanessa no tenía ningún apetito, pero se habían saltado el desayuno, así que sabía que Mitch debía de estar hambriento. Con hamburguesas, patatas y refrescos en la mano, encontraron un banco y una mesa al borde de la arena blanca. Vanessa donó la mayor parte de su comida a las gaviotas, que caminaban balanceándose y cada vez eran más. Pero la poca comida que consiguió ingerir, combinada con el aire fresco y salado y el tranquilo cielo azul le ayudó a regenerar el espíritu.

La tía McKenzie solía decir: «Cree en ti mismo y rodéate de gente que también crea».

Tras la noche anterior estaba dispuesta a concederle a Mitch el beneficio de la duda. Parecía que sus intenciones hacia ella iban más allá del «aquí y ahora». Las venenosas palabras de la señora Stuart habían erosionado aquella certeza. Sentada ahora al lado de Mitch, Vanessa sólo estaba segura de una cosa.

Daba igual el tiempo que Mitch y ella salieran juntos, no quería volver a ver a su madre. No era una cuestión de cobardía o de obstinación, sino de defensa propia. No necesitaba a algunas personas ni a sus prejuicios en su vida.

Y sin embargo, una voz interior insistía en señalar que algunos de los argumentos de Beatrice Stuart tenían sentido. A Vanessa le importaba Mitch. Quería lo mejor para él. Pero ¿sería ella lo mejor para él?

¿O se trataba solamente de un pasatiempo que podía poner en peligro su futuro?

Vanessa se llevó la mano a la sien. Estaba cansada de pensar y repensar. Si volvía a hablar con Mitch respecto a aquella segunda conversación a solas con su madre, parecería una llorona. O incluso una manipuladora.

Mitch no necesitaba más problemas.

Tal vez la señora Stuart la considerara una arribista. No necesitaba dignificar aquel insulto dándole voz al compartirlo con Mitch. Estaba allí con su maravilloso amante en un glorioso día de primavera. E iba a disfrutar de ello.

Arrojó la última patata a una gaviota chillona y aspiró con fuerza el aire.

—¿No está precioso el mar?

Mitch terminó su refresco.

—Yo estaba pensando lo mismo —le dio un codazo—. ¿Quieres ir a darte un baño?

Ella sonrió.

—No hemos traído bañador.

—Eso no fue un impedimento esta mañana.

—Pero ahora estamos en público.

—Tienes razón —Mitch le deslizó la mano por la pierna bajo la falda—. Volvamos a mi casa y te enseñaré a tirarte en bomba.

Vanessa le agarró la mano y la subió un poco más.

—Suena un poco brusco… pero divertido —aseguró torciendo la boca.

—La diversión viene cuando estamos los dos debajo del agua.

Mitch se acercó más y su boca fría por el refresco encontró su esternón.

–¿Cuánto tiempo puedes contener la respiración?

–¿Eres rápido corriendo? –Vanessa se puso de pie de un salto–. Vamos a la playa.

Quería correr lo más rápidamente posible, algo que no le sucedía con frecuencia. De hecho no le había sucedido nunca antes. Sentía la imperiosa necesidad de salir corriendo.

Visiblemente complacido, Mitch se inclinó y se quitó los mocasines. Ella se sacó las sandalias y salió disparada hacia la suave y cálida arena.

–¡Eh! –exclamó Mitch–. ¡Espérame!

Vanessa se dio la vuelta sin dejar de trotar y canturreó:

–No me pillas.

–Claro que sí –contestó él acelerando.

Vanessa gritó cuando se lanzó hacia ella levantando arena mientras corría por la limpia franja de playa. Cuando estaba casi encima de ella logró esquivarle y giró hacia las azuladas aguas del mar.

–Lo siento, pero creí que estaba en forma –aseguró ella riéndose.

–¿Sabes lo que pienso? –preguntó Mitch entornando los ojos–. Creo que quieres mojarte.

Se dirigió hacia ella con un brillo amenazador en los ojos. Vanessa alzó las manos y trató de hacerle razonar.

–Escúchame Mitch, no tenemos ropa para cambiarnos.

–Siempre estás con el tema de la ropa –respondió él con una sonrisa despreocupada y sexy.

Vanessa bajó la vista. El agua fría le rodeaba los tobillos.

–Aquí hace frío.

–Resultará vigorizante.

–Me rindo –afirmó ella alzando más todavía las manos.

–Demasiado tarde –respondió Mitch abalanzándose sobre ella.

Ambos cayeron riéndose al mismo tiempo que una ola chocaba contra ellos. Vanessa no supo cómo, pero Mitch encontró sus labios en aquella poderosa descarga de espuma. Lo único que sabía era que Mitch tenía razón. Resultaba vigorizante.

Y ella estaba enamorada.

Cuando volvieron a la tienda, Mitch y ella estaban más húmedos que empapados gracias a unas toallas que había en el maletero del coche. Y Vanessa seguía llena de optimismo. No pensaría en madres desagradables. Se concentraría en los días venideros, en las horas y los minutos que iba a pasar con el hombre que adoraba.

¿Sería demasiado absurdo pensar, confiar en que él también se hubiera enamorado?

Era un hombre adulto; podía y debía tomar sus propias decisiones al igual que ella. Y habían decidido estar juntos. Querían compartir el mar, la risa, y…

–Se ha vendido el último de los rottweiler, señorita Craig.

Vanessa se detuvo en seco a mitad de camino hacia el mostrador.

–Lucy, puedes llamarme Vanessa, ¿recuerdas?

Miró de reojo a Mitch chapoteando mientras cruzaba la tienda con manchas oscuras de humedad en los pantalones y el oscuro cabello a medio secar. Se detuvo al lado de la jaula abierta en la que estaba el último cachorro.

–Pero el macho sigue aquí –dijo Vanessa girándose hacia Lucy y bajando el tono de voz.

Lucy se inclinó hacia delante e imitó con inocencia el tono conspirador de su jefa.

–Vino un hombre y dejó un depósito. Dijo que volvería dentro de dos semanas para recoger el cachorro. Es el regalo de cumpleaños de su hijo.

Mitch, que ya había llegado hasta ellas, le puso las manos a Vanessa sobre los hombros sin sospechar nada.

–¿Qué pasa?

Vanessa no iba a decir nada cuando Lucy anunció:

–Estaba diciendo que el último de los rottweiler se marcha. El hombre que pagó la reserva tenía una mirada muy amable. El cachorro quería irse con él ya. Dijo que había hablado con usted antes, señorita Craig.

Vanessa, que seguía dándole la espalda a Mitch, cerró los ojos y sintió cómo se le encogía el estómago.

–Ah, sí. Ahora me acuerdo.

Mitch le apartó las manos de los hombros.

–Bueno, supongo que el muchacho ha encontrado el hogar adecuado.

Vanessa se dio la vuelta con temor a ver su expresión. Se conocían desde hacía sólo una semana; ¿tenía derecho a pensar que le había cambiado en tan poco tiempo? ¿Estaría contemplando o incluso deseando tener ruido y alboroto?

¿Estaría preparado para algo más?

–Lo siento, Mitch –dijo apretándole la mano.

–Estoy bien. Perfectamente –aseguró él.

Pero la sonrisa no le alcanzó a los ojos.

–También llamó una dama –continuó Lucy leyendo el mensaje que había escrito–. Beatrice Stuart. Dijo que los cockapoos están muy bien.

Vanessa deseó taparse los oídos, no por la noticia de los cachorros, sino para no escuchar aquel nombre.

–Gracias, Lucy.

–También dejó un mensaje para alguien llamado Mitchell –Lucy alzó sus ojos de gacela hacia Mitch–. Es usted, ¿verdad?

–La llamaré mañana –afirmó él con aquella sonrisa poco convincente.

–Pero la dama dijo que es urgente –insistió Lucy–. El señor Jeffson ha convocado una reunión para hablar de la presidencia y de Australasia. No ha conseguido localizarle a usted hoy. Tiene que estar en la oficina a las siete en punto de la mañana…

–Entendido –la interrumpió Mitch–. Estupendo. Gracias –tenía el rostro tenso cuando señaló hacia el cuarto trasero y le dijo a Vanessa–: Me muero por un café, ¿y tú?

Una vez allí, Vanessa se quitó el vestido mientras Mitch, preocupado, preparaba el agua y luego miraba distraídamente por la ventana que daba al muro de ladrillo del callejón. Vanessa sacó dos toallas y le tendió una a él. Ella se secó el pelo y se dirigió al armario para sacar ropa nueva. Encontró los vaqueros que había dejado a principios de semana, ropa interior limpia y una camiseta. Entró en el aseo y habló con Mitch a través de la puerta abierta.

–El mensaje de tu madre suena muy serio.

Vanessa imaginó que se habría encogido de hombros. Entonces escuchó el tintineo de una cucharilla mientras él preparaba el café instantáneo.

Se puso la ropa interior y la camiseta y asomó con curiosidad la cabeza por la puerta. Lo vio mirando por la ventana revolviendo distraídamente una de las dos tazas con la cucharilla.

—Vas a ir a esa reunión, ¿verdad?

—He estado en contacto con Garret varias veces durante la última semana —respondió Mitch echando hacia atrás los hombros—. Está un poco alterado, quiere dejar clara su postura.

—¿Respecto a que tengas vida personal? —aventuró consciente de que a la señora Stuart le encantaría saber que se sentía responsable.

Mitch gruñó.

—Y en cuanto a mi madre, mira que dejar aquí ese mensaje... —arrojó la cuchara al fregadero—. Ya soy mayor para que me digan lo que tengo que hacer —le dio un sorbo al café, frunció el ceño y arrojó el resto por el desagüe—. Dios, odio el café instantáneo.

Vanessa recordó la máquina de café de un millón de dólares que había en la mansión de su madre y sintió un nudo en el estómago mientras se ponía los vaqueros.

—Sólo es una semana más. Tal vez deberías... —se detuvo cuando su mirada se cruzó con la suya. Mitch no sonreía.

—Puedo manejar esto, Vanessa. Conozco a ese hombre de toda la vida —se acercó a ella y le puso las manos en las caderas y suavizó el tono de voz—. No te preocupes. Esto no tiene nada que ver contigo.

Qué equivocado estaba.

Mitch le dio un beso que apenas duró unos segundos.

—Tengo que ir a quitarme estos pantalones —apoyó la

frente contra la suya y le sostuvo la mirada–. Ven luego a mi casa. Yo me ocupo de la cena. ¿Qué te apetece?

–¿Tal vez tailandés? –preguntó ella sonriendo sin muchas ganas.

–Excelente –respondió Mitch moviéndole las caderas.

Cuando se hubo marchado, las palabras de la señora Stuart reverberaron en la mente de Vanessa.

«Necesita concentrarse de nuevo en el trabajo si no quiere arriesgarse a perder la recompensa que se merece y por la que lleva luchando quince largos años. Querida, supongo que no querrás que se resienta contra ti más tarde por haberte interpuesto en su camino».

Vanessa se acercó a los gatitos y agarró al pequeño Roger. Por muy mal que le cayera Beatrice Stuart, tenían una cosa en común. Ambas deseaban lo mejor para Mitch. Pero aunque ella pensara que Mitch y ella tenían derecho a vivir su momento, había algo muy claro.

Era una distracción. Una distracción potencialmente peligrosa.

Garret Jeffson había cernido durante años un bastón sobre la cabeza de Mitch en el que se leía: *La letra con sangre entra*. Al parecer, la semana pasada ella había despertado un conato de rebelión en Mitch que no podía pasarse por alto aunque él supiera que no tendría consecuencias. Pero Vanessa tenía la capacidad de impedir que aquella guerra de voluntades empeorara. Si Mitch se mantenía en sus trece y se negaba a jugar como su madre y Garret querían, ¿qué le impediría a Garret impedirle el acceso a la presidencia del banco indefinidamente?

Tal vez Mitch terminara mandándoles a todos a paseo. Y si ella había sido realmente la catalizadora, ¿cómo podría vivir con ello?

Vanessa apoyó la mejilla en la cabecita de Roger, miró en su interior y supo qué tenía que hacer.

Capítulo Nueve

–Vaya, esto sí es toda una sorpresa.

Mitch sonrió cuando una hora más tarde Vanessa cruzó el umbral. Pantalones vaqueros, camiseta y el cabello rubio, suelto y brillante, el rostro sin más maquillaje que su brillo natural. Se sintió transportado a aquella primera noche de hacía sólo una semana, una semana inolvidable que le había cambiado la vida. Vanessa era tan diferente a todas las mujeres con las que había salido. Aquella noche estaba más tentadora que nunca.

Mitch se tocó la oreja. Si Lucy, la nueva dependienta, iba a estar al día siguiente en la tienda, tal vez podrían quedarse durmiendo.

Mitch dio un respingo. Estaba el asunto de la reunión. Si la mujer de Garret no estuviera enferma, no vacilaría en pensar que sólo la había programado para ver si él saltaba. Y cuanto más tiraba Garret de la cuerda, menos ganas tenía él de jugar.

Habría gente que lo consideraría obstinación, pero para Mitch era dejar clara su posición aunque el momento no fuera el más oportuno.

–He comprado algunas provisiones –Vanessa alzó una bolsa verde.

–No tenías por qué. He encargado comida tailandesa.

–Adivina qué. Voy a cocinar –Mitch alzó las cejas cuando pasó por delante de él–. Espero que te gusten las hamburguesas de soja.

–La verdad es que la mía la prefiero con ketchup –dijo él cerrando la puerta.

Vanessa se dio la vuelta y le dio un toquecito en la nariz.

–Respuesta incorrecta.

Mitch la siguió a la cocina y le rodeó la estrecha cintura con los brazos, besándole el cuello mientras ella abría la bolsa. Él le dio la vuelta y la abrazó para hacerle saber cuánto la había echado de menos.

–Puedes cocinar mañana si quieres –murmuró–. Ya he encargado la cena al mejor restaurante tailandés de la ciudad.

Vanessa se mordió el labio inferior. Parecía algo enfurruñada.

–¿Puedo decir que estoy un poco cansada de la comida para llevar?

Mitch parpadeó varias veces. Lo único que se le ocurrió decir fue:

–Entiendo.

En aquel momento sonó el timbre. Mitch se pasó la mano por el cabello y se dirigió a la puerta para abrir al mensajero que traía la comida.

Cenaron en la mesa del comedor, con Kami expulsando burbujas y mirándoles. Mitch sólo abrió la boca para comer porque Vanessa no paraba de hablar.

Se le pasó por la cabeza la idea de que tal vez le estuviera gastando una broma. Aunque en realidad estaba encantado de escuchar su voz aunque siguiera hablando toda la noche.

Su deseo se cumplió.

Ella siguió hablando después de la cena. Sobre las once Mitch decidió que podría continuar con su monólogo en otra parte de la casa.

Se puso de pie y le tendió la mano. Ella se la tomó con gesto inseguro.

–Vamos a dar un paseo.

Cuando la incorporó, Vanessa miró el reloj y exclamó:

–Oh, Dios mío, qué tarde es. Los dos tenemos mañana días muy ocupados. Tal vez deberíamos…

Mitch la acalló con un beso. Cuando ella se relajó la tomó en brazos y no dejó de besarla hasta que hubieron cruzado el gimnasio y llegado al extremo de la piscina interior.

Sus bocas se separaron suavemente.

–¿Dónde estamos? –preguntó Vanessa abriendo los ojos con un suspiro–. Huele a cloro.

–¿Recuerdas la clase de lanzamiento en bomba que te prometí?

–Mitch, no… –protestó ella horrorizada.

Él la lanzó al agua, esperó a oír la zambullida y luego se lanzó también en bomba.

Mitch durmió como un tronco y se despertó sobresaltado cuando Vanessa le zarandeó el hombro antes de levantarse de la cama e irse a cepillar los dientes.

Él se incorporó sobre un hombro y se frotó la cara.

Tras la zambullida de la noche anterior se metieron en la cama. ¿Estaría tomando Vanessa esteroides? En caso afirmativo, ¿por qué no volvía y compartía con él un poco más de esa energía? Mitch soñó despierto con los placeres ilimitados del sexo matinal…

Los primeros rayos de sol filtrándose a través de las persianas y los pajaritos cantando a lo lejos mientras ellos se daban placer el uno al otro de frente con ella arriba, su postura favorita.

Pero hubo algo en el frenético cepillado de Vanessa en el baño le hizo saber que aquello no estaba en las cartas del día. Un instante después salió del baño y escogió una camisa y una corbata de su armario. Mitch frunció el ceño y se incorporó un poco más.

Aquello era muy extraño.

–Deja eso. No eres mi madre.

Ya vestida, ella se dio la vuelta con un par de calcetines en cada mano.

–Oh, eso ya lo sé.

–Vanessa, ¿qué ocurre?

Ella adquirió una expresión casi ofendida. Pero estaba actuando como una esposa. Y él no quería una esposa ni una cocinera. Quería una amante. Quería a su Vanessa.

–Tengo que irme muy pronto hoy –dijo ella dejando los calcetines sobre la cómoda–. Hoy llegan unos rottweiler nuevos. Me preguntaba si podrías venir a la tienda sobre las nueve y ayudarme a preparar un par de ellos para un importante cliente que vive fuera de la ciudad. Ayer fuiste de gran ayuda con los cockapoos.

A Mitch se le congeló el aire en los pulmones. En lo único en que podía pensar era en qué le pasaba. Las palabras le salieron entre dientes.

–Ayer era domingo. Hoy es día laboral.

Cuando él apartó las sábanas, Vanessa colocó las manos entrelazadas bajo la barbilla.

–Oh, Mitch, lo siento. Ha sido una estupidez por mi parte.

Se acercó a ella sin ponerse el albornoz sin poder evitar desear que ella estuviera también desnuda. Olvidando la irritación le deslizó los nudillos por la mejilla.

–No te preocupes.

Ella sonrió, satisfecha de que le hubiera perdonado.

–Tal vez podrías venir por la tarde entonces. A las cuatro estaría bien. Y a las tres mejor.

Mitch dejó caer el brazo y se dirigió al cuarto de baño.

–Hoy tengo reuniones.

–Oh, por supuesto –la escuchó decir detrás de él.

Mitch consultó el reloj mientras se lavaba los dientes. Si Vanessa se marchaba tendría tiempo para entrenar un poco antes de llegar a la oficina a las siete.

Dios, cómo deseaba que terminara aquella semana.

Cuando volvió al dormitorio con una toalla a la cintura, Vanessa estaba en el umbral con expresión de culpabilidad. A Mitch se le encogió el corazón.

Tal vez no fuera más que una mala mañana. Tal vez tenía que despertar, concentrarse en aquella semana antes de fijarse en otras cosas.

Se acercó a ella, le tomó el rostro con la mano y su boca se encontró con la suya. Vanessa tosió un poco y se retiró.

–Lo siento.

Mitch sonrió y trató de volver a besarla, pero ella volvió a toser. Él dio un paso atrás y frunció el ceño. Vanessa se llevó la mano al cuello.

–Me duele un poco la garganta. Se supone que el té es bueno para los catarros. Iré a buscar uno a la tienda.

Se marchó a toda prisa dejándolo allí con aquella sensación extraña, como si se encontrara en la resbaladiza cubierta de un barco que estuviera a punto de hundirse.

Mitch llegó a la oficina cinco minutos antes de las siete. Garret estaba esperándole. La reunión fue bien, sin sorpresas ni sustos. Se habló de los planes de expansión por Australasia y se fijó el viernes para la entrega de la presidencia. Pero Mitch estuvo las dos horas pensando en Vanessa. A las tres de la tarde Mitch llamó a Grande y Pequeño. Fue Lucy quien respondió.

–Vanessa está en la parte de atrás con un té de limón. Voy a avisarla.

Cinco minutos de reloj más tarde, Vanessa graznó al teléfono.

–Hola, Mitch.

–Suenas fatal –dijo él estremeciéndose.

–Creo que he pillado un buen catarro. ¿Te importa si no nos vemos esta noche? –le preguntó tosiendo con fuerza–. Estaba a punto de irme a casa y meterme en la cama.

–¿Quieres que te lleve a casa? –le preguntó Mitch.

–Estás ocupado –comentó Vanessa tosiendo otra vez–. Y yo estoy bien para conducir.

–Te llamaré mañana entonces.

Pero a la mañana siguiente ocurrió lo mismo, aunque Vanessa no fue a la tienda. Al teléfono sonaba como si le hubieran clavado agujas en la garganta.

–Voy a ir a verte –aseguró Mitch.

Ella resopló y luego estornudó.

–Tengo un aspecto horrible. Me siento fatal. Sólo quiero ocultarme en mi cueva hasta que se me pase.

Mitch odiaba ceder. Tenía que hacer algo. Un gran ramo de flores silvestres le parecía un buen plan.

Al día siguiente le dijo:

—Estoy mejor, pero no quiero contagiarte.

Mitch trazó tres líneas rectas en su libreta. No sonaba mejor. Envió un ramo de flores más grande, de rosas esta vez. Cuando pasó el jueves comenzó a reconcomerle el fantasma de la duda. Podría tener tuberculosis o alguna variedad mortal de la gripe aviar. Y entonces otra voz le susurró que tal vez le estuviera evitando. No había olvidado su comportamiento la noche del domingo y la mañana siguiente. ¿Estaría todo relacionado?

El viernes Vanessa no contestó el teléfono y Mitch no podía contenerse. Quería respuestas. ¿Estaría de verdad enferma? ¿O tendría razón su instinto, que le decía que fingía la voz y los síntomas para evitarle? Si ya no quería seguir viéndole, se enfrentaría a ello. Pero no iba a seguir viviendo en aquel limbo.

Garret le detuvo en el vestíbulo cuando se marchaba.

—Mitch, ¿tienes un momento?

Mitch maldijo en silencio antes de empastar una sonrisa.

—Ahora mismo no. Lo siento.

Garret se puso en jarras.

—¿Has olvidado qué día es hoy? He convocado la reunión a mediodía.

—No lo he olvidado.

Era el día del traspaso de poder. El día que había anhelado durante años. El día en el que se suponía que iba a recibir la recompensa por su duro trabajo. Pero…

–Volveré dentro de una hora –aseguró alzando el dedo índice.

–Tal vez no deberías molestarte en hacerlo –murmuró Garret torciendo el gesto.

–¿De qué estás hablando? –preguntó Mitch cuando ya se iba.

–Estoy hablando de lo distraído que has estado estos días. De los directores llamando a mi despacho para preguntar qué diablos te pasa. De los clientes importantes que dicen que estás absorto. Uno de ellos estaba tan preocupado que tuve que convencerle para que no se llevara su negocio a otro lado.

–¿Jasper Target? –preguntó Mitch, y Garret asintió–. Ya sabes que, si Target no se queja, no está contento.

–Yo no estoy contento –Garret sacudió la cabeza, volvió a su despacho y cerró la puerta.

Mitch se dirigió al ascensor y media hora más tarde estaba aparcando en la entrada de Vanessa. La suerte quiso que ella saliera de su apartamento en aquel momento. Al ver a su inesperada visita palideció.

–¿Qué estás haciendo aquí? –le preguntó.

–Necesitaba verte.

–Voy a ir a buscar más antibióticos. Sigo mal –dijo Vanessa bajando la vista.

Mitch endureció la expresión. Le estaba mintiendo. Ignoró el nudo que sentía en la garganta y le pidió:

–Inténtalo otra vez.

Vanessa se rindió y dejó escapar un suspiro agotado.

–Supongo que tienes derecho a saberlo. Pensé que sería mejor que no nos viéramos durante un tiempo. Era una semana muy importante para ti en el trabajo y no quería interponerme en… –volvió a bajar la vista–. No me preguntes, Mitch.

¡Por supuesto que iba a preguntarle!

–¿Qué está ocurriendo, Vanessa?

–Tengo que irme –hizo el amago de rodearle, pero Mitch le agarró el brazo.

–Ha terminado el juego del escondite. Quiero saberlo todo.

Vanessa cerró los ojos, como si no pudiera soportar ver su cara cuando confesara.

–Tu madre me contó los problemas que tenías en el trabajo. Dijo que corrías peligro de perder la presidencia si… –tragó saliva– si seguías viéndome. Al parecer soy dañina para tu salud mental.

Mitch contuvo un gemido. Ya hablaría con su madre más tarde, esta vez había llegado demasiado lejos. Soltó la manga de Vanessa y se cruzó de brazos para tratar de calmarse.

–Sigue.

–Decidí que sería mejor que no nos viéramos hasta que te hubieran ascendido.

–¿Y pensaste que la mejor forma de ayudarme era mintiéndome y preocupándome?

–Dicho así no suena muy bien –dijo Vanessa estremeciéndose.

Mitch consultó su reloj. Necesitaba volver y aplacar a Garret. Él no tenía la culpa de las recientes preocupaciones de su protegido. Jasper Target era un cliente sumamente importante. Mitch había actuado con muy poca profesionalidad. No volvería a suceder.

–Lo siento –Vanessa le tocó el brazo–. No quería empeorar las cosas.

–No es culpa tuya –le apretó la mano y luego se la

retiró para arreglarse la corbata–. Pero dentro de quince minutos tengo la reunión más importante de mi vida y no puedo perder más tiempo. Así que te dejaré marchar –dijo antes de darse la vuelta.

–Eso suena a despedida.

Mitch se detuvo y se giró. Estaba enfadado. Si hablaba ahora, lo más probable era que empeorara las cosas.

–Tengo que irme –dijo marchándose.

–No me has contestado, Mitch.

Volvió a darse la vuelta y le mantuvo la mirada. A partir de hoy el sería el responsable de la empresa. No podía permitirse perder la cabeza. Además, Vanessa no se sentía cómoda en su mundo, tal y como había quedado claro en la fiesta de la otra noche. Estaban muy bien juntos en un sentido, pero en los demás… Contuvo el aliento. Tal vez fuera mejor…

Apretó las mandíbulas y la miró a los ojos mientras sentía cómo se le caía el alma a los pies.

–Adiós, Vanessa.

Cuando Mitch llegó a la oficina y entró precipitadamente en la sala de juntas, un sombrío Garret Jeffson alzó la vista desde la cabecera de la larga mesa. Le señaló la silla de su derecha.

–Me alegro de que hayas podido llegar.

–Han sido un par de semanas de locura –aseguró Mitch tomando asiento–. A partir de ahora las cosas volverán a la normalidad.

Garret observó la expresión de Mitch durante un largo instante, como si estuviera buscando fisuras, y luego sacó un fajo de papeles del maletín.

–Todo está aquí, listo para que lo firmes. Cuando lo hayas hecho, la presidencia será tuya.

Mitch sacó con mano temblorosa la pluma de oro del bolsillo superior de la chaqueta. Tras un rápido vistazo a los documentos estampó su firma en cada página.

Hecho.

Garret se levantó de la silla y Mitch hizo lo mismo para estrecharle la mano.

Por primera vez desde hacía semanas, la sonrisa del anciano parecía sincera. Recogió el maletín y se dirigió hacia la puerta.

–Buena suerte, hijo, aunque no vas a necesitarla. No tenía por qué haberme preocupado. Esta empresa es tu vida, tendría que haber imaginado que no nos fallarías –alzó una ceja–. Eso no significa que no puedas tener un equilibrio.

Cuando Garret hubo cerrado la puerta, Mitch se quedó pensando en sus palabras de despedida. Tal vez hubiera alcanzado la cima, pero eso era sólo el principio. Tenía que seguir concentrado en la tarea. El equilibrio era un lujo que no podía permitirse.

Atravesó el vestíbulo para llegar hasta su despacho. Se quitó la chaqueta y miró a su alrededor, al espacio de la pared en el que colgaría su retrato de presidente, a las pilas de papeles que había sobre el escritorio.

Creía que iba a sentir otra cosa.

Pero se sentía vacío.

Capítulo Diez

A la mañana siguiente, Vanessa estaba sentada con las piernas cruzadas en la desgastada moqueta del cuarto trasero de la tienda con el corazón roto.

Había tratado de apartar a Mitch de su cabeza, pero no lo consiguió. Seguía dándole vueltas en la cabeza a su última conversación. Lo que le había dicho, su expresión, lo que ella había contestado… lo hacía con la esperanza de conseguir que el resultado no fuera una despedida, que Mitch le declarara su amor. Era lo que su alma anhelaba.

Lo triste era que no le culpaba. No había sido su intención engañarle, pero pensó que no tenía opción. Permanecer fuera de su vida le había parecido lo mejor. Si hubiera sido directa y le hubiera contado la conversación con su madre, con lo molesto que estaba con el señor Jeffson el domingo tras haber recibido aquel mensaje, se estremecía al pensar qué hubiera sucedido los días siguientes. Había pensado que cuando Mitch tuviera en el bolsillo el ascenso podrían retomar la relación.

Pero se había equivocado. Desaparecer de su vida la última semana había causado más mal que bien. Mitch ya no confiaba en ella. Ya no quería estar con ella.

Vanessa se apartó la lágrima que le resbalaba por la mejilla y trató de concentrarse.

El cuento de hadas había terminado. Tenía que haber imaginado que no duraría. Tenían demasiadas cosas en contra. Ahora estaba de vuelta a lo conocido. Aquellos animales eran su familia. Aquél era su hogar. Tal vez algún día llegara un príncipe azul más realista.

Pero tras haber estado con Mitch no se veía sinceramente volviendo a enamorarse.

Estaba jugando con Roger y un ovillo de lana naranja cuando Lucy la interrumpió.

–Señorita Craig… quiero decir, Vanessa –se corrigió–. Ha venido un señor. Dice que es el casero. Está con una señora –Lucy se estremeció–. No parece muy contento.

Vanessa se puso de pie y dejó a Roger en la jaula con los demás. Le había dejado mensajes a su casero porque quería hablar con él de comprarle la tienda. Estaba dispuesta a pagar un precio superior al del mercado. Se puso los zapatos, se dirigió a la entrada de la tienda y le tendió la mano al hombre.

–Hola, señor Hodges.

–Señorita Craig, ésta es la señora Ordiele. Está interesada en hacerse cargo del alquiler.

La señora Ordiele recorrió el local con mirada aprobatoria y extendió la mano.

–Un lugar estupendo. Fantástico.

Vanessa estaba todavía digiriendo la afirmación del señor Hodges. ¿Había dicho que aquella mujer quería hacerse cargo del alquiler?

–Gracias –dijo en respuesta al cumplido de la señora Ordiele y mirando luego al hombre–. Pero hay un malentendido. No tengo necesidad de irme, señor Hodges, le he dejado varios mensajes.

–Pero no tiene dinero en el banco.

Vanessa se frotó las palmas de las manos en los pantalones.

–En cuanto al alquiler, quería hablar con usted.

–El tiempo de hablar ha pasado –aseguró él–. Hagamos esto de forma amistosa, ¿de acuerdo?

–No lo comprende –Vanessa estiró los hombros–. Quiero comprar la tienda. Diga un precio.

Así lo hizo. Una cantidad que ella sabía que era demasiado alta.

–Pongo otros veinte mil encima –dijo Vanessa con arrogancia.

Al señor Hodges le brillaron los ojos.

–Treinta mil más y es suyo.

–Hecho –Vanessa extendió la mano.

El señor Hodges se acercó a la señora Ordiele, que estaba echando un vistazo a la tienda, y Vanessa vio cómo la señora torcía el gesto cuando él le señaló con un gesto a la nueva dueña.

Estaba sonriendo cuando Lucy le dio un golpecito en el hombro.

–Tienes una llamada, Vanessa. Se trata de tu tía. El hombre que ha llamado parecía muy preocupado.

Vanessa corrió hacia el teléfono con el corazón en un puño.

–¿Quién es?

–Señorita Graig, soy Ernie Curtis. Compré un cuadro a su tía hace unas semanas. Creo que ha salido del país.

–Así es –contestó ella tomando asiento.

–Esto es un poco violento –el hombre se aclaró la garganta–. Sé que ella no sabía nada. El cuadro… es una copia. Una réplica perfecta. No tengo intención de avisar a las autoridades. Sé que su tía es una mujer honrada –hizo una pausa–. Sólo quiero recuperar mi dinero.

A Vanessa se le cayó el teléfono de las manos y sintió cómo se quedaba sin fuerzas. Tras unos instantes se agachó a recogerlo.

–¿Señorita Craig? ¿Está usted allí?

Vanessa se humedeció los labios, pero no pudo evitar ver puntos bailando ante sus ojos.

–Por… por supuesto que recuperará su dinero.

–¿Cómo puedo ponerme en contacto con su tía? –le escuchó preguntar tras suspirar aliviado.

Vanessa recordó a McKenzie ayudándole con los deberes, sonriendo orgullosa en sus cumpleaños. La semana pasada había sido la primera vez que antepuso sus necesidades a las de ella. La decisión resultaba extremadamente dolorosa, pero también estaba muy clara.

–No hay necesidad de ponerse en contacto con mi tía. Mándeme los datos y yo le enviaré el dinero.

Cinco minutos más tarde reunió las fuerzas para acercarse al casero, que tenía una expresión ansiosa. Vanessa se detuvo y miró a su alrededor.

Todo estaba en silencio. Cada animal, pájaro y pez parecía estar esperando el veredicto. Ya había devuelto el crédito de Mitch. Había guardado el dinero correspondiente a los cockapoos pero le había enviado un cheque a la señora Stuart con el excedente, el dinero que la mujer confiaba que ella se quedara a cambio de dejar a su hijo en paz. Ahora tenía que devolver el dinero de McKenzie.

Tras aspirar con fuerza el aire se dirigió al desconcertado señor Hodges para explicarle el cambio de circunstancias y que le diera la buena noticia a la señora Ordiele.

Le iba a encantar quedarse con la tienda.

Capítulo Once

Una semana más tarde, Vanessa se despidió de Grande y Pequeño.

Ya había sacado sus cosas y les dijo adiós a las mascotas, al cachorro de rottweiler que tenían que ir a recoger, a Lucy y por último a los gatitos, que pronto tendrían edad para encontrar un hogar.

Cuando salió por la puerta por última vez con aquel enorme vacío dentro, se dirigió al Teatro de la Ópera.

Al observar el agua azul y las gaviotas dejó escapar el aire y se preguntó qué iba a suceder ahora. Tenía un par de ideas, pero ninguna le entusiasmaba.

Como si los recuerdos no fueran suficiente, el distante ladrido de un cachorro llegó hasta sus oídos y los ojos se le llenaron de lágrimas por lo que había perdido. Mitch. Su hogar.

Parpadeó y vio al cachorro que debía de haber escuchado antes. Un rottweiler.

Con el corazón latiéndole con fuerza, se agachó para agarrarle la jadeante cabeza.

—Dios mío, ¿eres tú, muchacho? No deberías estar aquí.

—Quería visitarte.

Vanessa alzó la mirada con sobresalto.

¡Mitch! Al ver su sonrisa sintió cómo se le iba una parte de la tristeza, reemplazada por la confusión.

–¿Cómo me has encontrado? No lo entiendo –no entendía nada en absoluto.

Mitch tomó asiento y subió al perro a su regazo.

–Fui a verte y Lucy me contó lo que había pasado. ¿Qué vas a hacer?

–No lo he decidido todavía –respondió ella tratando de aparentar naturalidad–. Puede que viaje. Tal vez vaya a Asia. O mejor a Grecia.

–No veo por qué no. Siempre y cuando vaya yo también.

A Vanessa empezó a latirle el corazón con fuerza dentro del pecho y le ardieron las mejillas.

–Ya nos hemos dicho adiós –no quería volver a pasar por aquella tortura. Se puso de pie–. Tengo que irme.

–¿A casa? –Mitch dejó el cachorro en el suelo y se levantó también–. Nosotros vamos también.

–Mi casero no me permite tener animales –respondió ella frunciendo el ceño.

–Estoy hablando de tu tienda.

Estaba claro que no había oído bien. Pero el brillo de los ojos de Mitch hizo nacer en ella la esperanza.

–Me enteré de que tu local estaba en venta por un buen precio y lo compré.

–Pero ¿por qué? –preguntó ella con los ojos llenos de lágrimas.

–¿Tú qué crees? –dijo Mitch sonriendo.

Vanessa se tapó la boca para contener la emoción. Aquello era demasiado.

–No puedo hacer esto ahora.

Mitch sintió como si le hubieran abofeteado.

–No huyas de mí, Vanessa.

Ella cerró los ojos con fuerza para no verle. Tampoco quería escuchar sus palabras para no volver a sentirse confundida. Cuando los abrió él seguía allí y parecía estar disfrutando.

—Supongo que podría volver a secuestrarte —dijo—.

Vanessa recordó aquella increíble noche en su cama. Cómo la había abrazado y amado. Pero no quería volver a estar ciega.

—Eso sería una solución a corto plazo. No quiero que nadie juegue conmigo otra vez. Tenías razón aquella primera noche cuando querías besarme pero decidiste romper mi tarjeta.

—Deja que te cuente algo —le pidió Mitch—. Cuando te dejé el otro día firmé un papel y asumí el control de una entidad que creí que me haría feliz. Pero no fue así. Me sentía furioso. Incompleto. Frustrado. Necesitaba calmarme, así que fui a nuestra playa y comencé a correr, y luego me lancé al mar y nadé entre las olas. Cuando la orilla no fue más que una mancha difuminada me di cuenta de lo que estaba haciendo.

—¿Buscar tiburones? —preguntó Vanessa sin aliento.

—Buscar a mi sirena.

Ella se mordió el carrillo por dentro y una lágrima le resbaló por la mejilla.

—Como sabes, el marinero de mi historia no sucumbió a la llamada de la sirena. Sus compañeros le ataron al mástil y así se salvó.

—¿O se condenó? —las fuertes manos de Mitch encontraron las suyas—. Prefiero seguir nadando y buscando eternamente que tomar la decisión de vivir si ti —bajó la voz—. No quiero estar casado con mi trabajo. Quiero estar casado contigo. Quiero divertirme. Quiero ser tu familia. Estoy preparado, y tú también.

Su sonrisa cambió cuando vio otra lágrima deslizándose por el rostro de Vanessa.

–Te he hecho daño. Estaba equivocado. Lo siento mucho.

Vanessa luchó contra el nudo de emoción que tenía en la garganta. Ella también se había equivocado.

–Mitch –confesó–, no podría soportar volver a perderte.

–No tendrás que hacerlo –la rodeó entre sus brazos–. A partir de este momento te prometo que estaré aquí. No tienes que preocuparte de nadie más.

–Tu madre…

–Sabe que ha perdido. En cuanto baje sus defensas, se enamorará al instante de ti. Igual que yo.

–¿Cómo lo sabes? –preguntó ella en un susurro.

–¿Cómo sé que te amo? Eso es lo más fácil. Te echo de menos. Me río contigo. Te adoro. Eres fabulosa debajo del agua.

Vanessa se rió y él sonrió todavía más mientras le agarraba el rostro.

–Estoy embrujado por ti, Vanessa. Cásate conmigo –su expresión se volvió seria–. Te amo con todo lo que he sido y seré. ¿Querrás darnos una oportunidad? ¿Qué me dices?

Después de aquella sentida afirmación sólo había una cosa que ella podía decir.

–Yo también te amo –aseguró llenándose los pulmones de aire–. Siento que siempre ha sido así.

Mitch sonrió y colocó la frente en la suya.

–Puedes ser tú misma. Yo seré yo e inventaremos nuestro propio mundo. El mejor de todos.

Cuando colocó la boca sobre la suya y su calor la inundó, Vanessa supo en el fondo de su alma que era cierto. Su mundo no sólo sería el mejor, sino que duraría para siempre.

Epílogo

–Está decidido. Vamos a cenar *moussaka*.

Con los ojos cerrados y la mejilla apoyada en los antebrazos cruzados, Vanessa se incorporó al escuchar el tono profundo de la voz de su marido. Se estiró con indolencia y se giró, parpadeando somnolienta mientras una bandada de ruiseñores cruzaba el infinito cielo azul.

El aroma a flor de azahar y orégano silvestre se filtraba en la brisa cálida y, si Mitch no hubiera estado encima de ella con las manos en las caderas y con su sexy sonrisa fascinante y real, Vanessa habría pensado que estar tumbada en la cubierta de un yate privado anclado en las azules aguas de una conocida isla griega era un sueño.

Ella extendió los brazos hacia Mitch sintiéndose feliz.

–Tal vez deberíamos quedarnos esta noche a bordo.

Mitch, vestido con pantalones de algodón y sin camiseta, se tumbó cómodamente a su lado en la gigantesca toalla. Gruñó juguetón mientras le deslizaba los labios por la sien y el aroma natural de su piel alimentó el alma de Vanessa.

–Estoy encantado de quedarme aquí –aseguró–. Lo único que necesito es un poco de queso, pan fresco… y a ti.

Le deslizó los labios por la mandíbula encendiendo un sendero de deseo que le atravesó la sangre cuando su boca cubrió la suya. Fue un beso profundo y apasionado, el tipo de beso sobre el que escribían los poetas y por el que suspiraban las personas que estaban solas.

Ella ya no estaba sola.

Tras un noviazgo de seis meses se habían casado dos semanas atrás en una ceremonia que aunó la tradición con la originalidad. La gigantesca marquesina albergó a más de doscientos invitados y ofrecía un bufé variado de especialidades culinarias de todo el mundo. Todos los miembros de la familia de Mitch estaban encantados por ellos, incluida su madre. La señora Stuart había empezado a ver oportunamente a un multimillonario que se había enamorado al instante de su «fragilidad» y su encanto y complacía todos y cada uno de sus caprichos.

A la boda acudió también la tía McKenzie y su recién prometido, Jim, que se había recuperado lo suficiente de su enfermedad respiratoria para volar desde Los Ángeles hasta Australia.

En aquel momento, observando las casas encaladas que cubrían la colina en la distancia, sintió una punzada de melancolía.

Mitch le recorrió el muslo con la yema del dedo.

–Déjame adivinar. Echas de menos la tienda.

Ella torció la boca hacia un lado.

–Qué tontería, ¿verdad?

–No, no es ninguna tontería. Pero recuerda que Lucy estaba entusiasmada cuando le confiaste la tienda mientras estuviéramos fuera –le hizo cosquillas en las costillas–. Y todavía tenemos un par de semanas por delante antes de saber si nuestra tentativa de comprar el resto del edificio ha tenido éxito.

Un par de semanas antes de la boda, Vanessa había mencionado su fantasía de expander el negocio pero a su manera, con su propio veterinario y espacio para más mascotas. Mitch no había vacilado en hacer una oferta por todas las tiendas.

Vanessa le robó un beso.

—Desde luego tú sí que sabes hacer realidad los sueños de una chica.

Parecía que lo tenían todo. El equilibrio. Lo mejor de los dos mundos.

O casi.

Vanessa no se había parado a pensar nunca en la posibilidad de ser madre. Una parte de ella seguramente tenía miedo de aquel compromiso que se tomaría más en serio que ningún otro. Pero ahora…

Se sentó con las mejillas sonrojadas y bajó la vista.

—Mitch, hay algo de lo que quiero hablar contigo —el corazón le latió con fuerza al expresar con palabras aquella idea que había ido creciendo tanto que ya no podía contenerla—. ¿Qué te parecería adoptar?

Él alzo las cejas.

—No quiero otro gato.

—Me refiero a un bebé.

Él echó la cabeza hacia atrás. Sus brillantes ojos azules no habían estado nunca tan abiertos.

—Hay muchos que necesitan un buen hogar —continuó—. Y unos padres cariñosos que puedan darles amor. No he renunciado a la idea de que tengamos hijos biológicos, como hablamos. Pero creo que no deberíamos descartar una adopción… o dos.

Al ver su paralizada expresión se le cayó el alma a los pies y se abrazó las rodillas.

–Era sólo una idea.

Los ojos azules de Mitch comenzaron a brillar. Resultaban tan fascinantes como el mar que los rodeaba.

–Y probablemente sea la mejor idea que has tenido jamás.

–¿De verdad lo crees?

Al ver que él asentía le rodeó el cuello con los brazos. Sentía el corazón tan henchido que se preguntó si no le iba a estallar. Ahora que había confesado su deseo secreto y él había accedido sentía como si aquel momento de inconmensurable alegría hubiera sido siempre su destino. Una progresión natural. La guinda del pastel.

–¿Nos pondremos a ello cuando regresemos? –le preguntó con los ojos llenos de lágrimas de felicidad.

–Nada más llegar –respondió Mitch.

Vanessa se derritió cuando sus cálidos dedos le abrazaron la nuca para atraer su boca hacia la suya. Pero cuando vio detrás de él algo saltando en el agua se retiró y se llevó la mano a los ojos para protegerse del sol.

–¿Has visto eso?

Cuando un burro rebuznó en la distancia, Mitch se incorporó también y miró a su alrededor.

–¿Ver qué?

–Creo que era un delfín.

–¿O tal vez una sirena? –Mitch se encogió de hombros al ver su lacónica mirada–. Eh, nunca se sabe.

Pero había algo que Vanessa sí sabía. Cuando se conocieron ella quería un hogar. Mitch quería divertirse. Ahora tenían las dos cosas envueltas en el precioso lazo de su amor eterno.

Vanessa se inclinó y le rozó la punta de la nariz con la suya.

–¿Sabes qué? –murmuró.

–¿Qué? –sonrió él.

–Cada día me siento más feliz y más enamorada.

El compromiso que reflejaban sus ojos la mantuvo quieta hasta que Mitch la atrajo de nuevo hacia sí.

–Oh, cariño, yo también.

DESEO
ROBYN GRADY

CONFESIONES DE UNA AMANTE

Cuando Celeste Prince descubrió que el millonario Benton Scott había comprado la empresa de su familia, decidió recuperarla como fuera. Pero el guapísimo Benton la atraía como ningún otro hombre y su bien urdido plan sólo conseguía llevarla a un sitio: su cama.

Benton dejó claro desde el principio que sólo podía ofrecerle una aventura. La pasión entre ellos era abrasadora, pero los sentimientos de Ben seguían helados y Celeste sabía que sólo una dramática colisión con su difícil pasado podría derretir su corazón.

N.º 571

UN NUEVO COMPROMISO

El dinámico y guapísimo millonario de Sidney Mitch Stuart sería presidente del imperio de su familia en dos semanas, y no podía permitirse ninguna distracción.

Vanessa Craig trabajaba duro para mantener su negocio a flote, aunque no podía evitar interesarse más por las mascotas de su tienda que por el dinero del banco. Mitch se ofreció a ayudarla del único modo que sabía: financieramente. Pero los cautivadores besos de Vanessa amenazaban su norma principal: no mezclar nunca los negocios con el placer.

BIANCA

JENNIE LUCAS
AMARSE, RESPETARSE Y... TRAICIONARSE

Cuando Callie Woodville conoció a su jefe, Eduardo Cruz, pensó que había encontrado al hombre perfecto. Pero, cuando la echó de su lado después de pasar una noche juntos, fue consciente de su grave error.

Nunca habría podido llegar a imaginar cómo iba a cambiar su vida en unos meses. Sosteniendo un ramo de flores, se vio esperando al hombre con el que iba a casarse y del que nunca iba a enamorarse. Eduardo, por su parte, decidió tomar cartas en el asunto...

MIRANDA LEE
EL PRECIO DE UN DESEO

Scarlet King era una novia radiante, pero la vida iba a darle un duro golpe... Poco menos de un año después, estaba sola, y deseaba tener un bebé.

John Mitchell, el soltero de oro del vecindario, aprovecharía la oportunidad para llevarse a la mujer que siempre había deseado. Pero su proposición tenía un precio muy alto... Para conseguir ese bebé, tendría que hacerlo a su manera, a la vieja usanza.

N.º 507

LYNN RAYE HARRIS
PASADOS BORRASCOSOS

Las cazafortunas eran un riesgo para el piloto de motos, convertido en magnate, Lorenzo D'Angeli. Y por eso había tenido que ampliar las funciones de su secretaria personal para incluir eventos nocturnos.

Faith Black había aceptado todos los desafíos de su jefe, pero ser vista con él implicaba exponerse al público y lidiar con la inesperada atracción hacia su jefe...

¡YA EN TU PUNTO DE VENTA!

BIANCA™

MAISEY YATES

PACTO AMARGO

Lázaro Marino no se iba a detener hasta llegar a la cumbre. Había escapado de la pobreza, pero todavía le faltaba una cosa: subir al escalón más alto de la sociedad. Y Vannessa Pickett, una rica heredera, era la llave que abría la puerta de ese deseo. Con su negocio en horas bajas, Vanessa estaba en una situación límite. Casarse con Lázaro era lo más conveniente para los dos. Pero el precio de aquel pacto con el diablo sería especialmente alto para ella.

EL LEGADO OCULTO DEL JEQUE

La princesa Katharine siempre supo que su destino era un matrimonio de conveniencia política. Con pena en el corazón, se preparó para conocer a su futuro marido, el hombre al que llamaban La Bestia de Hajar…
El jeque Zahir gobernaba un país encerrado en su palacio. Nadie debía ver su rostro desfigurado. Sin embargo, sus obligaciones le exigían continuar con la estirpe real…
Cuando su futura esposa cruzó el umbral, pensó que saldría huyendo nada más verlo. Pero Katharine Rauch y su diáfana mirada lo cautivaron sin remedio.

N.º 506

¡YA EN TU PUNTO DE VENTA!

BIANCA™

De eficiente asistente en Londres...
a princesa en un reino de Oriente Medio

UNA RELACIÓN
MUY PROFESIONAL

CATHY WILLIAMS

N.º 228

Lucy Walker siempre ha mantenido su vida bajo control, pero todo cambia cuando debe acompañar a su jefe, el príncipe Malik, a su exótico país natal. Lo que empieza como una misión profesional se complica cuando, rodeados del lujo y la tradición del palacio real, la química entre ambos se vuelve imposible de ignorar.

Mientras el deber obliga a Malik a buscar esposa, Lucy lucha por no sucumbir a un deseo que amenaza con romper todas sus barreras. ¿Podrá el príncipe elegir el amor por encima de la obligación? ¿O el cuento de hadas terminará antes de que empiece?

¡YA EN TU PUNTO DE VENTA!

BIANCA™

Mantener a su enemiga cerca...
para reclamar a su heredero

UN CAMBIO
DE RUMBO

LUCY KING

N.° 3190

Un apasionado encuentro con Olympia Stanhope dejó al multimillonario griego Alexandros Andino aturdido. Era la mujer más abrumadora y sexy que había conocido nunca. Sin embargo, al acostarse con ella, se permitió olvidar brevemente que la familia de Olympia destruyó a la suya. Pero ya no podía alejarse de ella... ¡Olympia estaba embarazada! Tras crecer sin reglas ni afecto familiar, la rebelde y autodestructiva Olympia Stanhope quería que su hijo tuviera ambas cosas. Si para eso tenía que aceptar la proposición de matrimonio de Alex, que solo era un acuerdo de conveniencia, lo haría. Pero, aunque la mirada de Alex tenía una nota de desdén, también rebosaba un deseo devastador.

BIANCA.

*La venganza lo encendía, pero la química
que había entre ambos era aún más ardiente...*

VENGANZA
O PERDÓN

KIM LAWRENCE

N.º 3188

Desde que su prometida lo dejó en el altar, Draco se juró
no volver a dejarse engañar por ella. Cuatro años más tarde, cuando se encontró con Jane en un pueblo perdido de
Inglaterra, no era solo ira lo que sintió, sino también una
ardiente atracción...

Jane huyó el día de su boda porque había descubierto que
no podía darle a Draco lo que él más deseaba: una familia. Cuando volvió a encontrarse con él, no solo le ocultó
secretos del pasado, sino también del presente. Pero parecía que la pasión que ardía entre ellos exigía una segunda
oportunidad, pero ¿quería Draco retomar la relación... o solo
buscaba venganza?

¡YA EN TU PUNTO DE VENTA!